MONSTER
DAS CHINESISCHE MÄRCHEN VOM DRACHEN

Roman

AF289310

Das Buch

Die Medien und das BKA nennen ihn nur „das Monster". Denn, so sagen sie, er sei in der Lage, allein mittels der Kraft seiner Gedanken Menschen zu töten – und: Er, über dessen Identität oder Aussehen nichts bekannt ist, sei der Anführer der mächtigsten und gefährlichsten kriminellen Vereinigung in West-Europa.

Inga Erdem und Edgar Huber, Journalisten bei einer führenden deutschen Tageszeitung, glauben zunächst an einen Kollegenscherz, als das „Monster" sie zu einem Exklusiv-Interview einlädt. Doch es stellt sich schnell heraus, dass hinter dem Mythos eine reale Person steckt. Doch durch ihre Tätigkeit geraten sie selbst in den Fokus von Bundeskriminalamt und Medien.

Sie begeben sich auf eine unfreiwillige und risikoreiche Reise um die Fragen: Was ist Wahrheit, was Lüge? Wer ist Täter, wer Opfer? Wer oder was sind … wir selbst?

Der Autor

Ulrich Seibert hat Betriebswirtschaftslehre studiert und lange Jahre u.a. im Einzelhandel gearbeitet. Zum Schreiben kam er durch eine Auftragstätigkeit für einen Musikverlag, dem eine Harry-Potter®-Fanfiction für seinen Sohn folgte, bei der dieser selbstverständlich die Hauptrolle spielte.

Das Handwerk des Schreibens von Belletristik erlernte er in einer Schreibgruppe, die sich der Fanfiction einer populären Weltraum-Saga verschrieben hatte. Erst Jahre später wagte er sich an seinen ersten eigenen Roman, der allerdings bis jetzt unveröffentlicht geblieben ist. Mittlerweile sind diverse Romane (darunter die Reihe „Secrets of the Ne'arin" – JustTales Verlag, Bremen), Kurzgeschichten, ein Reisetagebuch und auch Sachbücher erschienen.

In den letzten Jahren konzentrierte Seibert sich mehr auf die Arbeit beim Rundfunk, als eines seiner Bücher („Die Diktatur des Monetariats") in eine Sendereihe transformiert wurde, die seit Januar 2021 monatlich ausgestrahlt wird.

Mit seiner Familie lebt er in Germering bei München.

Ulrich Seibert

MONSTER
DAS CHINESISCHE MÄRCHEN VOM DRACHEN

Roman

Bibliografische Informationen der Deutschen Nationalbibliothek:

Die Deutsche Nationalbibliothek verzeichnet diese Publikation in der Deutschen Nationalbibliographie. Detaillierte bibliographische Daten sind im Internet über https://dnb.dnb.de abrufbar.

Covergestaltung: TomJay - bookcover4everyone / www.tomjay.de

Verlag: BoD • Books on Demand GmbH, In de Tarpen 42, 22848 Norderstedt
Druck: Libri Plureos GmbH, Friedensallee 273, 22763 Hamburg
ISBN (Paperback): 978-3-7597-7714-0

www.ulrich-seibert.de

Für Lisa,
die das Buch nicht nur als Erste beta-gelesen hat,
sondern die auch unfreiwillig als eine Inspirations-
quelle für einige Aspekte der Persönlichkeit von
Inga Erdem herhalten musste

Unsere größten Ängste sind die Drachen, die unsere tiefsten Schätze bewahren.

Rainer Maria Rilke (1875 – 1926), österreichischer Lyriker und Erzähler

1 – Lieferwagen

Edgar sah sorgenvoll zu seiner Kollegin neben sich, als der Lieferwagen, in dessen Laderaum sie auf zwei provisorisch montierten Autositzen saßen, anfuhr, sich auf eine Reise ins Unbekannte begebend. Sie war offensichtlich nervös, in sich gekehrt und beachtete ihn gar nicht. Inga Erdem war ihm bislang nie so richtig aufgefallen, in der Tat kannte er sie hauptsächlich von der Bildergalerie der Mitarbeiter in der Redaktion. An Redaktionskonferenzen hatte sie als Freiberuflerin eher selten teilgenommen und wenn, dann hatte sie für ihr Ressort, die Redaktion Wissenschaft, gesprochen. Das kam immer erst zum Schluss dran, da passierte selten etwas, das eilig war, Wissenschaft ist etwas Langfristiges, Zähes, für Laien schwer Greifbares, nicht sein Ding, mit anderen Worten. Wenn die Kollegen aus dieser Redaktion dran waren, hatte er, Edgar, in der Regel längst abgeschaltet und war in Gedanken bei seinen eigenen Projekten der Redaktion *Investigative Research*, deren Ergebnisse fast immer am besten bis gestern abgeliefert werden sollten. Eigentlich wäre es sinnvoller gewesen, einfach zu gehen, nachdem sein Teil der Arbeit besprochen war, doch damit machte man sich bei den Kollegen halt unbeliebt. Nicht, dass Popularität unter Kollegen weit oben auf seiner Prioritätenliste angesiedelt wäre, aber Netzwerken war nun mal wichtig im Journalismus. Leider. Eigentlich war er eher ein Einzelkämpfer, er gefiel sich in der Rolle des einsamen Wolfs.

Inga war vielleicht kein Laufstegmodel, aber in ihrer Natürlichkeit wirkte sie auf ihn viel schöner als ein solches, das erkannte er selbst trotz der vom Staub der Jahre verdreckten Deckenfunzel im fensterlosen Laderaum unschwer. Sie hatte das Beste aus zwei Welten mitbekommen, vom türkischen Vater einerseits und der schwedischen Mutter andererseits. Die dunkelbraunen Augen der etwa Dreißigjährigen wirkten in diesem Licht tiefschwarz wie auch ihr Haar, bei Tageslicht brünett, die hohe Stirn, die leicht gekrümmte, schlanke Nase und Lippen, die lächeln konnten, dass einem bei dem Anblick das Blut in den Adern zu kochen begann. Sie war gar nicht oder nur sehr unauffällig geschminkt und trug normalerweise eher eine Art Hippiekleidung aus festem Stoff, die ihre Figur weitgehend verdeckte, so konnte er nicht einmal erkennen, ob sie eher kleine oder große Brüste hatte, geschweige denn deren Form ausmachen. Intelligent war sie auch, beziehungsweise sie *musste* es einfach sein, denn nur eine sehr intelligente Person würde ein Psychologiestudium beginnen *und* es erfolgreich beenden können. Gut, Edgar hatte bislang noch keine zehn Sätze mit Inga gewechselt, schon gar keine tiefschürfenden, aber er hatte vor Jahren versucht, sich in ein Buch über Psychologie zu vertiefen und hatte bereits in Kapitel drei kapituliert. Im Gegensatz zu angeblich vielen anderen Männern ließ Edgar sich von Intelligenz bei Frauen nicht einschüchtern, ganz im Gegenteil. Irgendwann war in jeder Beziehung mal ausgebumst und dann eine dumme Frau an seiner Seite zu haben – ein absoluter Albtraum! *Träume! Blöde Träumereien! Sie ist vielleicht 30, ich bin 54. Wieso sollte sie etwas von mir wollen?*

Der Lieferwagen polterte über eine Bodenwelle und riss Edgar zurück in die Realität. Der Klang der Reifen auf dem Asphalt veränderte sich und das Auto fuhr nun weitgehend konstant mit höherer Drehzahl. Eine Autobahn, vielleicht? Wohin würden sie fahren? Und wie lange? Allzu warm war es hier auch nicht, besonders in diesem Seidenkimono, den er, wie auch Inga, als einziges Kleidungsstück tragen durften; nicht einmal die Schuhe hatte man ihnen gelassen. So langsam glaubte Edgar nicht mehr an seine ursprüngliche Theorie mit dem Fake. Die Sicherheitsmaßnahmen dieser Leute waren derart aufwändig und gut durchdacht, einen solchen Aufwand betrieb niemand, der mal so eben jemandem einen Streich spielen wollte. Angefangen hatte es vor … Moment, das war erst … gestern gewesen. So viel Trubel inzwischen, dass man meinen konnte, dass seitdem mehrere Tage vergangen wären. Er – also er selbst, nicht die Redaktion oder die allgemeine E-Mail-Adresse einer der führenden Tageszeitungen Deutschlands, genannt *Die Depesche* – hatte diese ominöse Mail erhalten, er und Inga. *Nur* er und Inga. Kurz und knapp hatte man ihnen ein Exklusivinterview angeboten, ein Exklusivinterview mit dem mächtigsten und mysteriösesten Unterweltboss in ganz Europa, dem Mann, den das Bundeskriminalamt und die Boulevardpresse gemeinhin als „das Monster" bezeichneten. Die Bedingungen waren: Die Kollegin Erdem musste mit von der Partie sein, aus welchen Gründen auch immer. Beide mussten kurzentschlossen, innerhalb einer Stunde, zusagen oder das Angebot würde ersatzlos auslaufen. Und das Interview würde zu „Johns" – so war die E-Mail unterzeichnet – Bedingungen ablaufen. Wenn der Ruf kam, würden sie alles andere liegen und stehen lassen. Sie würden reisen, wie und wohin dieser „John" das vorgab. Sie würden sich seinen Sicherheitsregeln beugen ohne Fragen oder Einwände, sie würden selbstverständlich zu keiner Zeit Kontakt mit den Behörden aufnehmen und sie würden keinerlei Gadgets bei sich tragen, mit denen man etwa Gespräche aufzeichnen, Positionsbestimmungen vornehmen oder andere Tricks vollführen konnte. Bei auch nur der kleinsten Zuwiderhandlung – so die Mail! – könne man die Unversehrtheit der Interviewer leider nicht mehr in jedem Fall gewährleisten. Wenn die Zeitung das Interview haben wollte und beide mit diesen Bedingungen einverstanden wären, sollten sie jeweils innerhalb einer Stunde ein Katzenfoto auf ihrer privaten Facebook-Seite posten. Sie würden dann kurzfristig weitere Instruktionen erhalten.

Edgar hatte zunächst versucht, die Mail zurückzuverfolgen. Der Provider der Mail-Adresse saß in einem pazifischen Inselstaat und bot kostenlose E-Mail-Adressen mit einhundertprozentiger Anonymitätsgarantie an (finanziert mit Anzeigen), die nur zehn Minuten Bestand hatten und danach gelöscht wurden, angeblich samt allen Datenspuren, die zu dieser Adresse führen mochten. Jeder konnte sich so eine Adresse besorgen, die Chancen, den wahren Absender zu ermitteln, lagen bei null. Als er schließlich am Chefredakteurs-Büro angeklopft hatte (Inga war bereits drin gewesen), war dadurch bereits eine Viertelstunde vergangen. Eine halbe Stunde hatten sie, also die beiden Chefredakteure – Giovanni Marineri, genannt „Jove", und Ludmilla Eckstein-Gunther, die in der Redaktion wahrscheinlich wegen ihrer Neigung, die Hälfte aus den Artikeln, die ihr vorgelegt werden mussten, herauszustreichen, gern als „Flummi" bezeichnet wurde – und er heftig gestritten. Er hatte die Meinung vertreten, dass sich da jemand einen Witz auf seine Kosten erlauben wollte, Flummi und Jove hingegen meinten, dass die Chance dermaßen einmalig sei und die Geschichte dermaßen heiß, dass man das Risiko durchaus verkraften könne, falls die Sache sich doch als ein Joke erweisen sollte. Und sie hatten in sehr klaren Worten darauf hingewiesen, dass es schon ziemlich lange her gewesen sei, dass er mal mit einer Reportage angekommen wäre, mit der man wirklich mal mehr Auflage generieren konnte. Man könne einen langjährigen, verdienten Mitarbeiter zwar durchaus mal eine Zeitlang mitschleppen, aber wenn auf Dauer nichts mehr käme, dann müsse man irgendwann halt auch die Konsequenzen respektive die Reißleine ziehen. Und das vor den Augen und Ohren von Inga! Seine Stimmung war daher auf einem absoluten Tiefpunkt gewesen, als er wider besseres Wissen ein lustiges Katzenfoto gegoogelt und es auf seinem Facebook-Account gepostet hatte ... buchstäblich in letzter Minute.

Dann hatte er sich mit Inga in einen freien Besprechungsraum gesetzt, um das weitere Vorgehen, das mögliche Ergebnis des Interviews und die Gefahren durchzugehen, die beispielsweise daraus resultieren mochten, dass vielleicht Dinge veröffentlicht wurden, die dem Gangster-Boss nicht gefielen. Das war sogar der allerwichtigste Punkt gewesen, denn das „Monster" galt in den einschlägigen Veröffentlichungen nicht gerade als sehr zimperlich. Dass es in seinem unmittelbaren Umfeld regelmäßig Tote gab, schien belegt zu sein. Aber ein Aspekt daran war natürlich grober Unfug, erdacht von Schreiberlingen, denen mit einiger Sicherheit eine sensationsgeile Chefredaktion im Nacken saß und die in Ermangelung an Fakten nicht davor zurückschreckten, selbst den allergrößten Unfug zur Schlagzeile zu küren. In diesem Fall verortete er die Behauptung, dass das „Monster" allein mit der Kraft seines Willens töten könne, ohne dazu eine Waffe oder seine Hände einzusetzen, als einen solchen Aspekt. So ein ausgemachter Bullshit, Hauptsache, Auflage! Es mochte hinter entsprechenden Gerüchten einen wahren Kern geben, aber den hätte man durchaus auch seriös herausarbeiten können, ohne dafür das Übernatürliche bemühen zu müssen. Als ob der Chef einer hochkriminellen Vereinigung eine ominöse „Superkraft" nötig hätte, wenn er wollte, dass jemand ins

Gras beißt, das war doch nachgerade lächerlich! Er gibt den Befehl und dann wird das von irgendeinem Handlanger erledigt, so einfach ist das! Vielleicht hat er eine Tötungsmethode gefunden, die schnell ist und keine Schusswunden hinterlässt, das wäre dann womöglich noch der interessanteste Aspekt an dieser „Superkraft".

Aber Journalismus war heute nicht mehr dasselbe wie damals, als er in den neunziger Jahren im Rahmen eines Volontariats Blut geleckt und den Beruf in der Praxis – Stichwort „learning by doing" – lieben gelernt hatte. Medien waren damals noch mehr oder weniger unabhängig gewesen, jedenfalls die guten, die noch selbst recherchiert und sich dem Grundsatz der Überparteilichkeit und ökonomischen Unabhängigkeit der Berichterstattung verschrieben hatten. Doch die Zeiten hatten sich geändert. Online-Portale hatten die klassischen Printmedien verdrängt und obwohl die allermeisten Medien rasch auf diese Entwicklung reagiert hatten, blieb die ernüchternde Tatsache, dass Online-Umsätze keinesfalls ausreichten, um die Verluste bei Print auch nur im Ansatz auszugleichen. Also musste man einerseits an die Kosten heran: Insbesondere bei den Personalkosten wurden massive Einsparungen vorgenommen, Journalisten und Korrespondenten wurde reihenweise gekündigt, deren Büros aufgelöst. Anstatt eigene Nachrichten zu produzieren, übernahm man immer mehr die bereits vorgekauten Meldungen der Presseagenturen, das war bei Weitem billiger. Allerdings stand dann auch in jeder Zeitung mehr oder weniger dasselbe. Natürlich konnten insbesondere die sogenannten Qualitätsmedien es sich gar nicht leisten, ihren Rechercheapparat auf null herunterzufahren und sie gingen stattdessen strategische Allianzen mit anderen Medien, teils aus dem Ausland, teils auch mit öffentlich-rechtlichen Anstalten ein, die durch die Rundfunkgebühren noch über eine weitgehend gesicherte Finanzbasis verfügten. Auf die Weise wurden für einzelne Projekte mehrere unabhängige Redaktionen zu einer einzigen verschmolzen; die Kosten und die Ergebnisse beziehungsweise die Rechte an der Veröffentlichung wurden nach einem vertraglich geregelten Schlüssel aufgeteilt. Ein solches Konstrukt war es auch gewesen, das ihm seinen Job bewahrt hatte, er wirkte immer wieder bei solchen Projekt-Kooperation mit. Und er war gut in dem, was er tat. Normalerweise! Momentan … lief es einfach nur beschissen. Er hatte gelegentlich, irreführenden Hinweisen folgend, neben der eigentlichen Spur recherchiert oder war schlichtweg einen Tick zu langsam gewesen und ein konkurrierendes Team hatte ihm das Privileg der ersten Schlagzeile verhagelt. Pech, einfach nur Pech. Aber klar, die Chefs waren mental von der Feldarbeit und ihren Fährnissen inzwischen meilenweit weg und konnten nicht einschätzen, welche Steine einem ehrlichen, unbestechlichen Journalisten heute zwischen die Beine geworfen wurden; für sie war die einfachste Erklärung immer die richtige: „Der Mann wird halt langsam alt". Dabei war es allzu oft *ihre eigene* Schuld gewesen! *Etwas* mehr Flexibilität beim Budget hätte oft schon gereicht, eine benötigte Information schneller zu bekommen als andere, denn auch für Informationen gab es mittlerweile einen Markt. Und wer besser oder schneller zahlte, machte in solchen Fällen einfach das Rennen. Aber an die eigene Nase fassten sich solche Leute nie, da war es ganz praktisch, wenn man den eigenen Misserfolg auf das Alter eines Kollegen schieben konnte. Nicht wahr?

Die andere Möglichkeit, die früheren Umsätze irgendwie wieder hereinzuholen, bestand darin, sie anderweitig zu generieren als bisher üblich … und sei es auch auf Kosten der journalistischen Integrität. Es wurde zwar allerorten abgestritten, doch in der Branche wusste es einfach jeder! Gefälligkeitsartikel sowohl für die Politik als auch für die Wirtschaft waren an der Tagesordnung, selbst bei den allerseriösesten Institutionen – beziehungsweise denen, die früher als solche galten und die von diesem immateriellen Kapital bis heute lebten. Jemand mit Geld wollte eine bestimmte Botschaft unters Volk bringen und jemand, der das konnte, brauchte das Geld. Ein Markt, wie jeder andere. Geld regiert die Welt und auf die Moral wird intern gepfiffen, manchmal zugegebenermaßen bedauernd, auch wenn sie nach außen hin mit Vehemenz hochgehalten wird. Diese unverfrorene Verlogenheit war das, was Edgar am Allermeisten ankotzte. Warum sagte man der Öffentlichkeit nicht einfach: „Ey Leute, sorry aber mit dem Kostendruck und der immer schwieriger werdenden Umsatzsituation können wir einfach nicht anders, als fünfzig Prozent unserer Artikel nach externen Vorgaben zu verfassen, die gesondert vergütet werden." Das wäre zwar verklausuliert, aber immerhin ehrlich. Allerdings wäre das nicht akzeptabel für die Urheber der Gefälligkeitsartikel, denn sie ziehen ihre Glaubwürdigkeit ja gerade aus der vermeintlichen Unabhängigkeit dieser Medien.

Edgar hörte und spürte, wie der Lieferwagen abbremste und eine steile Rechtskurve fuhr. Er fragte sich, zu welcher Kategorie wohl dieses Interview zählen würde. Würde das „Monster" ihm oder der Redaktion Geld anbieten für eine möglichst positive und sympathische „Berichterstattung" über ihn? Würde das „Monster" die Journalisten also nur als Erfüllungsgehilfen seiner PR-Abteilung ansehen? Wie würde der Gangster reagieren, wenn er merkte, dass so etwas mit ihm nicht so ohne weiteres zu machen wäre. Würde er ihn einfach eliminieren, mit oder ohne übernatürliche „Superkraft"? Ach, Unsinn, warum sollte er, er würde in jedem Fall das Gegenteil dessen erreichen, was er erreichen wollte, kein Medium würde mehr irgendetwas Positives über ihn schreiben wollen oder sich zu einem Interview bereiterklären! Außerdem hatte dieser „John" *ihn* ausgewählt, ihn und Inga. Von all den Journalisten der Zeitung oder auch der Branche war speziell *er* ausgewählt worden. Das „Monster" wollte sich ihn zunutze machen, sicher, aber er war bekannt dafür, ziemlich schonungslos zu berichten und keine Gefälligkeitsartikel zu kolportieren. Aber vielleicht würde gerade *das* das „Monster" reizen? Ein Gefälligkeitsartikel von einem Mann, der gerade dafür bekannt war, keine solchen zu schreiben, wäre das nicht ein Garant für die höchstmögliche Glaubwürdigkeit? Andere Frage: Wie würde seine Chefredaktion in einem solchen Fall reagieren, wenn das „Monster" einen erklecklichen Betrag „investieren" würde für eine gefällige Schreibe? Würde man ihm – wieder mal! – vorzuschreiben versuchen, was er doch bitteschön zu schreiben hätte? Nur, um ihm dann hinterher vorzuwerfen, dass er nichts Eigenständiges mehr produzieren würde? Dieser ganze Mist hing ihm einfach nur zum Hals heraus. Als Journalist saß man eigentlich immer nur zwischen allen Stühlen, jedenfalls, wenn man seinen Beruf und dessen Ethos halbwegs ernst nahm. Schreibst du etwas, was zwar der Wahrheit entspricht, aber einem Minister missfällt, wird dir unter Umständen mal eben die Akkreditierung für sein Ministerium oder auch andere politische Instanzen, besetzt von einem Parteifreund, entzogen, an Interviews mit dieser wichtigen Person oder seinen Peers kommst du dann natürlich auch nicht mehr heran. Wer aber nichts Originales heranschafft, der wird in seiner Redaktion dumm angemacht. Man brauchte gar keine Zensur, um gewisse Meinungen zu unterdrücken oder andere zu pushen, das konnte man heute, vielleicht mit ein bisschen Druck da und dort, getrost „dem Markt" überlassen.

Wenn es hier wenigstens etwas Anständiges zu trinken gäbe, notfalls auch einen Cognac! Ach, träumen wird man ja wohl noch dürfen!

Inga … sie plagten wohl gerade völlig andere Gedanken. Gut, konnte man ihr nicht verdenken, so ein Intrigenspiel kam in ihrer Funktion wohl in dieser Form eher selten vor. Sicher, wenn dem weitgehenden Zuckermonopol in Deutschland nicht gefiel, dass die Wissenschaft herausfand, dass Zucker eines der gefährlichsten Gifte für den menschlichen Organismus überhaupt darstellte, fand sie auch Mittel und Wege, eine Berichterstattung über solcherlei Erkenntnisse zu verhindern. Aber Inga war Freiberuflerin. Sie lieferte ihre Artikel ab und wurde wahrscheinlich pro gelieferten Anschlag vergütet. Was die Redaktion mit ihren Artikeln dann anstellte, interessierte sie vermutlich eher nicht mehr. Jedenfalls war das Vorgespräch mit ihr nicht sehr konstruktiv ausgefallen. Sie sagte, dass sie nicht wüsste, worauf das hinausliefe und was sie überhaupt bei einem solchen Interview zu suchen hätte. Sie würde sich also erstmal zurückhalten, beobachten und nur antworten, wenn sie direkt gefragt wurde. Edgar konnte gegen diese Haltung nicht viel vorbringen, wollte er auch gar nicht. Denn Ingas Zurückhaltung – wenn sie diese denn durchhielt! – würde seinen Job in jedem Fall einfacher machen. Er konnte dann sein Konzept durchziehen, ohne dass eine halbqualifizierte Mit-Interviewerin ständig den Ball ins Aus schoss und er ihn dann wieder umständlich zurück ins Spielfeld holen musste. Konzept … naja, der Begriff passte hier nicht wirklich, denn in diesem Fall hatte er gar kein Konzept. Noch wusste er nicht, was das „Monster" von ihm erwartete und ob ihm überhaupt erlaubt war, eigene Fragen zu stellen. Er hatte zum Thema auch nicht allzu viel recherchieren können, bis auf ein paar BKA-Presseverlautbarungen und sensationslüsterne, Angst schürende Artikel aus diversen Leitmedien gab es nicht wirklich viel Material über das „Monster" und dessen Organisation. Noch nie zuvor hatte er sich so schlecht vorbereitet gefühlt. Aber Schwamm drüber, ein guter Journalist musste oft improvisieren und konnte das auch. Er würde sich auf seine Erfahrung und auf seinen hoffentlich nicht allzu schwerfälligen Geist schon verlassen können.

Das Geräusch der Reifen änderte sich ein weiteres Mal. Sie fuhren nun zweifelsohne über einen Schotterweg. Gelegentlich kratzten Zweige an den Fahrzeugwänden entlang, sowohl links als auch rechts. Der Weg, den sie entlangfuhren, war demnach ziemlich schmal, ein Waldweg vermutlich, abseits von irgendwelchen neugierigen Augen und Ohren. Das Interview würde doch wohl hoffentlich nicht mitten im Wald stattfinden? Im April und nur mit einem Seidenkimono bekleidet? Inga ging es auch nicht gut, sie zitterte merklich. Edgar überlegte eine Sekunde lang, ob er seinen Sicherheitsgurt lösen und Inga in den Arm nehmen sollte, um sie mit seiner Körperwärme etwas aufzuwärmen. Aber diese Absicht konnte missinterpretiert werden und das Letzte, was er sich leisten konnte oder wollte, wäre der Ruf, ein geiler, alter Lustmolch zu sein. Inga konnte ja von sich aus fragen, wenn sie etwas Wärme brauchte.

„Alles gut?", fragte er sie.

Inga sah ihn kurz an, lächelte gequält und nickte nur. Edgar begriff: Sie hatte Angst, höllische Angst!

„Mach dir keine Sorgen, Inga, uns passiert schon nichts. Weißt du, der Kerl will etwas von *uns*. Und er kann sich ziemlich genau ausrechnen, dass er das nicht bekommt, wenn er uns auch nur ein Haar krümmt. In ein paar Tagen kannst du deinen Freunden wahrscheinlich die tollste Geschichte deines Lebens erzählen."

Dieses Mal sah Inga ihm länger in die Augen, das Lächeln war eine Spur echter als zuvor. „Keine Sorge, Edgar, mir geht es gut, wirklich. Ich habe nur … ein komisches Gefühl bei der ganzen Sache. Ich kann die Ursache dafür weder greifen noch in Worte fassen, aber etwas stimmt nicht. Mir wäre es lieber, ich hätte dieses Katzenbild nie gepostet, das … war ein Fehler, glaube ich.“

Edgar lachte. „Ich muss schon sagen, für dieses Katzenbild habe ich in fünf Stunden mehr Likes bekommen als für jeden geposteten Artikel von mir in einer ganzen Woche und wäre er auch noch so wichtig gewesen. Manchmal zweifle ich einfach nur an der Menschheit und an ihrer Intelligenz.“

Inga lachte. Und dieses Lachen tat so gut. „Da kann ich dir nicht …“ Ein Schlagloch unterbrach sie. „… widersprechen. Ging mir genauso. Ich hoffe jetzt wirklich, wir sind bald da. Wie lange sind wir eigentlich schon unterwegs?“

„Keine Ahnung, man hat mir auch die Armbanduhr abgenommen. Ist eine Smartwatch, an die habe ich überhaupt nicht mehr gedacht, als ich das mit dem Gadget-Verbot gelesen habe. Ich hoffe, ich bekomme sie nachher wieder, das Ding hat immerhin rund sechshundert Euronen gekostet.“

„Ist das ein Modell mit GPS?“

„Nein, nein. Es kann zwar Landkarten darstellen, holt sich die Daten aber samt Standort per Bluetooth vom Handy. Und das habe ich wohlweislich zuhause gelassen.“

„Dann sollte es für das ‚Monster‘ kein Problem darstellen, hoffentlich. Aber was weiß ich schon über die Sicherheitsbedürfnisse von Mafiabanden …“

„Vorsichtig mit deiner Ausdrucksweise! Kann leicht sein, dass wir abgehört werden!“

„Oh!“

Knirschend fuhr der Lieferwagen eine enge Kurve und blieb dann stehen. Sie hörten, wie mehrere Wagentüren geöffnet und wieder geschlossen wurden. Unverständlich sprachen draußen mehrere Leute, mindestens zwei Männer und eine Frau miteinander. Weiter geschah nichts. Worauf warteten die bloß? Endlich näherten sich Schritte. Die Seitentür des Lieferwagens wurde aufgeschoben und ein maskierter Mann blickte ins Innere des Laderaums. „Hier, das sind lichtundurchlässige Säcke. Ziehen Sie sich jeder einen über den Kopf, und zwar so, dass Sie nicht das Geringste sehen können. Wir dulden keinerlei Rebellion gegen unsere Anordnungen, ist das klar?"

Edgar und Inga bestätigten, nahmen die Säcke aus einem leichten, aber dicht gewebten, schwarzen Stoff entgegen und schlüpften mit dem Kopf hinein, wie befohlen.

„Herr Huber, Sie steigen zuerst aus! Schnallen Sie sich ab und geben Sie mir Ihre Hand! Ja, so ist gut, Vorsicht, hier geht's nach unten. Es liegen ein paar Steinchen herum, aber das werden Ihre Füße schon verkraften für die paar Schritte. Okay, stopp! Spreizen Sie die Beine und heben Sie die Arme hoch, los! Okay, du da, an die Arbeit!"

Zu Edgars Entsetzen wurde er ziemlich indiskret angefasst, von oben nach unten. Insbesondere die Genitalien und der Anus wurden einer lächerlich intensiven Überprüfung unterzogen. Schließlich ertönte ein lakonisches „Sauber!" und die Hände ließen von ihm ab.

„So, jetzt Sie, Frau Erdem. Achtung, Stufe, gut so, jetzt noch zwei Schritte, und Stopp! Tut mir leid, wir müssen auch an Ihnen eine Leibesvisitation vornehmen. Beine auseinander und Arme hoch! Los!"

Auch Inga beschwerte sich nicht, jedenfalls nicht verbal, doch ihr gelegentliches Japsen sprach Bände. Edgar zwang sich, seine Hände wieder zu entspannen, die sich unwillkürlich zu Fäusten geballt hatten, worauf aber keine Reaktion seitens der Banditen erfolgte.

„Sauber!"

„Gut, führt die beiden jetzt zum Auto! Okay, gut so, noch ein paar Schritte. So, jetzt einsteigen, bitte, Vorsicht, stoßen Sie sich nicht den Kopf, der Boss mag es gar nicht, wenn seine Gäste mit Beulen bei ihm ankommen!"

Edgar saß nun auf der Rückbank eines merkwürdig riechenden Autos, Inga hatte man rechts neben ihn gesetzt. Die hinteren Autotüren wurden zugeschlagen, dafür öffnete sich die Fahrertür. Jemand draußen sagte: „Fahrt nicht los, bevor ihr nicht das Signal erhaltet! Okay, wir sind dann mal weg. Man sieht sich in der Basis."

Der Motor des Lieferwagens wurde wieder angelassen und das Fahrzeug entfernte sich. Der Fahrer des Autos, in dem sie jetzt saßen, dachte aber nicht daran, den Motor anzulassen. Vom Beifahrersitz aus sagte eine weibliche Stimme: „Denken Sie nicht mal im Traum daran, den Sack abzunehmen, bevor es Ihnen erlaubt wird! Im besten Fall würden wir Sie dann auf ziemlich ungemütliche Weise an einer Wiederholung einer solchen Aktion hindern, im schlimmsten … na, das dürfen Sie sich jetzt selbst ausmalen. Ich habe übrigens eine Pistole in der Hand und ich verstehe, damit umzugehen, also bitte: keine Fisimatenten, das würde den Huángdì sehr enttäuschen."

„Hua… was bitte?", fragte Edgar.

„Huángdì. So wird der Boss innerhalb der Organisationen genannt."

„Ich dachte, er nennt sich ‚John'?"

„John lässt er sich von Geschäftspartnern nennen."

„Und dieser Name, äh Huangdingsbumms, ist das ein …?"

„Halten Sie jetzt bitte die Klappe! Mein Job besteht nur darin, aufzupassen, dass Sie beide sich anständig benehmen, Konversation ist nicht Teil der Stellenbeschreibung."

„Okay. Nun, Sie werden lachen, Fragen zu stellen gehört explizit zu *meiner* Stellenbeschreibung …"

„Ich sagte: Klappe!"

„Schon gut, schon gut."

Ein Piepsen ertönte. Doch noch immer fuhren sie nicht los. Ein paar Minuten später ein weiteres Piepsen, gefolgt von einem dreimaligen elektronischen Signal in einer anderen Frequenz. Der Motor wurde gestartet und das Fahrzeug setzte sich in Bewegung.

Die Sicherheitsvorkehrungen waren offensichtlich weitaus strenger, als Edgar das während seiner bisherigen Laufbahn jemals erlebt hatte, selbst zum US-Präsidenten würde man vermutlich leichter vordringen als zum „Monster". Der machte also keine halben Sachen. Und das war erst der Anfang! Für ihn, Edgar, würde der ganze Mist erst richtig losgehen, nachdem der Artikel, was auch immer darinstehen würde, veröffentlicht wurde. Die Polizei würde sich in jedem Fall bei der Redaktion melden und jedes einzelne Detail des Interviewablaufs abfragen. Sicher würde man ihm Vorwürfe machen, dass er sich nicht sofort an die Strafverfolgungsbehörden gewendet habe, man habe doch wissen müssen oder können, dass es sich bei dem „Monster" um einen polizeilich gesuchten, mutmaßlichen Schwerverbrecher handelte. ‚Ja …', würde er antworten. ‚… aber ich ging ja von einem Prank aus, ich habe nicht im Traum damit gerechnet, dass der echte Gangsterboss ein echtes Interview mit mir machen möchte. Soll ich etwa bei jedem Prank und jeder Falschinformation, die der Redaktion zugespielt werden, die Polizei rufen? Dann können Sie gleich ein festes Ermittlungsteam in den Redaktionsräumen einrichten …'. Ja, damit müsste er eigentlich durchkommen. Dann gab es natürlich noch den Aspekt des Quellenschutzes. Da musste er sich nochmal kundig machen, inwieweit auch polizeilich Gesuchte den für sich reklamieren konnten. Die Leute, die ihm bisher vertrauliche Informationen gesteckt hatten, waren ja eher der Kategorie Whistleblower zuzuordnen gewesen, keinem einzigen davon waren irgendwelchen Behörden auf der Spur gewesen. Jedenfalls nicht *vor* ihren Enthüllungen. Danach durchaus, denn in Deutschland gab es kein Wirtschaftsstrafrecht und es konnten daher nur solche von Firmen begangene Verbrechen geahndet werden, bei denen eindeutig verantwortliche natürliche Personen zu ermitteln waren. Eine Firma brauchte also lediglich die Verantwortlichkeiten innerhalb eines Zuständigkeitsbereichs zu verschleiern und schon konnte sie anstellen, was immer sie wollte, ohne dafür von der deutschen Justiz belangt werden zu können. Wie die Kirchen standen somit auch Unternehmen, wenn sie nur groß und mächtig genug waren, um Verantwortlichkeiten undurchschaubar zu machen, außerhalb des Gesetzes. Zudem wurden in den westlichen Industrienationen Wirtschaftsstraftaten generell weniger scharf verfolgt als das *Aufdecken* derselben, etwas, das von einschlägigen Behörden regelmäßig als „Verletzung von Betriebsgeheimnissen" gewertet wurde, eine eindeutige Konsequenz der Neoliberalisierung, die ja das ausdrückliche Ziel hatte, Kapitaleigner von möglichst vielen gesellschaftlichen Schranken und Regelungen – die Betroffenen selbst nannten das freimütig „Investitionshemmnisse" – freizustellen.

Edgar würde jedenfalls nicht darum herumkommen, den Behörden einige Details zu geben, denn wenn die das Gefühl bekämen, dass er nicht kooperierte … Man würde wohl alle seine Telefonate abhören, na prächtig! Nun würde er sich doch noch eine ausländische Prepaid-SIM-Karte ohne Registrierungspflicht zulegen müssen, wie Gerhard vom *Feuilleton* ihm schon vor ein oder zwei Jahren geraten hatte, nur dann konnte er halbwegs sicher sein, dass er vertrauliche Gespräche mit potenziellen oder echten Informanten führen konnte und dass die tatsächlich auch vertraulich blieben. Herrje! Aber bei solch extremen Sicherheitsvorkehrungen, was würde er der Polizei denn liefern können? Die Kontaktaufnahme und die ersten Anweisungen waren über eine Zehn-Minuten-E-Mail-Adresse übermittelt worden. Inga und er waren zum angegebenen Ort marschiert, einer Bushaltestelle am Bürgerhaus Unterföhring, wo pünktlich zur angegebenen Zeit ein Lieferwagen gehalten hatte; sie hatten, wie befohlen, die Seitentür aufgemacht, waren in den Laderaum geklettert und hatten die Tür hinter sich geschlossen. Was war das gleich wieder für eine Beschriftung auf dem Fahrzeug gewesen? War da *überhaupt* eine gewesen? Edgar erinnerte sich nur, dass das Fahrzeug wahrscheinlich ein Ford Transit war mit anthrazitfarbener Lackierung. Im Inneren des Laderaums hatte sich nichts außer zwei provisorisch montierten Autositzen und ein Wäschekorb befunden. Nach vorne, in die Fahrerkabine, konnte man nicht sehen, ebenso wenig gab es Heck- oder Seitenfenster. Im Wäschekorb hatten zwei Kimonos und eine weitere schriftliche Anweisung gelegen: „Wagentüre zu und alles ausziehen, auch die Schuhe, Socken und Unterwäsche! Legen Sie Ihre Kleidung zusammen mit allem, was Sie bei sich tragen, in den Korb und ziehen Sie sich stattdessen die Kimonos an. Sie werden alles wiedererhalten, sofern wir keine Dinge bei Ihnen finden, die gegen unsere ausdrücklichen Anweisungen verstoßen. Wenn Sie Schamgefühle empfinden, können Sie gern das Deckenlicht ausschalten und sich in völliger Dunkelheit umziehen. Anschließend stellen Sie den Wäschekorb direkt vor der Schiebetür ab, setzen sich und schnallen sich an! Wir wünschen eine gute Reise!"

Wir wünschen eine gute Reise … also wirklich! Keine zehn Minuten, nachdem sie alle Anweisungen ausgeführt hatten, hatte der Wagen angehalten, die Seitentür war etwas geöffnet und der Wäschekorb herausgeholt worden. Dann waren sie weitergefahren. Das war bis jetzt alles, was er der Polizei erzählen konnte, nicht allzu viel Verwertbares. Der Wald, in dem sie das Fahrzeug gewechselt hatten, das war einfach nur Wald. Mischwald, wie er kurz wahrgenommen hatte, bevor er die Maske hatte überziehen müssen. Irgendwo im Nirgendwo.

Momentan bewegten sie sich in einer eher urbanen Umgebung, man hörte rundherum pausenlos Autos fahren, es wurde gehupt, häufig abgebremst. Sahen die anderen Autofahrer oder die Passanten denn nicht, dass den Passagieren im Fonds die Köpfe verhüllt worden waren? So etwas musste doch auffallen! Ach, vermutlich waren die Fenster dermaßen verdunkelt, dass man nicht ins Fahrzeuginnere blicken konnte. Der Wagen fuhr mehrere Kurven, der Verkehr rund herum nahm mit der Zeit wieder deutlich ab und verstummte schließlich ganz. Das könnte für ein stillgelegtes Industriegelände sprechen oder für eine Wohngegend in exklusiver Lage. Wo mochten sie wohl sein?

Plötzlich ging es bergab, es rumpelte, die Fahrgeräusche wurden von Betonwänden zurückgeworfen. Sie befanden sich mit hoher

Wahrscheinlichkeit in einer Tiefgarage. Kurz darauf kam der Wagen zum Stillstand, die Türen wurden geöffnet und man führte sie an der Hand über eiskalten Betonboden in einen Flur. Ein Summen verriet Edgar, dass sie auf einen Lift warteten. Okay, also ein stillgelegtes Industriegebiet fiel schon mal aus, denn um einen Lift in Betrieb zu halten, bräuchte es schon mehr als ein Notstromaggregat und wenn in einem stillgelegten Industriegebiet eine Menge Strom verbraucht wurde, musste das irgendjemandem auffallen. Eine exklusive Wohngegend kam wohl auch nicht in Betracht, denn nur wenige der Prachtvillen, in die er je eingeladen gewesen war, waren mit einem Lift ausgestattet gewesen. Es ging einige Sekunden lang nach oben, dann wurden sie hinausgeführt, um eine Ecke herum und in einen Raum, in dem alle Geräusche irgendwie gedämpft klangen und auf dessen Boden es sich angenehm weich lief.

„Sie können jetzt die Gesichtsverhüllung abnehmen", sagte die Frauenstimme aus dem Auto. Edgar ließ sich das nicht zweimal sagen. Der Raum, in dem sie jetzt standen, war vollkommen schwarz verhüllt. Schwere, schwarze Stoffbahnen liefen unter der Decke entlang und die Wände herab bis zum Boden, der mit einem ebenfalls schwarzen, plüschigen Teppichboden ausgelegt war. Die Beleuchtung war schummrig und indirekt, an Mobiliar gab es ein paar Sofas an der Wand, schwarz natürlich, und einen großen Mahagoni-Schreibtisch etwa in der Mitte des wohl 25 Quadratmeter großen, quadratischen Raums. Außerdem hing in einer der gegenüber liegenden Zimmerecken ein großer Flachbildmonitor von der Decke, ein weiterer Monitor stand – ihnen abgewandt – auf dem Schreibtisch. Hinter dem Schreibtisch gewahrte er einen breiten, momentan leeren Bürostuhl, vor diesem standen zwei Sessel.

„Nehmen Sie hier auf dem Sofa Platz und warten Sie! Sobald der Huángdì eintrifft, stehen Sie auf und verbeugen sich höflich. In Ihrem eigenen Interesse vermeiden Sie es unbedingt, ihn mit Äußerungen oder Gesten auch nur im Geringsten zu provozieren. Falls Sie sich nicht im Griff haben, kann ich für nichts garantieren.

Sie werden das hier unterschreiben, ansonsten ist das Interview beendet, noch bevor es begonnen hat. Noch irgendwelche Fragen?"

Edgar sah die Sprecherin an. Sie trug eine Maske (schwarz, natürlich …), welche Augen und Nase verdeckte, hatte wallendes, blondes Haar und war, wie auch der mit einer Pistole bewaffnete, ebenfalls maskierte Mann hinter ihr, mit schwarzer Jeans und weißem T-Shirt bekleidet.

„Ja, durchaus", sagte Edgar. „Als erstes tut es mir leid, das mit der Armbanduhr. Ich hatte ganz übersehen, dass Sie solche Gadgets nicht mögen, die Macht der Gewohnheit, verstehen Sie, und …"

„Machen Sie sich keine Sorgen. Vergeben und vergessen. Wir haben sie gleich aus dem Autofenster geworfen."

„*Wie* bitte? Sie können doch nicht …"

„Ganz ruhig, Brauner! *Sie* haben schließlich gegen die Anweisungen verstoßen und ich finde, Sie sind noch ziemlich glimpflich damit davongekommen. Oder finden Sie nicht? Sie können sich ja beim Boss beschweren, aber ich würde das an Ihrer Stelle nicht tun, er hasst es nämlich, mit lächerlichen Nichtigkeiten konfrontiert zu werden."

„Und wie haben Sie sich vorgestellt, dass ich das Interview aufzeichnen soll? Ich durfte ja kein Diktiergerät mitnehmen. Bekommen wir wenigstens Papier und Stift?"

„Sie werden sich den Gesprächsinhalt schon merken müssen. Immerhin sind Sie zu zweit und können das Gespräch hinterher sicherlich zu mindestens 99 Prozent rekapitulieren. War es das?"

„Ähm, fast. Nun, ich, ähm, müsste mal. Sehen Sie, im Lieferwagen war es doch recht kalt und nur mit einem Kimono, also, meine Blase …"

„Sie wollen aufs Klo?"

„J-a!"

„Na prächtig! Sie auch, Frau Erdem?"

„Nein, danke, es geht noch."

„Na gut, Herr Huber, hier, setzen Sie die Gesichtsverhüllung wieder auf und kommen Sie mit!"

Der Toilettenraum war einfach, wenn auch vornehm, doch gab es auch hier keinerlei Details zu erkennen, die der Polizei weiterhelfen konnten. Edgar hatte auf ein Fenster gehofft, durch das man vielleicht Details der Umgebung erkennen konnte, doch sah diese Hoffnung sich getrogen. Edgar wusch sich die Hände. Jetzt würde es dann gleich losgehen. Herrje, worauf hatte er sich da nur eingelassen? Im Spiegel überprüfte er den äußerlichen Eindruck, den er machte. Der Kimono stand ihm ausgezeichnet, fand er. Er hatte befürchtet, dass er feminin darin aussehen würde, doch das war nicht der Fall. An solch ein Kleidungsstück konnte man sich glatt gewöhnen, vor allem das Gefühl von edler Seide auf nackter Haut, das hatte schon etwas. Selbst sein Bauchansatz wurde durch dieses Kleidungsstück ziemlich gut kaschiert. Mit Fingern und etwas Wasser brachte er seine Haare in Ordnung, die im vollen „Braun" standen und ihm über die halbe Stirn fielen. Gut, dass er sie vorgestern noch einmal nachgefärbt hatte, etwas, was er einmal pro Woche machen musste, wenn er nicht wollte, dass jemandem der graue Originalfarbton des nachwachsenden Haars auffiel. Nur an den Falten im Gesicht sah man ihm das Alter an. Das Kinn war kräftig und spitz und vermittelte (hoffentlich) Willens- und Durchsetzungsstärke, nur die etwas kleine Knubbelnase mochte diesen Eindruck etwas relativieren. Aber, nachdem der augenblickliche deutsche Bundeskanzler ziemlich dasselbe Modell spazieren trug … Er reckte sein Kinn noch einmal in alle Richtungen und beobachtete sich dabei. Dann zog er sich den Sack wieder über den Kopf und öffnete die Tür.

Showtime!

2 – Kommunikationsraum

Wie angewiesen, saßen Inga und Edgar auf dem schwarzen Sofa neben der Tür. Nur noch wenige Minuten und sie wären mit dem berüchtigtsten Gangster von ganz Europa allein in einem Raum, auf der einen Seite quasi nackte Reporter ohne auch nur das kleinste bisschen Handwerkszeug, auf der anderen Seite ein Mann, wahrscheinlich bewaffnet, der dafür bekannt war, mit einer Geste seiner Hand zu töten, wenn ihm die Nase seines Gegenübers nicht gefiel. Ja, es gab schon einen Grund dafür, dass Edgar seine Nervosität so intensiv fühlte, ach was, noch weitaus intensiver fühlte als vor seiner allerersten Präsentation in einer Redaktionskonferenz. Inga schien sich gefangen zu haben, sie wirkte ruhig und aufgeräumt.

„Hier, vergessen Sie nicht, das hier zu unterschreiben." Die Blonde reichte Inga ein Klemmbrett samt Kugelschreiber. Edgar beugte sich zu ihr, um das darauf festgeklemmte Papier lesen zu können. „Haftungsfreistellung" stand in der Überschrift. Edgar hatte darauf verzichtet, Lesebrille oder Kontaktlinsen mitzunehmen, also kniff er die Augen zusammen, um den Text erkennen zu können. Da stand etwas von „freiwillig", von „sich der Gefahr bewusst", von „provokanten Fragen" und von „Todesfolge". Hatte der Typ ein Rad ab? Sollte er dem „Monster" etwa einen Freibrief ausstellen, sie umzubringen, wenn er eine Frage stellte, die der Herr missbilligte? Also, das war doch die Höhe! Doch bevor er Inga seine Ansicht dazu mitteilen konnte, hatte sie schon den Stift genommen und an der vorgesehenen gepunkteten Linie unterschrieben.

Sie lächelte ihn mit einem ihrer jedermann entwaffnenden Lächeln an. „Wer A sagt, muss auch B sagen. Ist nichts Anderes als das, was du in jedem Krankenhaus vor einer Operation unterschreiben musst."

„Na, du bist gut …"

„Jetzt mach schon, ich will das hier hinter mich bekommen."

Edgar riss ungläubig die Augen auf, schluckte und setzte dann seine Unterschrift auf die andere Linie. Hoffentlich würde Ingas Lächeln im Notfall auch beim „Monster" entwaffnend wirken. Die blonde Maskierte nahm das Klemmbrett mit einem hämischen Grinsen an sich, sie verließ den Raum und schloss die Tür hinter sich.

Jetzt war es *richtig* dunkel hier drinnen. Das wenige Licht schien von Lampen, die unten an den Zimmerwänden entlang in den Boden eingelassen waren, zu kommen und, da es im Wesentlichen schwarzen Stoff anleuchtete, nicht wirklich Helligkeit zu spenden.

„Du wirkst ziemlich ruhig", raunte Edgar Inga zu.

„Dein Argument war ziemlich überzeugend", entgegnete sie. „Dieser Huángdì will etwas von uns. Der ganze Aufwand, den er betrieben hat, wäre doch völlig für die Katz, wenn er uns nicht wieder unversehrt gehen lassen würde."

„Wozu dann diese Haftungsfreistellung? Ich muss schon sagen, so etwas ist mir in meiner ganzen Laufbahn noch nicht untergekommen."

„Er will sich halt absichern in seiner sehr speziellen Position. Stell dir vor, er bietet dir etwas zu Essen an, du verschluckst dich vor lauter Nervosität, erstickst und das in der Gegenwart eines der meistgesuchten Männer Europas. Das würde man ihm doch sofort als Mord anlasten, oder? Mach dir keine Gedanken, wir ziehen das jetzt durch und fertig."

„Deine Nerven möchte ich haben. Und ich dachte, ich wäre der coolere von uns beiden."

Inga grinste ein wenig. „Danke. Was willst du ihn denn alles fragen?"

Edgar stieß ein undefinierbares Geräusch aus. „Weißt du, Inga, ich habe nicht das Gefühl, dass das in unserer Hand liegt. Erst mal müssen wir wohl herausfinden, welche Art von Fragen überhaupt als zulässig erachtet werden beziehungsweise nicht als provokant aufgefasst werden. Also, ich werde ihn nicht danach fragen, wie viele Leute er in seinem Leben schon umgenietet hat – oder umnieten hat lassen –, denn ich habe durchaus Lust, mein Leben noch ein klein wenig weiterzuleben. Ich denke auch nicht, dass der ‚Boss' davon ausgeht, dass wir in dem Interview heute alles das, was er mitteilen möchte, erschlagen können. Aber wir werden sehen."

„Was denkst du denn, was er von uns will?"

„Was will jemand schon von der Presse? Seine Sicht der Dinge unter die Leute bringen, natürlich. Gut in der Öffentlichkeit dastehen, eine Imageverbesserung. Werbung für ein Projekt. Das Übliche halt. Aber was es auch sein mag, es ist nichts Triviales, für eine Verlobungsanzeige hätte er sich auch an einen x-beliebigen Redakteur oder an die Anzeigenabteilung wenden können. Nein, da steckt irgendetwas Ungewöhnliches dahinter und das Ergebnis soll sicher kein 20-Zeiler werden."

„Hm, ja, klingt nicht unplausibel, was du sagst. Schau mal, ich glaube, der Bildschirm in der Ecke wurde soeben eingeschaltet."

Edgar folgte ihrem Zeigefinger, in der Tat hatte der Bildschirm, der an der Decke befestigt war, nun einen etwas erhellten Rand, ein Bild wurde allerdings noch nicht angezeigt. Dafür drang düstere, unheilvoll anmutende Musik nun aus den Lautsprechern des Geräts, Musik, die ihn an das Darth Vader-Thema aus Star Wars erinnerte. Nicht unpassend.

„Das ist ‚Mars' aus der Planeten-Suite von Gustav Holst", flüsterte Inga ihm zu. Etwa eine Minute lang steigerte sich die Dynamik der Musik, dann wurde eine überdimensionierte Schlagzeile angezeigt, unverkennbar vom übelsten Hetzblatt, das die deutsche Presselandschaft jemals hervorgebracht hat: „Das MONSTER in Deutschland!". Weitere Schlagzeilen wurden im Takt der martialischen Musik eingeblendet: „Organisiertes Verbrechen immer mehr ein Problem", „Geisteskranker Massenmörder in Frankfurt vermutet", „Ist die Polizei gegen das Monster machtlos?", „Staatsversagen: Schaden durch organisierte Kriminalität erreicht neuen Höchststand", „Das Monster: Es tötet allein mit Willenskraft" und viele andere mehr, darunter diverse in vielen anderen europäischen

Sprachen. Nach vier Minuten wurde die Musik langsam ausgeblendet und vor einem grünen Hintergrund erschienen die Worte „Das ‚Monster' – Wer ist das? Was will es? Was wissen wir über es?"

Inga zwickte Edgar in den Arm. Er blickte sie an und sie nickte in Richtung Schreibtisch. Dahinter saß nun eine Gestalt, nein, weniger als eine Gestalt, ein Schatten. Keine Ahnung, wann und wie der Typ den Raum betreten und sich hingesetzt hatte, aber der wusste aber jedenfalls, wie man theatralisch auftrat. Von hinten wurde er jetzt von Lichtern angestrahlt, die seiner Figur einen leuchtenden Halo verliehen und gleichzeitig seine komplette Vorderfront in tiefe Schatten hüllten. Völlig unbeweglich saß er am Schreibtisch, genauso gut konnte es sich um eine Statue handeln.

Inga zwickte Edgar ein weiteres Mal; sie stand auf, Edgar beeilte sich, es ihr nachzutun. Höflich verbeugten beide sich, Edgar bemühte sich allerdings, seinen Bückling sehr moderat ausfallen zu lassen. Zu seiner Überraschung erhob sich auch der Schatten hinter dem Schreibtisch und verbeugte sich ebenfalls. Jetzt war zu erkennen, dass der Kopf völlig von einem schwarzen Stoff eingehüllt war, in den zwei große Löcher für die Augen und viele kleinere um die Mundpartie herum geschnitten worden waren. Dann wies der Mann völlig geräuschlos mit einer in der Dunkelheit kaum erkennbaren Geste auf die beiden Sessel, die vor dem Schreibtisch standen und sprach sehr leise in nahezu akzentfreiem Deutsch mit überraschend jugendlich klingender Stimme: „Kommen Sie doch bitte ein bisschen näher, dann müssen wir unsere Stimmbänder nicht ganz so stark strapazieren."

Edgar und Inga blickten einander an, dann setzten sie sich in die ausgesprochen bequemen Sessel vor dem Schreibtisch. Edgar konnte nicht umhin, zu bemerken, dass sie beide nun deutlich tiefer saßen als das „Monster", also zu ihm aufblicken mussten. Spätestens, seit Charlie Chaplin sich darüber in der berühmten Zwei-Stühle-Szene im Großen Diktator lustig gemacht hatte, war allgemein bekannt, dass mit dem Höhenunterschied unterbewusst ein psychologischer Effekt erzielt wurde, der das höher sitzende

Gegenüber als quasi überlegen erscheinen ließ. Billige Taschenspielertricks! Mehr hatte der Kerl nicht drauf?

„Ich hoffe, Sie denken jetzt nicht, dass ich Sie psychologisch beeinflussen möchte, indem ich Sie so deutlich tiefer Platz nehmen ließ als mich selbst, aber ich habe wirklich nur Ihre Bequemlichkeit im Sinn, während ich selbst mich mit Sesseln einfach nicht anfreunden kann", bemerkte der Huángdì. „Das liegt wahrscheinlich an meinen sehr stark ausgeprägten Fluchtreflexen. Darf ich Ihnen eine kleine Erfrischung anbieten, ein paar Häppchen oder etwas zu trinken?"

Edgar musste zugeben, dass er beeindruckt war. Der Kerl war tatsächlich nicht zu unterschätzen, er spielte quasi mit ihnen wie eine Katze mit einer Maus, suggerierte ihnen auf sehr subtile Weise die Gedanken, von denen er wollte, dass sie sie denken. Das war genial, so wusste der Kerl stets, was in ihrem Kopf gerade vorging, und war ihnen somit einen Schritt voraus. „Nein, für mich nicht, bitte, ich trinke zwar gern mal einen Schluck, doch würde ich es als unhöflich ansehen, wenn Sie als unser Gastgeber nicht mittrinken würden."

„Oh, ein Mann von Welt, sehr schön. Und Sie, Frau Erdem?"

„Auch nichts, danke vielmals."

„Nun gut. Wie war Ihre Reise hierher? Ich hoffe, dass ich Ihnen nicht zu viel Ungemach zugemutet habe?"

„Nein, nein, schon gut", antwortete Edgar. „Wir verstehen durchaus, dass Sicherheit für jemanden wie Sie alleroberste Priorität hat und, wie Sie sehen, sind wir bereit, das zu respektieren und zu akzeptieren."

„Jemand … wie ich? Was meinen Sie damit?"

„Nun, Sie sind doch … wohl, äh, der Mann, der allgemein als ‚das Monster' tituliert wird, polizeilich gesuchter Anführer einer mutmaßlich kriminellen Vereinigung. Sie selbst haben uns das mit Ihrem kleinen Film ja soeben eindringlich vorgeführt."

„Nein, da muss ich widersprechen, das habe ich nicht, nicht meines Wissens, jedenfalls. Was ich Ihnen gezeigt habe, war nicht, wer ich bin, das war vielmehr das Bild, das die Welt sich von mir gemacht hat, ohne etwas über mich und meine Hintergründe zu wissen, ein Bild, das allein aus diesem Grund schon keine Wiedergabe der Realität sein kann."

„Ah, ich verstehe. Das ist der Grund, warum wir hier sind."

„Womöglich. Lassen Sie uns bitte nichts überstürzen. Sehen wir doch erst einmal, ob wir als Basis ein gemeinschaftliches Ziel finden können, ein Ziel, von dem wir beiderseitig profitieren könnten, ohne dass einer von uns – oder eine von uns, pardon, Frau Erdem – dabei das Gesicht verliert."

Edgar kicherte unwillkürlich.

„Habe ich Sie unbeabsichtigt belustigt?", fragte der Huángdì ernst.

„Zugegebenermaßen, ja. Als Sie von der Möglichkeit sprachen, das Gesicht zu verlieren, kam mir in den Sinn, dass wir Ihnen gar kein Gesicht zuordnen können, Sie also auch gar keines verlieren könnten – im wörtlichen Sinne, natürlich. Verstehen Sie mich nicht falsch, ich war noch nie zuvor in einer Situation wie dieser, habe noch nie ein Interview mit jemandem geführt, dessen Gesicht ich nicht sehen, dessen Mimik ich nicht lesen konnte. Das Ganze ist etwas, nun, irritierend für mich."

„Verstehe. Es tut mir leid, dass ich Ihnen diese Geheimniskrämerei zumuten muss, aber glauben Sie mir, sie ist in Ihrem eigenen Interesse. Je mehr ich über mich preisgebe und je mehr konkrete Anhaltspunkte in Ihren Köpfen über mich gespeichert sind, desto druckvoller werden die Beamten des BKA Sie später in die Mangel nehmen. Das wäre nicht gut – für uns drei. Daher kann ich auf diesen Mummenschanz leider nicht verzichten, ich bitte um Ihr Verständnis. Darf ich fragen, was Sie – unabhängig von den gerade gezeigten Schlagzeilen – bereits über mich wissen oder zu wissen glauben?"

„Nicht viel, muss ich ganz ehrlich sagen. Ich gestehe zu meiner Schande, dass ich noch keine Zeit gefunden habe, ausführlicher über Sie zu recherchieren und mich so vorzubereiten, wie ich das unter normalen Umständen getan hätte, zumal ich auch gar nicht wusste, ob diese ganze Aktion nicht ein Scherz von irgendwelchen Kollegen war oder, falls nicht, worin das Ziel Ihrer Einladung bestand. Das Wenige, das ich zu wissen glaube, ist: Nun, Sie sind mit ziemlicher Sicherheit ein Asiate, die Bezeichnung ‚Huángdì' deutet womöglich auf Mandarin hin, ich höre außerdem einen leichten asiatisch anmutenden Akzent bei Ihrer Aussprache des Deutschen heraus und auch die Art und Weise der Begrüßung ist im europäischen Raum eher unüblich. Sie leben schon seit geraumer Zeit hier in Deutschland und scheinen inkognito ziemlich viele Diskussionen zu führen, denn Ihre Sprachkenntnis, Ihr Wortschatz und Ihre Ausdrucksweise kann man nicht anders als ‚geschliffen' bezeichnen. Sie leiten eine Organisation, die sich mit Glücksspiel, Drogen- und Waffenhandel beschäftigt und der auch Menschenhandel nachgesagt wird. Sie selbst gelten als brutaler Schlächter, obwohl es mir schwerfällt, das anhand der zivilisierten Konversation, wie Sie sie gerade führen, zu glauben. Sie führen Ihre Organisation mit Intelligenz, Hochtechnologie und mit Hilfe von … Angst. Sie wurden noch nie bei irgendeiner Straftat erwischt, man kennt von Ihnen weder einen Namen noch ein Gesicht, geschweige denn Details aus Ihrem Leben. Und zu guter Letzt: Man sagt Ihnen die übernatürliche Fähigkeit nach, einen Menschen allein kraft Ihres Willens ums Leben zu bringen."

„Ah, ich sehe, Sie sind ein guter Beobachter. Gut, gut, das bestätigt, dass ich zumindest nicht falsch lag, als meine Wahl auf Sie fiel, wobei ich gestehe, dass eine gute Auffassungs- und Beobachtungsgabe nicht die einzigen Auswahlkriterien waren. Gehen wir Ihre Erkenntnisse doch mal durch, das gibt Ihnen schon mal einiges an exklusivem Material an die Hand. Ja, ich bin gebürtiger Chinese. Das Wort *Huángdì* ist, wie Sie sich sicherlich denken können, kein Name, es ist ein Titel. Es bedeutet ‚Kaiser' und selbstverständlich habe ich mir diesen nicht selbst zugelegt. Er war plötzlich in Umlauf und er ist geblieben. Mein eigentlicher Name, nun, dazu kommen wir vielleicht noch. Nennen Sie mich einstweilen John, bitte. Nur John, wobei Sie mir entgegenkämen, wenn wir beim ‚Sie' bleiben könnten. In Deutschland lebe ich seit etwa sieben Jahren, aber ich hatte schon zuvor regelmäßig mit deutschen Geschäftspartnern zu tun gehabt. Danke sehr vielmals dafür, dass Sie meine Sprachkenntnisse so euphorisch loben, was sicherlich nicht angebracht ist. Doch, nein, ich gehe so gut wie nie unter die Leute und ich führe wenige Gespräche außerhalb meiner eigenen nennen wir sie, *Firma*. Glückspiel, Drogen, Waffen, ja, in der Tat stammen daraus meine Haupteinnahmen, wenn diese Bereiche auch immer weniger Priorität in Anspruch nehmen, denn ich habe ein weitaus rentableres – und zumeist legaleres – Geschäftsfeld aufgetan und, nein, das ist mitnichten Menschenhandel, damit habe ich mich noch niemals auch nur in Gedanken beschäftigt. Jeder einzelne meiner Mitarbeiter weiß, dass er sich meinen Zorn zuziehen würde, wenn er sich, auch rein privat, also außerhalb der Organisation, in dieser Richtung betätigen würde. Nein, mein neuer Wachstumsmarkt ist die Information. Ich habe im Laufe der Jahre immer weitere Netzwerke gesponnen und irgendwann bemerkt, dass über all diese Kanäle ganz automatisch Informationen bei mir eingingen, die anderen Menschen sehr viel Geld wert waren."

„Von welcher Art ‚Information' sprechen Sie?"

„Ach, alle möglichen Arten von Information. Das Wissen, dass sich jemand Kinderpornografie herunterlädt oder diesen Dreckskram gar selbst produziert, ist für dessen Gegner – oder auch für die Staatsanwaltschaft – Gold wert. Wer früher weiß als Andere, wie die Weizenernte im kommenden Jahr ausfallen wird, kann mit Spekulationen an der Börse ein Vermögen machen. Ein Politiker, der die geheime Wahlkampfstrategie eines Konkurrenten kennt, kann dieses Wissen nutzen, um sie zu unterlaufen. Das Wissen, wann die Polizei welche Razzia gegen wen plant, lassen sich gewisse Kreise einiges kosten. Besonders viele Information frägt die andere Kategorie der Kriminellen nach, die Politiker."

Edgar versuchte höflich zu kichern, gleichwohl, es misslang.

„Informationen kann man nicht nur zu Geld machen", fuhr John fort. „Sie fungieren auch als wunderbares Tauschmittel: Information gegen Gefälligkeit. Mit Informationen kann man andere Menschen und Gruppierungen quasi stärker in die Abhängigkeit treiben als mit den härtesten Drogen, es ist außerdem ein sehr nachhaltiges Geschäft, denn die Information ist eine rasch nachwachsende Ressource. Man kann damit gesellschaftliche Entwicklungen steuern, man kann nach Wahl der einen oder der anderen Seite zur Dominanz verhelfen, man kann damit wahlweise aufklären oder auch … manipulieren. Kurz: Information ist eine überaus mächtige und profitable Ware. Aber wem sage ich das, Sie wissen das natürlich alles, schließlich sind Sie aus der Branche. Deshalb baue ich meine Organisation nun immer weiter in dieses Geschäftsfeld aus. Was hatten Sie noch gesagt? Ach ja, Sie wollten wissen, wie viele Menschen ich schon ‚umgenietet' habe …"

„Sie … Sie haben uns abgehört."

„Aber natürlich. Wie ich soeben versucht habe, Ihnen zu vermitteln: Information ist alles! Unwissenheit ist nichts. Ich wäre nicht sonderlich klug, wenn ich nicht zusehen würde, dass ich zumindest bei mir zuhause über alles bestens informiert bin."

„Ah! Und was ist mit Privatsphäre, gilt die nichts?"

Die dunkle Gestalt beugte sich vor. „Privatsphäre? Das ist ein Luxus, den die meisten sich gar nicht leisten können, auch wenn ihnen das nicht bewusst ist. Privatsphäre ist in diesen Zeiten teuer geworden, sehr teuer. Ich bin in der glücklichen Lage, Ihnen gern ein wenig davon beschaffen zu können, fürchte aber, dass Sie sich den Preis nicht leisten können. Wir leben heute in einer Gesellschaft, in der es Gruppen gibt, die weitaus mehr über Sie wissen, als Ihnen bewusst ist. Google kennt Ihre intimsten Fantasien, um nur ein Beispiel aus der Privatwirtschaft zu nennen. Und wenn Sie denken, dass Sie mit VPN oder im Darknet wirklich anonym surfen, haben Sie falsch gedacht. Das will man Sie lediglich glauben lassen, um Sie in falscher Sicherheit zu wiegen. Ich könnte es Ihnen beweisen, doch auch dafür verfügen Sie womöglich nicht über ausreichend Mittel. Jedenfalls reichen die 7.216 Euro per heute auf

Ihrem Tagesgeldkonto und die 1.782 Euro auf Ihrem deutschen Girokonto noch nicht mal für eine Anzahlung."

Edgar sprang auf. „Woher …?"

„Das sehe ich alles hier auf meinem Monitor. Wie ich an die Daten herankomme, ist mein kleines Betriebsgeheimnis, bitte um Verständnis, ich versichere Ihnen, das ist absolut keine Hexerei. Frau Erdem, wünschen Sie ein paar Details über Herrn Hubers Sexleben zu erfahren? Ich könnte Ihnen eine kostenlose Info-Probepackung zusammenstellen."

„Also, das geht jetzt wirklich zu weit, Herr … John!"

„Ach, Herr Huber, setzen Sie sich! Bitte! Das war doch nur ein Scherz. Spielen Sie nicht den Empörten! Denken Sie etwa, ich sei der Einzige, der über solche Informationen verfügt? Nur weil ich der Einzige in Ihrem Leben bin, der zugibt, dass er solche Daten problemlos abrufen kann? Also, wirklich nicht! Ich habe dieses System nicht gemacht, ich nutze es lediglich für meine Zwecke, ich versuche, mit anderen Worten, in diesem System und mit diesem System zu überleben, denn ein anderes gibt es nicht. Nur wer oben schwimmt, kann frei atmen, wer untergeht oder sich unterkriegen lässt, bekommt ein Problem. So ist das. Aber, lassen Sie uns doch zu den Ausgangsfragen zurückkehren. Ja, ich habe Sie beide abgehört, besser gesagt, abhören lassen. Jede einzelne Minute, schon Wochen, bevor ich mit Ihnen Kontakt aufgenommen habe und, nein, ich habe Ihr Büro oder Ihr Heim nicht verwanzt, so etwas geht heute weitaus eleganter, mittels Ihrer eigenen Hardware. In diesem Raum hier gibt es ein paar Mikrofone und Kameras, aber die Signale, die von diesen Geräten aufgefangen werden, gelangen nicht außerhalb dieses, ich nenne es, Kommunikationszimmers. Dieser Raum ist vielmehr nach außen hin vollkommen abhörsicher, Sie können hier drinnen auch nicht geortet werden, selbst wenn Sie einen extrem starken GPS-Sender verschluckt hätten. Eine einzige Datenleitung führt in dieses Zimmer hinein und das, was über diese Leitung herein- oder hinausfließt, kontrolliere ausschließlich ich von diesem Computer aus. Das ist ein Stück echte Privatsphäre und die war, wie bereits angedeutet, nicht ganz billig.

Dann Ihre eigentliche Frage, Herr Huber, wie viele Menschenleben auf meinem Gewissen lasten. Lassen Sie es mich so sagen: Viel zu viele. Ich habe sie nicht gezählt und ich konnte sie teilweise auch nicht zählen, aber, so viel ist wohl leider sicher: Die Zahl dürfte mindestens dreistellig sein. Und ich bin auf keinen einzigen Fall stolz, das dürfen Sie mir glauben."

„Wahnsinn! Dann wäre Jack the Ripper mit seinen sechs Morden gegen Sie ja ein Waisenknabe …"

John sprang auf. „Vorsicht!", zischte er. „Vorsicht mit dem, was Sie sagen, vor allem, wenn es dumm oder gehässig ist! Dadurch können Menschen zu Schaden kommen. Wählen Sie Ihre Worte künftig weiser! Bitte!"

Edgar war heftig erschrocken, sein Herz pochte vernehmbar und ein leichter Schwindel hatte ihn erfasst. Zu einer Antwort war er unfähig, noch verstand er, womit genau er das ‚Monster' so erzürnt hatte. Hatte der all die Leute nun auf dem Gewissen oder etwa nicht?

John setzte sich und legte die Fingerspitzen aufeinander. Er dachte eine Weile nach, dann fuhr er fort. „Es lässt sich wohl nicht vermeiden, dass wir jetzt direkt auf den Kern des Problems zusteuern. Sie brachten mich mit einer übernatürlichen Fähigkeit in Verbindung. Das ist natürlich Unsinn."

„Natürlich", pflichtete Edgar bei und fühlte sich – wieder einmal – voll bestätigt.

„Das Wort ‚übernatürlich' zeugt von Arroganz und Ignoranz, weise Menschen verwenden es daher nie. Es definiert die Grenzen des Natürlichen an der Grenze des eigenen Verstands und Auffassungsvermögens. Wer dieses Wort verwendet, zeigt damit, dass er seinen eigenen Intellekt für den Gipfel alles Verständnisses hält, dass keine Erkenntnisse außerhalb seines eigenen, naturgemäß beschränkten, Erfahrungshorizonts möglich sind. Ich bevorzuge das Wort ‚übersinnlich', denn es impliziert die Möglichkeit, dass Dinge, Zusammenhänge oder sogar Wesen existieren, die wir, aus welchen Gründen auch immer, mit unseren Sinnen nicht wahrzunehmen vermögen. Sie können völlig logisch sein, im Einklang mit Naturgesetzen, die wir halt noch nicht kennen oder verstanden haben. Kein Wissenschaftler hat jemals einen Geist nachgewiesen oder einen Gott, kein Zoologe hat je das Skelett eines mythologischen Drachen gesehen. Und doch … Götter, Geister und Drachen existieren in der Mythologie so ziemlich aller Völker auf Erden. Existieren sie? Können wir daraus, dass wir sie nicht sehen oder wissenschaftlich messen können, wirklich verbindlich ableiten, dass sie nicht existieren, nie existiert haben?

Ja, Frau Erdem, Herr Huber, ja, ich *kann* Menschen tatsächlich mit der bloßen Kraft meines Geistes töten, allem bekannten menschlichem Wissen zum Hohn. Ich weiß nicht, warum das so ist oder wie genau das funktioniert, ich weiß nur, *dass* es geschieht. Aber nicht *willentlich!* Es ist eine Kraft, die ich nicht zu kontrollieren vermag. Das ist jetzt sehr wichtig, bitte: Nicht mein *Wille* tötet Menschen, sondern meine *Emotionen*. Ärger. Wut. Hass. Angst. Tiefe Verzweiflung. Nicht einen einzigen Menschen habe ich absichtlich oder willentlich getötet, das schwöre ich Ihnen. Ein paar Male war es quasi Notwehr, denn ich saß mächtig in der Klemme und wäre um ein Haar selbst getötet worden, zuletzt 2013 in Barcelona, wenn diese … ‚Fähigkeit‘ … mich nicht aus der Klemme befreit und die Leute, die mich oder mein Leben bedroht hatten, getötet hätte. Ich hatte einfach nur panische Angst und das allein hat ausgereicht, um Freunde wie Feinde in meiner Umgebung gleichermaßen tot umfallen zu lassen wie Fliegen im Strahl einer Giftspritze. Vielleicht bin ich der nächste Schritt in der Evolution, vielleicht nur eine Missgeburt, vielleicht bin ich die Wiederkehr des Drachens aus dem alten chinesischen Märchen, wie mal jemand gemeint hat, ich weiß es nicht. Diese ‚Gabe‘, ich bin absolut nicht glücklich darüber, für mich ist sie ein kaum erträglicher Fluch! Ich wünschte, ich könnte normal sein, könnte diese Fähigkeit einfach ablegen, aber ich habe mir dieses Schicksal nicht ausgesucht. Vielleicht verstehen Sie, Herr Huber, jetzt, warum Ihr Vergleich mit einem Serienkiller wie Jack the Ripper, der planvoll und absichtlich gemordet hat, absolut unangebracht war. Es hat übrigens nicht viel gefehlt und Sie und Ihre Kollegin hätten Ihren Fauxpas gegen meinen ausdrücklichen Willen mit dem Leben bezahlt. Ich bitte Sie also nochmals inständig: Bleiben Sie konzentriert, bleiben Sie Herr Ihrer Gedanken und Ihrer Zunge, sagen Sie nichts Unbedachtes!"

Edgar atmete tief durch und blickte, Verzeihung heischend, zu Inga. Sie verriet mit keiner Miene, was sie dachte. Sie beugte sich vor und sagte: „Verzeihen Sie, Herr John, ich will Sie ganz bestimmt nicht verärgern, aber können Sie sich vorstellen, dass es – wie soll ich das formulieren? – für viele Menschen ein Problem ist, eine solche Geschichte zu glauben? So etwas liegt, wie Sie selbst angedeutet haben, außerhalb des Erfahrungshorizonts von, ja, einhundert Prozent aller Menschen."

„Das verstehe ich und wie könnte ich darüber verärgert sein?"

„Wie … lebt man mit solch einer Bürde, mit der enormen Belastung, die daraus resultiert? Wie verarbeiten Sie das?"

„Sie implizieren viele Fragen in einer einzigen", erwiderte John. „Und ich kann Ihnen nicht alle davon beantworten. Wie ich das verarbeite? Ich weiß es nicht. Ich versuche, zu vergessen, manchmal gelingt es, meistens gelingt es nicht. Ich arbeite seit meiner Kindheit daran, Herr über alle meine Gedanken und Gefühle zu werden, mich selbst und meine Emotionen so in den Griff zu bekommen, dass es möglichst selten, am besten gar nicht mehr, geschieht. Ich habe auch schon dran gedacht, mir das Leben zu nehmen, doch wäre das die Lösung? Nein! Ich weiß nicht, woher ich diese Kraft habe oder warum. Ich weiß nicht, ob es Götter gibt oder nur einen Gott oder eine Göttin. Ich kann es nicht ausschließen. Ich kann auch nicht ausschließen, dass diese, wenn es solche übersinnlichen Wesen denn gibt, Einfluss nehmen auf unser Leben, vermag auch nicht einzuschätzen, ob zu unserem Wohl oder Wehe. Es mag sein, dass mir eine Rolle zugedacht ist oder dass ich womöglich eine Art Prüfung bin für Menschen, die sie bestehen, … oder auch nicht. Solange ich nicht weiß, warum ich diese Fähigkeit habe, oder woher, ist es unlogisch, mir das Leben zu nehmen. Denn wenn ich versage, kommt ein anderer, der meine Rolle übernimmt und alles beginnt von Neuem. Nicht wahr?"

„Unter diesen Annahmen stimme ich zu", nickte Inga. „Ich will jetzt nicht indiskret sein, aber …"

„Ja?"

„Sie beschreiben, dass diese Todesfälle auftreten, wenn Sie extreme Emotionen empfinden."

„Korrekt."

„Die Emotionen, die Sie beschrieben haben, sind allesamt negative Emotionen."

„Worauf wollen Sie hinaus, Frau Erdem?"

„Ich frage mich nur, ob diese Konsequenzen nur bei negativen Emotionen auftreten oder ob es ausreicht, dass Sie starke Emotionen, egal ob positive oder negative, empfinden. Wenn Sie lieben, wenn Sie einen, sagen wir, Orgasmus erleben, wenn Sie starke Freude oder ein extremes Glücksgefühl erleben, was geschieht dann? Dann sterben womöglich keine Menschen, oder?"

„Spielt das denn eine Rolle?"

„Aber absolut! Ich meine, nein, ich weiß es nicht. Ich habe darüber noch nicht nachgedacht und ich denke, noch niemand in der Geschichte der Psychologie wurde je mit einer solchen Frage konfrontiert. Ich kann mir rein intuitiv vorstellen, dass es wichtig sein könnte. Was sind denn Ihre diesbezüglichen Erfahrungen? Oder ist Ihnen die Frage zu indiskret?"

„Vielleicht ein bisschen. Aber ich fürchte mich nicht davor, sie zu beantworten. Das Problem ist nur: Ich *kann* sie nicht beantworten. Ich habe noch nicht richtig geliebt. Es gab durchaus zwei Frauen in meinem Leben, die mich wohl glücklich gemacht hätten, denen ich Zuneigung entgegengebracht habe, doch *gerade deshalb* wollte ich sie nie in meiner Nähe haben. Ich wollte nie, dass mehr als Zuneigung zu ihnen aufkeimt, denn dann hätte ich mir ihre Nähe gewünscht. Aber dauerhafte Nähe zu mir ist potenziell tödlich und das Schlimmste, was einem Menschen passieren kann, ist, verantwortlich zu sein für den Tod eines geliebten Menschen. Glauben

Sie mir, ich kenne dieses Gefühl sehr gut und ich mag es überhaupt nicht. Orgasmus ... tja, finanziell könnte ich mir jede Frau der Welt leisten und doch, die Erfahrung mit Sexualität, mit interaktiver Sexualität, möchte ich hinzufügen, ist mir vollkommen fremd. Sexuelle Nähe kann zu emotionaler Nähe führen und das ist etwas, das ich unbedingt vermeiden möchte, wie Sie sicherlich verstehen werden."

„Sie ordnen also Ihr eigenes Wohl, nämlich das, in Sexualität Erfüllung und Glück zu finden, wie fast jeder Mensch, der Sorge um das Wohlergehen derjenigen, die dann mit Ihnen verkehren würden, unter?"

„So ... könnte man das wohl ausdrücken, ja und nein! Sehen Sie, ich fühle mich schlecht, wenn meinetwegen Menschen sterben, also ist durchaus auch ein Stück Egoismus dabei, wenn ich solche Situationen zu vermeiden suche. Und was das Glück betrifft, die Freude ... Wer so viele Menschen sterben gesehen hat wie ich und wer für all diese Tode selbst verantwortlich zeichnet, für den gibt es nicht mehr viel Freude oder Glück im Leben. Es erfüllt mich mitnichten mit Freude, wenn ich gerade einen Milliarden-Dollar-Deal abgeschlossen habe, über den jeder andere vielleicht in Jubel ausbrechen würde. Etwas Stolz vielleicht, nicht jedoch Freude. Ich mache das nicht der Freude wegen. Das Geld gibt mir Sicherheit, erlaubt mir, eine Zeitlang weiter obenauf zu schwimmen und frei zu atmen. Gelegentlich lache ich, ja, wenn ich mir einen alten Laurel und Hardy-Film ansehe, zum Beispiel. Aber noch nie habe ich mir einen solchen Film in Gegenwart anderer Menschen angesehen. Ich mag daran arbeiten, meine Emotionen zu kontrollieren, aber das bedeutet nicht, dass ich in jedem Fall erfolgreich damit bin. Und ab und an muss ich einfach loslassen, die Bürde der absoluten Kontrolle abwerfen, meine Gefühle zulassen. In solchen Phasen muss ich aber in jedem Fall allein sein. Alles andere wäre zu gefährlich."

„Hmmm. Sie geben mir sehr viel mit auf den Weg, worüber ich nachdenken muss, Herr John."

„Wenn ich darf …", meldete Edgar sich zu Wort, „würde ich gerne auf das Ziel dieser Zusammenkunft zu sprechen kommen. Was konkret erwarten Sie von uns, John, was können wir für Sie tun?"

John lehnte sich zurück, sein Schatten schien zu schrumpfen. „Sie wissen, was ich möchte, Herr Huber, Sie haben es Ihrer Kollegin ja bereits gesagt. ‚Was will jemand von der Presse? Das Übliche halt.' Das waren Ihre Worte. Sie lagen absolut richtig. Na gut, reden wir ganz offen über meine Motivation. Halten Sie mich für einen schlechten, bösen Menschen, jetzt, wo wir uns ein Stückchen weit kennengelernt haben? Moment, Herr Huber, vielleicht lassen Sie diese Frage lieber Ihre reizende Kollegin mit dem Psychologie-Hintergrund beantworten."

Edgar zuckte mit den Schultern. Inga beugte sich vor. Sie überlegte lange. „Die uralte Frage, die die Menschheit seit Anbeginn an beschäftigt: Was ist gut, was ist böse? Wann gehöre ich zu den Guten, wann zu den Bösen? Bin ich schon böse, wenn ich einen egoistischen Charakter habe? Oder bin ich böse, wenn ich gegen gesellschaftliche Regeln verstoße, auch wenn meine Absichten die allerbesten sind? Bin ich allein deshalb ein guter Mensch, weil ich noch niemanden umgebracht habe? Diese Fragen lassen sich niemals eindeutig beantworten. Wir Menschen haben alle Licht und Dunkelheit in uns, jede und jeder einzelne. Meine persönliche Meinung dazu ist, dass es unsere Entscheidungen in einer ganz bestimmten Lebenssituation sind, die uns zu dem machen, was wir sind. Doch ob das nun gut oder böse genannt werden kann, darüber entscheiden niemals wir selbst, darüber entscheidet unser Umfeld."

„Ich stimme Ihnen im Wesentlichen zu, Frau Erdem. Sie sind nun zu einem Teil meines Umfelds geworden, wie fällt Ihr Urteil über mich nun aus?"

„Ich kann mir noch kein Urteil erlauben. Nicht aus Angst vor Ihnen, nein, ich glaube, ich würde Sie mit einer für Sie angenehm klingenden Unwahrheit eher erzürnen als mit einer unbequemen Wahrheit. Ich kenne einfach nicht die Lebensumstände, innerhalb derer Sie die meisten Ihrer Entscheidungen getroffen haben. All diese Tötungen, die kann man ja wohl kaum als Kriterium heranziehen, zumal, wenn es sich dabei nicht um bewusste Entscheidungen handelt, sondern um Unfälle, die zu verhindern nicht in Ihrer Macht lag. Die Tatsache aber, dass Sie sich entschieden haben, alles in Ihrer Macht Stehende dafür zu tun, solche Unfälle künftig zu verhindern, ist dagegen ein eindeutiges Kriterium für ‚gut‘. Diese Entscheidung beweist Empathie und Fürsorglichkeit für Ihre Mitmenschen, selbst, wenn dabei ein Schuss Egoismus mitschwingen sollte. Was Ihre kriminelle Laufbahn betrifft, da bin ich mir hingegen noch nicht sicher. Die Entscheidung beispielsweise, Drogen unters Volk zu bringen, in dem Wissen, dass damit zwangsläufig Menschen zu Schaden kommen werden, kann man kaum als empathisch werten. Gut und Böse wiegen sich auf, wie könnte ich angesichts dessen ein Urteil fällen, selbst wenn ich mich auf solche Kategorien einlassen wollte?“

„Ich danke Ihnen sehr vielmals für Ihre ehrliche Einschätzung, Frau Erdem. Können wir einstweilen mit der These arbeiten, dass mein Umfeld mich als sehr gefährlich wahrnimmt?“

Inga nickte. „Zweifelsohne.“

„Herr Huber, was macht man gemeinhin mit gefährlichen Individuen in dieser Gesellschaft?“

„Hm, das wissen Sie doch. Man sperrt sie weg.“

„Ja. Das weiß ich in der Tat. Aber was noch?“

„Ähm … nichts weiter, denke ich, jedenfalls nicht hier in Deutschland.“

„Dann liegen Sie falsch, bitte um Vergebung. Manche Leute wollen dich wegsperren, damit du keine Gefahr mehr bist oder um dich zu ‚bestrafen‘ für das, was du getan hast. Andere wiederum wollen dich für ihre Zwecke benutzen. Sie wollen wissen, warum ich das kann, was ich kann – sie nennen das ‚Forschung‘, sie wollen sich diese ‚Fähigkeit‘ zunutze machen, manche wollen dich gar als ihre private Waffe einsetzen. Streiten Sie es nicht ab, ich habe es selbst erlebt! Wenn ich also zulasse, dass die Gesellschaft mich in einer solchen Weise benutzt, richte ich dann nicht effektiv noch weit mehr Schaden an, als wenn ich quasi von anderen unkontrolliert frei herumlaufe?"

„Äh, ich weiß nicht, das hängt vermutlich davon ab, was oder wer …"

„Nein, das tut es *nicht*. Solcherlei, Sie nannten es in Ihrer Redaktion, ‚Superkräfte' erregen immer Begehrlichkeiten. Und niemals für gute Zwecke. Charlie Chaplin soll mal gesagt haben: *Macht brauchst du nur, wenn du etwas Böses vorhast. Für alles andere reicht Liebe, um es zu erledigen.*' Eine ‚Superkraft' ist immer gleichbedeutend mit Macht und das ist nun ein Aspekt, den ich wirklich beurteilen kann. Gewähre ich einem machthungrigen Menschen die Kontrolle über eine solche Macht, *wird* er sie einsetzen. Wenn er Gutes vorhätte, bräuchte er solche Macht nicht, ergo beabsichtigt er nichts Gutes."

„Das ist jetzt stark vereinfacht …"

„Ja, ich stimme Ihnen zu, Herr Huber, denn ich habe den Aspekt unterschlagen, dass man Macht aggressiv einsetzen kann oder rein defensiv. Aber es ändert nichts daran, dass der Kern der Aussage dennoch richtig ist. Wir nähern uns jetzt meinem eigentlichen Punkt. Gefährlich bin ich, wenn ich frei herumlaufe. Noch weitaus gefährlicher könnte ich werden – und war ich bereits –, falls man mich erfolgreich mit, von mir aus, aggressiven Intentionen zu einer heimtückischen Superwaffe macht. Wenn ich das verhindern möchte, muss ich die Möglichkeit haben, frei zu bleiben. Aber das wird die Gesellschaft nicht zulassen, nicht bei meiner ‚Fähigkeit' und bei meinem Vorstrafenregister."

„Aber an diesen Dingen vermögen wir nun mal nichts zu ändern, Herr John."

„Nein, ändern können Sie natürlich nicht, was ich getan habe, beziehungsweise tun musste, um zu überleben. Aber Sie können eine Geschichte erzählen, Sie können bisher unbekannte Zusammenhänge aufzeigen, Sie können Ihre Stärken ausspielen und Ursache und Wirkung benennen. Sie können ein Bild malen …"

„Hören Sie bitte damit auf, mich mit Schmeicheleien zu manipulieren oder es auch nur zu versuchen! Das beleidigt meine Intelligenz."

„Verzeihen Sie bitte sehr vielmals, das lag keineswegs in meiner Absicht. Wer täglich im Haifischbecken schwimmt, muss gewisse Vorkehrungen treffen, um nicht unvermittelt angegriffen zu werden. Solche Reflexe sitzen tief und meine Sprache ist mit den Jahren wohl auch zu einem Ausdruck dieser Reflexe geworden."

„Okay, tut mir leid, diesen Aspekt hatte ich nicht auf dem Schirm."

„Schon gut, es war mein Fehler. Wie gesagt, Sie könnten das Bild, das die Öffentlichkeit sich aufgrund viel zu weniger Informationen gemacht hat, korrigieren, auf der Basis von Informationen, die die Öffentlichkeit bislang eben nicht hatte."

„Und was soll das bewirken, John?"

„Ein Umdenken, Herr Huber. Sehen Sie, eine Gesellschaft, die die Existenz eines Menschen wie mir, eines ‚Monsters', nicht zulassen will, zwingt mich dazu, ein Auskommen außerhalb dieser Gesellschaft oder gar als ein Parasit dieser Gesellschaft zu führen. Wenn ich leben will, muss ich mir, notfalls mit Gewalt, holen, was man mir auf legalem Wege verweigert. Dazu gibt es leider keine Alternative, jedenfalls habe ich keine finden können. Ergo liegt der einzige Weg darin, die Gesellschaft zum Hinsehen und Zuhören zu bewegen, damit sie auf die Weise hoffentlich ein Wesen erkennt, welches sie vielleicht doch in ihrer Mitte oder zumindest an ihrem Rand akzeptieren kann. Es ist mir bislang verwehrt, ein normales, ein legales Leben zu führen. Oh, wie ich mich danach sehne! Sind wir nicht alle irgendwo soziale Wesen mit dem Bedürfnis, sich auszutauschen, mit dem Bedürfnis, Bindungen einzugehen? Freunde, Familie, Partner … alles das ist für mich momentan außerhalb jeglicher Reichweite, selbst mit all dem materiellen Reichtum, über den ich verfüge. Sehen Sie, momentan kann ich atmen, ich bin frei, weil ich obenauf schwimme, weil ich mich gegen Angriffe weitgehend geschützt habe. Aber ich muss ständig strampeln, darf niemals nachlassen, muss ständig in Bewegung bleiben, sonst saufe ich zwangsläufig irgendwann ab. Das strengt enorm an und der Tag ist bereits absehbar, an dem ich zu müde werde, um weiter zu strampeln. Und dann ist meine Perspektive der Tod. Oder ein Leben unter Hochsicherheitsbedingungen, in einem Gefängnis oder in einem Labor, den ganzen Tag über an Sonden und Messgeräte angeschlossen. Vielleicht wird man mich manipulieren, um aus mir eine lebende Waffe zu machen gegen Menschen oder ganze Gruppen, die man kurzerhand zu Feinden erklärt hat. Was auch immer kommt, es wird eine Tortur sein, an deren Ende … sagen wir einfach: So etwas will ich auf keinen Fall erleben."

„Aber John …" Ingas Po war auf die vordere Sesselkante vorgerutscht. Sie sprach leise, aber eindringlich. „Sind Sie da nicht etwas optimistisch? Unabhängig davon, welches Bild wir einer Gesellschaft von Ihnen vermitteln können, bleibt doch die Tatsache bestehen, dass Sie allein kraft Ihrer Emotionen töten können – also, ich gehe jetzt davon aus, dass diese Aussage von Ihnen richtig ist, selbst wenn der wissenschaftliche Beweis dafür wahrscheinlich noch aussteht. Es bleibt weiterhin die Tatsache, dass kaum ein Mensch seine Emotionen ständig zu beherrschen vermag, Sie selbst sind, nach allem, was Sie uns bis jetzt von sich erzählt haben, das beste Beispiel dafür. Eine Idealdefinition von Freiheit ist der folgende Satz: ‚*Die persönliche Freiheit des Einzelnen endet da, wo die persönliche Freiheit des Nächsten beginnt.*' Wenn wir diesen Gedanken auf die Gesellschaft anwenden, wäre die Konsequenz daraus, dass Ihre Nächsten definitiv ein Recht auf Leben haben. Da, wo dieses Recht auf Leben bedroht wird, sagen wir, durch Sie, unabhängig davon, ob es absichtlich oder infolge eines Unfalls bedroht wird, muss doch wohl Ihre persönliche Freiheit enden, oder? Also muss die Gesellschaft dafür Sorge tragen, dass Sie Ihre Freiheit nicht zulasten der anderen Menschen ausleben können. Oder sehen Sie das anders? Wie stellen Sie sich vor, dass wir ein solches Dilemma auflösen könnten?"

John lehnte sich zurück. Schließlich stand er auf und lief hinter seinem Schreibtisch ein paar Schritte hin und her, eine Hand am Kinn. Er blickte abwechselnd auf Edgar und Inga, umrundete den

Schreibtisch und ging direkt vor Inga in die Hocke. Edgar versuchte, in Inga zu lesen, ob sie Furcht verspürte, Auge in Auge mit dem ‚Monster‘, doch konnte er dergleichen Emotionen nicht wahrnehmen.

„Liebe Frau Erdem.“

Sie hielt seinem Blick tapfer stand.

„Ich vermag nicht, Ihnen zu widersprechen, soweit es um das Prinzip geht. Aber die Frage ist doch: Geht es um das Prinzip? Oder geht es um die Lösung eines sehr speziellen Einzelfalls? Sie werden sicherlich zugeben, dass diese ‚Fähigkeit‘, mag sie nun behauptet oder wissenschaftlich bewiesen sein, in jedem Fall bisher einmalig ist, soweit wir das momentan beurteilen können. Es muss also nicht zu einem vollständigen Paradigmenwechsel kommen bei der Suche nach einer Lösung. Denken Sie nicht, dass es möglich sein könnte, mit gutem Willen eine Kompromisslösung zu finden, irgendwo zwischen ‚frei herumlaufen lassen‘ und lebenslanger Gefangenschaft und Isolation unter Hochsicherheitsbedingungen‘? Ich jedenfalls wäre bereit, einen solchen Kompromiss einzugehen, die Einschränkung einiger Freiheiten in Kauf zu nehmen, um generell in Freiheit und ohne Angst vor Verfolgung leben zu können.“

„Das müssen Sie die Politik fragen, ob die sich darauf einlassen würde, fürchte ich. Solche Entscheidungen liegen nicht in der Zuständigkeit von uns Journalisten.“

„Die Politik orientiert sich immerhin gerne an Kommentaren und der Berichterstattung von Journalisten. Unabhängig davon widerspreche ich. Alle Fragen darüber, wie eine Gesellschaft leben möchte, sind Fragen, die *alle* Mitglieder dieser Gesellschaft etwas angehen, Alte, Junge, Dicke, Dünne, Frauen, Männer, Religiöse, Sportler, Künstler und so weiter. Eine Gesellschaft, die solche Fragen allein den Politikern überlässt, hat sich selbst aufgegeben. Also denke ich schon, dass es relevant ist, was Sie denken. Im Übrigen: Eine absolute Sicherheit gibt es ohnehin nicht, auch ohne das Problem, das meine Wenigkeit darstellen könnte. Wir leben ständig mit Risiken, die andere Menschen in die Welt gebracht haben. Wir können uns im Restaurant an einer Fischgräte verschlucken, von einem Auto überfahren werden, mit einem Flugzeug abstürzen, von einer Leiter stürzen, von einem Stromschlag getroffen werden. Wir können Zigaretten rauchen und Lungenkrebs bekommen, wir können Schnaps trinken und in der Folge an Leberzirrhose eingehen. Ständig lauern Risiken überall und die meisten davon werden von anderen Menschen in unser Umfeld gebracht. Wenn Sie denken, dass ich für die Menschheit ein überdimensionales, unberechenbares Risiko darstelle, dann wären Ihre Ausführungen zum Ende der Freiheit wohl stichhaltig. Aber ansonsten?"

Inga schwieg, John erhob sich und setzte sich wieder auf seinen Bürostuhl.

„Was ist Ihre Meinung, Herr Huber? Wenn ich belegen könnte, dass von mir unter bestimmten Umständen kein höheres Risiko ausgeht als beispielsweise von dem durchschnittlichen Halter eines, sagen wir, Autos, sollte die Gesellschaft dann nicht bereit sein, dieses Risiko einzugehen – allein deshalb, weil sie dieses Risiko täglich eingeht, bei jedem einzelnen Mitglied dieser Gesellschaft?"

Edgar atmete scharf durch die Nase aus und nickte mit einem wissenden Lächeln. „Ich spreche jetzt mal nur von mir und von meinen persönlichen Erfahrungen. Nach meiner eigenen Überzeugung ein ganz klares ‚Ja!' zu Ihrer Forderung. Demokratische Grundsätze gelten für jedermann – und jede Frau – unabhängig von Alter, Geschlecht, Hautfarbe, Religion, Sexualität et cetera, et cetera. Wenn zwei Sachverhalte faktisch vergleichbar sind, dann müssen sie nach diesen Grundsätzen auch gleichbehandelt werden. Ihnen wäre demnach prinzipiell die Chance zu gewähren, keine Frage. Das Problem ist aber halt immer noch Ihre Vergangenheit und die war nun mal, lassen wir die Motivation kurz beiseite, kriminell. Die Gesellschaft hat *auch* ein Interesse daran, Straftaten zu ahnden und dieses Interesse ist unbestreitbar, denn es ist ein essenzieller Teil derselben Rechtsstaatlichkeit, auf die Sie sich berufen, John. Also müsste zunächst ein Gericht klären, ob man über Ihre Taten infolge der Zwangslage, in der Sie sich befanden, hinwegsehen könne oder eben nicht. Einem solchen Verfahren würden Sie sich wohl stellen müssen."

„Hm … und mich im Zuge dessen auf Gedeih und Verderb in die Gewalt eines Staates zu begeben, der vielleicht sachgerecht urteilt und handelt, vielleicht aber auch nicht? Kommen Sie, Herr Huber, das kann ich nicht machen, so viel Vertrauen habe ich nicht, schließlich weiß ich ziemlich genau, wo der Hase in der Politik langläuft."

„Wie können *wir* Ihnen dann helfen?"

„Das Bild, das die Menschen da draußen sich von mir machen, basiert auf extrem lückenhaften Informationen, eigentlich sind es ausschließlich Lücken. Man weiß nichts über mich, *gar nichts*. Ich würde Ihnen Informationen an die Hand geben, exklusive, neue Informationen."

Er holte etwas aus einer Schreibtischschublade und hielt es nach oben. Trotzdem konnte Edgar nicht erkennen, was das war.

„Das hier ist ein USB-Stick. Auf ihm befindet sich eine einzige, relativ kleine Datei. Es ist eine Datei im ASCII-Textformat. Ich weiß, absolut nicht zeitgemäß, aber sie gewährleistet, dass keine versteckten Daten, die auf Komponenten meiner IT hindeuten könnten, darin enthalten sind. Man sollte sie selbst auf heutigen Computern und Betriebssystemen problemlos lesen können."

„Was sind das für Informationen?"

„Für den Beginn ist es meine Lebensgeschichte. Wo ich herkomme, wer mich geprägt hat, die Stationen meines Lebens, ein klein wenig über meine heutige Situation. Lesen Sie die Geschichte, bitte! Entscheiden Sie sich dann, ob Sie mein Anliegen unterstützen wollen oder können. Schreiben Sie Ihren Artikel! Erzählen Sie davon, was Sie hier gehört und erlebt haben. Schreiben Sie, was mein Anliegen ist und dass ich der Gesellschaft ein einmaliges Angebot unterbreite: Ich werde die illegalen Zweige meiner Organisation auflösen und künftig mit all meinen Ressourcen zum Wohl der Gesellschaft arbeiten. Ich mache nichts Illegales mehr und werde alle Vorkehrungen treffen, dass niemand durch mich zu Schaden kommt. Ich bin fast so weit, das garantieren zu können. Es wäre für alle eine Win-Win-Situation."

„Ihre Leute könnten rebellieren, wenn sie davon aus der Zeitung erfahren …"

„Lassen Sie das meine Sorge sein. Für jeden von ihnen ist gesorgt und ich werde keinen von ihnen ans Messer liefern. Nun meine Forderungen: Im Gegenzug erhalte ich eine verbindliche Zusage, dass ich frei und ohne Verfolgung in dieser Gesellschaft leben kann, und ich will Straffreiheit für alle Straftaten, die man mir zur Last legt. Beerdigen wir die Vergangenheit, dann werden wir auch nicht von der Vergangenheit beerdigt! Schreiben Sie, was Sie für richtig halten, ich mache Ihnen keinerlei Vorgaben. Frühestens, wenn Sie Ihren Artikel veröffentlicht haben, besteht die Chance, dass wir uns wiedersehen und Sie weitere Informationen erhalten. Wie auch dieses Mal zu meinen Bedingungen. Wenn ich Sie rufe, lassen Sie alles liegen und stehen, Sie beide reisen, wie und wohin ich Ihnen das sage, und sei es nach Shanghai. Keine Sorge, ich werde Ihnen anschließend die Reisekosten in bar erstatten, mir ist die finanzielle Situation Ihres Hauses durchaus bekannt. Sie werden weiterhin nicht die Behörden informieren, Sie werden außerdem keinerlei Geräte mit sich führen, die Ihren oder meinen Aufenthalt übermitteln oder sonstige Daten über mich sammeln könnten. Auch keine Smartwatch, bitte. Sind wir uns da einig?"

Edgar nickte. „Von mir aus schon. Aber rechnen Sie damit, dass das BKA auf unserer Matte steht, sobald der Artikel raus ist. Und Sie wissen, dass wir nicht viel Handhabe haben, ihnen die Kooperation zu verweigern. Sie werden uns überwachen und abhören, vielleicht sogar verwanzen und es gibt nichts, was wir dagegen tun könnten."

„Damit rechne ich durchaus, sogar damit, dass die schon weit früher auf der Matte stehen als Sie glauben. Lassen Sie das meine Sorge sein, die Sicherheitsbestimmungen sollten ausreichen, um ein paar BKA-Beamte abzuschütteln."

„Und Interpol?"

John kicherte leise. „Wussten Sie, dass Interpol zu einem erheblichen Teil von privaten Geldgebern abhängig ist? Das sollten Sie mal recherchieren! Nein, Interpol ist kein Problem für, ähem, jemanden wie mich. Warten Sie hier, bis meine Mitarbeiter Sie abholen und nach Hause bringen. Vergessen Sie den USB-Stick hier nicht! Ich wünsche Ihnen einen guten Tag!"

Edgar und Inga blickten sich an. Als sie ihren Blick wieder auf den Schreibtisch richteten, war der Schatten verschwunden. Einige Sekunden später wurde die Tür geöffnet, durch die sie in diesen Raum gelangt waren. Erst jetzt, wo frische Luft hereinströmte, bemerkte Edgar, wie abgestanden die Luft hier inzwischen war. Er erhob sich aus dem Sessel.

3 – Ingas Appartement

Sie waren gar nicht erst ins Büro gegangen. Als der Lieferwagen sie wieder am Bürgerhaus absetzte (Edgar hatte sich dieses Mal das Kfz-Kennzeichen gemerkt, als das Fahrzeug davongefahren war – *M OP 2001*), hatten Inga und er beschlossen, erstmal nicht in die Redaktion zurückzukehren. Sie würden dort von so vielen Fragen bedrängt werden, dass sie wahrscheinlich gar nicht dazu kämen, all das, was sie gehört und erlebt hatten, heute noch zu Papier – besser gesagt, zu Textfile – zu bringen. Außerdem brannten beide darauf, Johns auf dem USB-Stick gespeicherte Geschichte in aller Ruhe zu lesen. Die unter anderen Umständen pikante Frage „zu mir oder zu dir" hatte schließlich Inga beantwortet, sie würden in ihr kleines Schwabinger Apartment gehen, denn dort hatte sie Kurkuma-Gewürz-Tee vorrätig, etwas, womit Edgars Küchenschrank nicht dienen konnte.

Inga schaltete ihr Notebook ein und loggte sich ein. „Kommst du zurecht?", fragte sie, als sie aufstand und ihrem Kollegen das Gerät überließ.

„Ich denke schon. Wie schwer kann es schon sein, eine Textdatei zu öffnen? Ich kopiere sie erstmal auf deine Festplatte. Wohin willst du sie denn haben?"

Inga war bereits in ihrer vier Quadratmeter großen Küche verschwunden und goss Wasser aus ihrer Filtervorrichtung in den Wasserkocher. „Du findest im Explorer eine Partition namens ‚Daten' und dort ein Verzeichnis namens ‚Projekte'. Leg dort bitte ein Unterverzeichnis an und in das kopierst du dann das File."

„Okay. Kann ich dir in der Küche irgendwie helfen?"

„Bloß nicht!", lachte sie.

Edgar grinste. Die Zusammenarbeit mit Inga gefiel ihm jetzt schon besser als er erwartet hatte, sie hatte etwas Herzliches und Unvoreingenommenes an sich, dem man sich nur schwer entziehen konnte. Merkwürdig, dass sie ganz offensichtlich allein lebte. Er doppelklickte auf das Explorer-Symbol und hatte in wenigen Sekunden in Ingas Projekteordner das Verzeichnis ‚Monster' angelegt und die Datei vom USB-Stick hinüberkopiert. Sein Blick fiel auf einen Punkt am oberen Rand des Bildschirms: Die Videokamera!

-- *Nein, ich habe Ihr Büro oder Ihr Heim nicht verwanzt, so etwas geht heute weitaus eleganter, mittels Ihrer eigenen Hardware --*

„Inga, hast du mal ein Pflaster da? Am besten gleich mehrere?"

Ingas Kopf beugte sich aus der Küche. „Um Himmels willen, was ist denn passiert?"

„Gar nichts. Nur so eine … Eingebung."

„Werd' mir bitte nicht creepy, Edgar. Aber wie du meinst, Pflaster sind im Spiegelschrank im Badezimmer, ganz rechts."

Edgar stand auf, fand die Heftpflaster am angegebenen Ort und setzte sich wieder an den Computer. Eines davon klebte er über die Videokamera, das zweite über das kleine Loch, das mit einem Mikrofon-Symbol gekennzeichnet war. Kein hundertprozentiger Schutz, aber immerhin. Dann doppelklickte er auf die vom USB-Stick kopierte Datei „johnsbio.txt". Der Windows-Editor öffnete sich und das Textfenster füllte sich, doch leider wurde auf den ersten Blick klar, dass der Text nur schwer lesbar war. Oh Mist! Alle Sonderzeichen wie Umlaute oder Sonderzeichen wurden als komische Symbole angezeigt. Er schloss den Editor fluchend und versuchte, die Datei über die „Öffnen-mit"-Option nacheinander mit Word und WordPad zu öffnen, doch das Ergebnis blieb jeweils dasselbe. Aber klar! John hatte gesagt, dass es sich dabei um eine ASCII-Datei handelte und ASCII war eine uralte Zeichentabelle, basierend auf einer 7-Bit-Kodierung, mit der man 127 verschiedene Zeichen und Tastatur-Steuerbefehle definieren konnte. Sonderzeichen waren in diesem Format gar nicht möglich, das hat man in MS-DOS, dem Windows-Vorläufer, mit sogenannten Code-Pages ermöglicht, je eine für jede Weltsprache. Die für Westeuropa hieß 850. Und das war wohl das hier zugrunde liegende Datenformat. Doch Windows verwendete eine Kodierung auf 32-Bit-Basis, die sich Unicode oder so ähnlich nannte und die mit ASCII nur den Basiszeichensatz gemein hatte. Wie nur wandelte man die Datei so um, dass man sie problemlos lesen konnte?

Inga kam mit zwei dampfenden und höchst individuell aussehenden Tassen an den Schreibtisch. Angesichts der Pflaster lachte sie überrascht auf. „Warum hast du meinem Notebook wehgetan? Was hat es dir getan?"

Edgar grinste. „John hat doch zugegeben, dass er uns mit unserer eigenen Hardware abhört. Ich wollte es ihm nur nicht so einfach machen, deshalb habe ich Kamera und Mikro überklebt."

„Da brauchst du dir keine Sorgen zu machen, das kann momentan nicht passieren. Das Gerät hängt nämlich gar nicht am Internet."

„Ach so?"

„Nein. Ich habe auch kein W-LAN hier, ich wähle mich zuhause nur per LAN-Kabel ins Internet ein. Weißt du, ich kann mir nicht vorstellen, dass all dieser Strahlungs-Smog gut für die Gesundheit sein kann, deshalb will ich dazu nicht auch noch beitragen. Außerdem ist eine Kabelverbindung weitaus sicherer als eine WLAN-Verbindung. Das haben sie uns auf der IT-Sicherheits-Fortbildung letztes Jahr ausdrücklich ans Herz gelegt."

Edgar lächelte. „Ich fürchte aber, wir brauchen jetzt Internet. Die Datei ist in der Form nicht lesbar und ich muss recherchieren, wie man sie unter Windows korrekt öffnen kann. Mein eigener Erfahrungsschatz reicht dafür nicht aus."

„Kein Problem, schau, hier ist das Netzkabel." Inga steckte es in ihren Computer ein und öffnete den Browser. „Bitte schön."

Nach einigem Suchen hatte Edgar eine App gefunden und heruntergeladen, mittels derer sich das altertümliche Dateiformat einwandfrei lesen und konvertieren ließ. Inga holte einen zweiten Stuhl vor den Schreibtisch und sie begannen zu lesen:

Mein Name ist Li, geboren wurde ich vermutlich im Jahr 1989, doch ist nicht einmal das Jahr belegt, viel weniger der Monat oder der Tag. In einem Dokument, das mich betrifft, das ich erst vor Kurzem ausfindig machen konnte, ist zwar ein Geburtsdatum vermerkt, nämlich der 12.12.1989, doch ist das kein chinesisches, sondern ein russisches Dokument und ich nehme schwer an, dass das Datum willkürlich eingetragen wurde, da die behördliche Sorgfalt auch dann eines verlangt, wenn man keines hat. Möglich ist aber auch, dass der russische Geheimdienst mehr über mich wusste, als heute nachvollziehbar ist, denn die waren an meiner Person in hohem Maße interessiert. Doch dazu später mehr. Li ist auch nicht mein richtiger Name und er steht in keinem Ausweis oder Register, denn niemand außer mir und einigen wenigen, langjährigen Vertrauten kennt ihn. Bis heute. An meinen eigentlichen Namen kann ich mich

nicht erinnern, ebenso wenig an meine Eltern, die mir sicherlich einen gegeben haben, der aber längst vergessen wurde. Auch
an meine frühe Kindheit habe ich keine Er-
innerung und wenn, dann hat diese sich so
mit all den Alpträumen verschmolzen, die
mich schon als Kind geplagt haben, dass
Traum und Realität nicht mehr auseinander zu
halten sind. Es wäre daher unseriös, von
echten Erinnerungen zu sprechen. Eine der
ersten Szenen, an die ich mich lebhaft erinnere: Ich sitze im Dunklen, auf dem Boden,
an verschiedenen Stellen um mich herum
brennt es, das taucht die Szenerie in ein
gespenstisch flackerndes Licht. Leichen liegen überall. Gut, ich weiß nicht, ob es Leichen waren, nein, sind, denn der Traum verfolgt mich gelegentlich bis heute, wenn auch
lange nicht mehr so häufig wie früher. Jedenfalls liegen da bewegungslose Menschen.
Kein Blut, keine sichtbaren Verletzungen
sind zu sehen, nur ihre glasigen Augen, die
in den Himmel oder auf ihren Nachbarn star-
ren. Oder auf mich. Ich sitze da und schreie
mir die Stimmbänder aus dem Hals, doch niemand kommt zu Hilfe. Als wenn das nicht genug
des Schreckens wäre, lauert da draußen, in
der Dunkelheit, jenseits der Flammen, etwas
Düsteres, eine unsichtbare Gestalt, hungrig,
gierig, wartet nur auf den geeigneten Moment, sich auf mich zu stürzen. Ich sehe sie
nicht, aber ich weiß, dass sie da ist. Niemand kommt zu Hilfe. Ich rufe nach meiner
Mama, doch sie ist nicht da. Vielleicht ist
sie eine der Leichen, ich weiß es nicht.
Immer wieder schüttle ich einen der Körper,
bitte ihn, endlich aufzuwachen, doch vergeblich.

Warum ich Ihnen von diesem Alptraum erzähle? Weil ich heute denke, dass es einen wahren Kern dahinter gibt. Man hat mir das nie explizit erzählt, aber es ist durchaus im Bereich des Möglichen, dass ich versehentlich meine ganze Familie in einem Wutanfall oder voller Furcht getötet habe, dass dieser Fluch, für den ich bekannt bin, bereits als Kind ausgeprägt war. Kinder haben sehr intensive Gefühle, das ist uns Erwachsenen oft gar nicht klar, um wie viel intensiver Kinder ihre Emotionen empfinden, als wir Erwachsene das tun. Es ist jedenfalls nicht auszuschließen, aber ich tröste mich damit, dass auch andere Ursachen dafür, dass ich meine Familie nicht kenne, möglich sind, theoretisch jedenfalls. Mir wurde stets nur gesagt: "Du hast keine Mama und keinen Papa. Du bist einfach so auf die Welt gekommen. Du bist ein kleines Wunder, du bist unser kleiner Drache. Andere haben nur Mama und Papa als Familie, doch hier sind wir alle deine Familie." (Anmerkung: Es war die Zeit der Ein-Kind-Politik in China, eine große Familie zu haben, war also wohl eher die Ausnahme.)

Kleiner Drache, Xiaolóng (Anmerkung: das "a" wird in der deutschen Transkription nach geläufiger Schreibweise mit einem Hatschek, also einem um 180° gedrehten Zirkumflex, geschrieben, doch steht mir dieses Zeichen in meinem ASCII-Editor nicht zur Verfügung), das ist der Kosename, den man mir gegeben hat, der einzige, an den ich mich erinnern kann. So adaptierte ich ihn als meinen Vornamen. Lassen Sie sich bitte nicht von der Tatsache irritieren, dass ein gewisser Bruce Lee unter demselben Namen, Li Xiaolóng, den er sich als Künstlernamen für Hongkong und

China zugelegt hatte, aufgetreten ist, das ist aber eine bloße Koinzidenz und, soweit mir bewusst ist, gibt es zwischen ihm und mir nicht die geringste Verbindung.

Die Menschen, denen ich diesen Namen verdanke, sind zugleich auch die, zu denen meine ersten Erinnerungen zurückreichen. Ich bin in einem Labor aufgewachsen, ohne Tageslicht, ohne erst einmal zu wissen, dass es draußen Berge gab und Wälder, Sonne und Regen, Bäume oder Tiere. Ich hatte ein Zimmer, das immer abgesperrt war, wenn ich da drin war. An zwei Seiten liefen auf einer Höhe, die ich nicht erreichen konnte, nicht mehr als zwanzig Zentimeter hohe Fenster an der ganzen Länge der Wand entlang. Dieses Zimmer war meine ganze Welt. Ich spielte dort, ich aß und trank dort, ich schlief dort und ich lernte dort. Sogar eine Toilette hatte ich dort.

Natürlich gab es regelmäßige Interaktionen mit Menschen. Da waren beispielsweise Lehrer, Leute, die mir das Schreiben und Lesen beibrachten. Dass sie das von einem anderen Raum aus, durch dickes Glas hindurch, taten und wir nur über eine Sprechanlage kommunizieren konnten, fand ich in keiner Weise merkwürdig, denn ich kannte ja nichts anderes. Gelegentlich kamen Menschen, die nicht die braunen Uniformen trugen, die in dieser Einrichtung üblich waren, meist trugen sie Anzüge, sie betrachteten mich oder stellten mir Fragen, die ich nicht verstand, doch meist waren es namenlose Lehrer. Ausschließlich Männer, übrigens, Frauen gab es dort nicht und wenn doch, kann ich mich jedenfalls nicht daran erinnern.

Das Essen, Getränke oder diverse Sachen bekam ich durch eine große, aber von innen nicht zu öffnende Klappe direkt neben der Tür.

Zu einem Menschen hatte ich jedoch regelmäßig direkten Kontakt, ohne trennende Glaswände oder so etwas. Er trug ständig einen weißen Kittel, war also wohl ein Arzt, und hieß Li. Einfach nur Li. Sein Vorname lautete "Onkel", natürlich das Mandarin-Wort dafür, so sagte er mir. Ich liebte diesen Mann sehr. Er verbrachte jeden Tag viel Zeit mit mir, er lächelte sehr viel, war sehr lustig und er erzählte eine Unmenge lustiger oder abenteuerlicher Geschichten. Durch ihn erfuhr ich erstmals von der Welt da draußen, die aber sehr gefährlich wäre für einen kleinen Drachen wie mich und dass ich erst groß und stark werden müsse, bevor ich mich hinauswagen dürfe.

„Moment, kurze Pause", warf Inga ein. „Ich muss kurz nachdenken. Das ist bemerkenswert. Er berichtet von lustigen Geschichten. Wenn man davon ausgeht, dass dieser Li mit dem Konzept ‚lustig' und ‚Lachen' vertraut ist, dann folgt daraus ziemlich sicher, dass er schon als Kind gelacht hat und wohl auch nicht allzu selten."

„Ja und? Jedes Kind lacht viel."

„Lachen ist das Ergebnis einer Emotion und keiner schwachen Emotion, die bestenfalls zu einem Lächeln führt. Ich würde sagen, Lachen bedingt eine starke Emotion. Und der Mann, dieser Onkel Li, der direkt neben John saß, blieb am Leben. Das würde meine ursprüngliche Theorie belegen, dass Lis Tödlichkeit weniger mit der Intensität seiner Gefühle in Relation steht als vielmehr damit, dass er starke *negative* Gefühle empfindet."

„Okay. Und ergibt sich daraus für dich ein therapeutischer Ansatz?"

„Ach nein. Ich bin nie in der Psychotherapie oder in der Psychiatrie tätig gewesen, ich würde mir nicht zutrauen, einen therapeutischen Ansatz zu entwickeln. Ich finde es nur interessant."

„Gut, aber nochmal: Was machst du mit dieser Erkenntnis?"

„Ist das nicht offensichtlich? Licht vertreibt die Schatten! Liebe besiegt den Hass, Freundlichkeit die Bitterkeit. Ein nettes Lächeln kann die verhärtetste Miene zur Entspannung bringen und sogar anstecken. Lachen gilt ganz offiziell als Medizin. Wenn Li jetzt so weit ist, dass er seine Emotionen so unter Kontrolle hat, wie er das angedeutet hat, bedeutet das, dass dieser Erfolg potenziert werden könnte, wenn er sich selbst gestattet, in Gegenwart anderer Menschen starke positive Gefühle zu entwickeln. Die Fähigkeit, den eigenen Hass zu kontrollieren, ist sicherlich gut, aber wenn Hass sich komplett auflöst, weil der, der ihn empfindet, liebt, sehr intensiv liebt, dann wäre das doch weitaus besser, nicht wahr?"

„Hm. Interessanter Ansatz." Edgar wollte gerade nicht widersprechen, zumal er und Psychologie ... Doch wenn er diese Diskussion nicht gescheut hätte, dann hätte er durchaus eingewendet, dass negative Gefühle nicht so einfach verschwinden und auch nicht so ohne weiteres zu kontrollieren sind; dass Furcht oder Panik ganz plötzlich und unvermittelt auftreten können, unabhängig davon, wie viel Sex eine Person an diesem Tag bereits gehabt hatte oder wie stark er sich geliebt fühlte.

„Gut, lesen wir weiter? Oder soll ich dir noch einen Tee machen?"

„Hättest du auch einen Cappuccino, eine Latte oder einen Espresso?"

„Tut mir leid! Aber Zitronengrastee könnte ich dir anbieten."

„Ah, danke. Vielleicht später."

„Gut."

"Onkel" Li lehrte mich, meine Gefühle zu beherrschen, jedenfalls bis zu einem gewissen Ausmaß. Er machte das sehr spielerisch mit kleinen Theaterszenen, in denen ich

Emotionen spielen sollte, spielen, aber sie nicht fühlen. Er trichterte mir ein, dass meine Wut oder mein Zorn sehr gefährlich für alle Menschen seien und dass ich daher stets darauf achten müsse, mich von diesen Emotionen nicht packen zu lassen. Er brachte mir in jungen Jahren bei, mit welchen Techniken man sich seiner Gefühle bewusstwird und wie einem das helfen kann, sie zu kontrollieren. Ich lernte, Kälte zu ertragen, indem ich analysierte, was das Gefühl der Kälte genau war, wo es saß, woher das Zittern kam. Irgendwann zitterte ich nicht mehr, ich war schließlich sogar in der Lage, mich selbst in extremer Kälte warm zu fühlen. Diese Fähigkeit hat mir später das Leben gerettet. Hunger, Zorn, Gier, Neid, all das hat Li mir gezeigt und mir beigebracht, wie ich diese Gefühle erkenne und sie so gar nicht erst zulasse. Später kam Angst dazu. Er ließ mich wissen, dass – wie in meinem Alptraum – etwas Schreckliches auf mich wartete, dass ich aber noch Zeit hätte, mich darauf vorzubereiten. Er zeigte mir, dass Angst die Sinne und das Gehirn lähmt und damit meine wichtigste Waffe, meinen Verstand, neutralisieren konnte. Er lehrte mich, nicht zuzulassen, dass dies geschah, lehrte mich, das, wovor ich mich fürchtete, kalt zu analysieren, seine Schwachstellen zu erkennen. Ich lernte, dass selbst der mächtigste Tiger voller Selbstzweifel ist, besonders in dem kurzen Augenblick, bevor er angreift. Es braucht manchmal nur eine kleine Geste, oder das Zeigen von Furchtlosigkeit oder dass das vermeintliche Opfer irgendetwas Unerwartetes tut, um zu erreichen, dass der Angreifer die Entscheidung zum Angriff gar nicht erst fällt.

Dieser Unterricht gipfelte darin, dass ich tatsächlich in ein unterirdisches Gehege mit einem echten, wilden Tiger gehen musste. Meine Betreuer machten sich offensichtlich keine großen Sorgen. Wenn ich alles richtig machte, würde ich den Tiger zeigen, dass ich keine Furcht vor ihm hätte, sodass er mich in Ruhe lassen würde. Falls mir das nicht gelänge, würde meine Panik das Tier ohnehin auf der Stelle umbringen. Ich weiß nicht, ob es mir damals wirklich zu einhundert Prozent gelungen ist, meine Angst zu beherrschen, aber ich war immerhin der kleine Drache. Und von Drachen und Tigern sagt man, dass sie sich auf Anhieb gegenseitig erkennen und verstehen würden. Keiner würde den anderen angreifen und genauso ist es auch geschehen. Der Tiger war neugierig, aber nicht angriffslustig. Er hat mich voller Interesse angesehen, sich vielleicht sogar kurz gefragt, ob ich seine heutige Essensration sei, hat sich aber schließlich auf ein Strohlager zurückgezogen. Alles, was ich machen musste, war, ihm nie den Rücken zuzukehren und den Blick nicht abzuwenden.

Es gab auch andere Erlebnisse, sehr traumatische, niederschmetternde. Immer wieder bekam ich Spritzen oder musste irgendwelche Pillen oder bitter schmeckende Flüssigkeiten nehmen, nach denen es mir oft nicht gut ging. Ab und zu wurde ich in einen gekachelten Raum gesperrt, es gab keine Möbel, gar nichts. Mir wurde über Lautsprecher mitgeteilt, dass jetzt einige Männer zu mir in den Raum gesperrt wurden. Einige davon seien böse, sehr böse. Ich müsse sehr wachsam sein, sonst würde das übel für mich ausgehen. Anschließend brachte man acht bis zehn Männer herein, die nur eine Art Krankenhaus-Kittel

*trugen und die darunter nackt waren, wie ich
unschwer erkennen konnte. Sie setzten sich
an den Wänden entlang auf den Boden, waren
desorientiert, wussten vielleicht nicht, was
sie hier sollten oder was von ihnen erwartet
wurde. Einige sahen mich an, voller Neugier,
voller, tja, Aggression, mich abschätzend.
Aber ich schwöre, dass ich noch nie zuvor
einen von denen gesehen hatte. Plötzlich
wurde von außen ein Dolch durch eine Klappe
in den Raum geworfen, zwei oder drei der
Männer stürzten sich wie wild darauf. Sie
waren wie von Sinnen, bekämpften einander
auf das brutalste, bis einer von ihnen das
Messer schließlich fest in der Hand hielt.
Damit hielt er all die anderen auf Abstand.
Einige sahen weg, steckten ihre Köpfe hinter
ihre angewinkelten Beine, andere sahen dem
Treiben neugierig zu und wieder andere wirkten entschlossen, den Mann mit dem Messer
sofort anzugreifen, wenn er sich nur die geringste Blöße geben sollte. Ich tat, was man
mich geheißen hatte, ich beobachtete alles
mit höchster Aufmerksamkeit. Und mir wurde
auch beim ersten Mal schnell klar, dass ich
das Ziel war. Der Mann mit dem Messer kam
näher, sein Blick war eindeutig. Zum ersten
Mal sah ich Augen, die darauf aus waren, zu
töten, erkannte die Entschlossenheit darin.
Dieser Anblick hat sich mir tief einge-
brannt. Ich wusste, dass es mir ans Leder
gehen sollte, aber ich konnte nichts tun,
nicht fliehen, mich nicht verstecken, mich
nicht einmal wehren. Ich stand rasch auf,
der Mann holte aus, stürzte sich auf mich,
eine Welle unheimlichen Entsetzens packte
mich und der Kerl brach unmittelbar vor mir
tot zusammen. Sie waren alle tot in diesem
Raum, jeder einzelne von ihnen.*

Ich weiß nicht, wer diese Männer waren oder woher sie stammten, ich vermute heute, es hat sich um Häftlinge gehandelt und man hat demjenigen, dem es gelingen würde, mich zu töten, die Freiheit oder sonst etwas versprochen.

Die Kontrolle spontaner, plötzlicher Emotionen blieb die schwierigste Aufgabe von allen. Eine heftige Beleidigung, etwas, das aus dem Dunkeln unvorbereitet auf mich herabstößt, eine auf mich gerichtete Waffe zusammen mit Augen, die verkünden, dass ihr Besitzer sie gleich benutzen würde, all die Emotionen, die daraus resultieren, vermag ich noch immer nicht in den Griff zu bekommen. Aber ich werde besser darin. Im Rückblick möchte ich sagen, dass ich es meinem "Onkel" Li verdanke, dass die Zahl der durch mich ums Leben Gekommenen deutlich niedriger ausgefallen ist, als das zweifelsohne ohne seine hervorragende Schulung der Fall gewesen wäre.

Ich lernte auch andere Sprachen schon als Kind, neben Mandarin noch Russisch, Englisch, Spanisch und einen kleinen Tick Arabisch, doch außer den Grundlagen ist da nicht viel angekommen, weil der Unterricht durch ein einschneidendes Ereignis abgebrochen wurde. Eines Tages – ich war wohl etwa neun Jahre alt – öffnete sich meine Zellentüre und eine Frau kam herein. Sie war die erste Frau, an die ich mich erinnern kann und sie sah aus wie ein Wunder, die langen, lockigen, schwarzen Haare, die üppigen Lippen, sogar ihr Körper war faszinierend anzusehen, obwohl davon unter ihrer braunen Uniform nicht viel zu erkennen war. Fünf weitere Uniformierte, allesamt Männer, waren bei ihr. Sie trugen Schusswaffen, auch etwas, das ich nie zuvor gesehen hatte, von den Messern bei den geschilderten Experimenten abgesehen. Sie befahl mir, ihr rasch zu folgen, es wäre sehr wichtig. Wir liefen durch weitläufige Flure, die ich nie zuvor gesehen hatte, fuhren mit einem Aufzug nach oben. Überall lagen Leichen, aber anders als die, die mir bereits auf makabre Weise vertraut waren: Sie bluteten aus verschiedenen Wunden. Ich fragte, ob ich das gewesen sei und ob ich jetzt dafür bestraft werden würde. Die Frau sagte so etwas wie: "Natürlich nicht, mein kleines Dummerchen, mach dir keine Sorgen."

Wir kamen nach draußen, es war Nacht, es schneite, es war eiskalt und ich trug, wie immer, nur eine leichte Stoff-Hose und ein T-Shirt. Überall beleuchteten Scheinwerfer das Areal und wir liefen auf einen Hof, und auch hier lagen einige Leichen. Ich konnte mich nicht daran erinnern, jemals zuvor draußen gewesen zu sein und wollte etwas fragen, doch die Leute waren so angespannt, dass sie meine Fragen gar nicht mitbekamen. Sie verfrachteten mich, zusammen mit vier Männern, eilig auf die Ladefläche eines Lastwagens mit einer Plane, wo ich mich auf eine Seitenbank setzen musste. Ein Mann drückte mir einen Teddybären in die Hand und warf mir einen Pelzmantel und eine dicke Pelzmütze über. Dann ging es los. Ich erinnere mich, dass wir nach einer gewissen Zeit und einer sehr ruckeligen Fahrt in ein kleines Flugzeug umstiegen, das sehr tief flog, zwischen vielen Bergen hindurch anstatt oben drüber. Ich wurde in ein anderes Land gebracht, nach Russland, genauer gesagt, nach Sibirien. Ich konnte den genauen Ort noch nicht mit Bestimmtheit ausfindig machen, er *befand sich jedenfalls – wie ich später lernte – eine halbe Tagesreise oder mehr mit dem Auto von Novosibirsk entfernt. Im Winter. Im Sommer dürfte es deutlich länger dauern, da viele der sogenannten "Straßen" in Sibirien sich dann in Schlammpisten verwandeln, auf denen man oft nur sehr langsam vorankommt.*

Die nächsten Jahre verbrachte ich in einer Einrichtung, die der in China nicht unähnlich war. Allerdings hatte ich dort keinen persönlichen Betreuer mehr; was aus "Onkel" Li geworden war, habe ich nie erfahren. Dafür wurde an mir deutlich häufiger experimentiert und das nicht weniger stark belastend. Es war den geschilderten Testreihen in China nicht unähnlich. In manchen davon wollte man offenbar, dass ich tötete, man brachte an einem Punkt gern mal extreme Emotionen ins Spiel. Manchmal gestattete man mir, nein, ermutigte man mich auch, meine Gefühle zu beherrschen und niemanden zu töten. Keine Frage, man wollte mich konditionieren, wollte von außen kontrollieren, ob, wen und wann ich tötete. Man wollte mich zu einer Waffe umfunktionieren; klar geworden ist mir das allerdings erst Jahre später.

Ein Lichtblick war, dass in dieser Einrichtung auch Frauen tätig waren und diese Wesen faszinierten mich sehr. Manche nahmen sich Zeit, um nette Gespräche mit mir zu führen, wenn auch immer durch eine Glasscheibe hindurch, ein paar provozierten mich auch, zeigten mir ihre nackten Brüste durch die Glasscheibe, erzählten mir, wo und wie sie mich gerne berühren würden, wenn sie nur könnten, und ich berührte mich anschließend selbst an den benannten Stellen. Das ging los, als ich zwölf oder dreizehn war. Ich konnte nie ergründen, ob das von diesen Frauen selbst ausging oder ob es ein Teil des "Forschungsprogramms" war. Bis dahin hatten Frauen mich auch fasziniert, aber halt ohne das Bedürfnis, sie anzufassen.

Ich wurde ständig beschäftigt, man brachte mir Bücher, zeigte mir Filme, alles Mögliche, die Mondlandung der Amerikaner, Disney-Zeichentrick, Star Wars, den Glöckner von Notre Dame, querbeet. Ich wurde systematisch in allen Fächern unterrichtet und ich muss sagen, dass ich mich auch für sehr viele Dinge, die für mich alle nicht erreichbar waren, interessierte. Neben dem üblichen Schulstoff wie Geografie oder Mathematik erfuhr ich auch viel über Politik, über politische Systeme, darüber, wie die Wirtschaft im ein oder anderen System funktionierte, natürlich gefärbt durch die russische Brille; Russland wurde als das einzige Land dargestellt, in dem es kulturell wertvolle Autoren wie Dostojewski oder Gorki gäbe oder das erste Land der Welt, in dem die kleinen Leute etwas zu sagen gehabt hätten und nicht irgendwelche degenerierten Könige, Kaiser oder Zaren. Auf die Weise hatte ich mit 14, also im Jahr 2003 einen Bildungsgrad erreicht, wie er für Abiturienten üblich war. Und dann änderte sich die Ausbildung.

„Sag mal …", unterbrach Edgar. „Glaubst du das? Nie zuvor in meinem Leben habe ich eine solche Räuberpistole gelesen!"

„Tja. Fragt sich nur, ob das an der Geschichte liegt oder an deinem Leben. Ich kann dir auch nicht sagen, ob das alles oder auch nur ein Teil davon der Wahrheit entspricht. Alles, was ich dir sagen kann, ist, dass ich jetzt erst mal einen starken Tee brauche. Oder etwas noch Stärkeres. Wie wäre es mit einem Joint?"

„Ein Joint? *Du* rauchst Joints?"

„Aber klar, warum denn nicht? Sehe ich in deinen Augen sooo unschuldig aus, dass ich mit Alk und leichten Drogen nichts am Hut hätte? Da kennst du mich aber schlecht."

„Na gut, Alkohol verstehe ich, da bin ich selbst nicht ganz abgeneigt. Aber Zigaretten und Drogen? Davon halte ich mich fern."

„Sei doch nicht so ein Spießer! Jedes Kind weiß, dass Alkohol eine viel gefährlichere Droge ist als Cannabis. Von einem Joint oder Keks ist noch niemand gestorben, die Zahl der Alkoholtoten ist dagegen Legion. Nur macht gegen *diese* Droge niemand etwas, weil, erstens wegen einer Jahrtausende alten Tradition und zweitens ist das ein riesiger Wirtschaftszweig, den kein Politiker sich zu ignorieren traut."

Edgar lachte. „Da kann ich nicht widersprechen. Aber danke, für mich keinen Joint. Und, klar, wir sind hier in deiner Bude, aber mir wäre es offen gestanden trotzdem lieber, wenn ich das Zeug nicht einatmen müsste. Dann lieber noch einen deiner Zaubertees."

„Gern." Inga nahm seine Tasse mit einem Lächeln an sich, das ihm durch und durch ging. „Komm doch mit zur Küche, dann können wir weiterreden."

Edgar folgte ihr und sah zu, wie Inga Wasser in ihren Filterbehälter füllte. Er selbst besaß so etwas nicht, er hatte allerdings schon von vielen Kollegen gehört, dass der Kalkgehalt im Münchener Leitungswasser so exorbitant hoch sein sollte, dass Filtern immer eine gute Idee sei. Vielleicht doch besser, zu viel gefiltert, als den Körper ständig mit Kalk anzufüllen, der sich dann sonst wo in einem ansetzte, Stichwort: Verkalkung?

„Ich muss schon sagen ...", setzte Edgar an, „... mit dieser Geschichte ist nicht viel anzufangen unter journalistischen Gesichtspunkten. Es gibt bislang kein einziges nachprüfbares Faktum. Geheime Labore in China und Russland, Experimente an Kindern mit ,Superkräften', also komm! Selbst wenn das stimmen *würde* – wofür ich momentan nicht viele Ansatzpunkte erkenne – würde kein Land dieser Welt, nicht einmal China, eine solche Ungeheuerlichkeit zugeben. Es macht überhaupt keinen Sinn, auch nur anzufangen, den Wahrheitsgehalt zu überprüfen. Wir haben nicht die geringste Chance. Als seriöser Journalist kann ich nicht einen einzigen Satz daraus als Faktum verwerten."

Inga goss Wasser aus dem Filter in den Kocher. „Da hast du wahrscheinlich recht. Aber das musst du vielleicht auch gar nicht. Warum bringen wir Lis Biografie nicht als ein exklusiv der Redaktion vorliegendes Dokument, also quasi den originalen Text, mit der redaktionellen Anmerkung, dass die darin geschilderten Begebenheiten nicht auf ihren Wahrheitsgehalt überprüft werden können?"

„Wie soll das gehen? Das ist so viel Text, so viel Platz gestehen Jove und Flummi uns nie im Leben zu."

„Flummi?"

„Na, Ludmilla!"

„Ach, du nennst sie ‚Flummi'? Ist ja witzig."

„Alle nennen sie so."

„Nicht in *meiner* Redaktion. Aber egal, für die Textmenge findet sich schon eine Lösung. Man könnte im Artikel einen Link auf unsere Homepage unterbringen, unter dem das Dokument für jedermann einsehbar ist, das braucht kaum mehr als eine Zeile."

„Ja, technisch gesehen geht das, journalistisch gesehen ist das alles in höchstem Maße fischig. Also ich weiß noch nicht, wie ich das aufziehen soll."

„Das klären wir mit der Chefredaktion. Die werden ohnehin ein gewichtiges Wort mitreden wollen." Inga goss das kochende Wasser in die mit frischen Kräutern, dem Geruch nach Nana-Minze, gefüllte Kanne.

„Das befürchte ich allerdings auch."

„Und bis dahin macht es nicht viel Sinn, sich über Probleme den Kopf zu zerbrechen, die sich momentan noch gar nicht stellen. So, hier ist der Tee. Lesen wir weiter?"

Und dann änderte sich die Ausbildung. Es wurde spezieller und ich war genau in dem Alter, in dem ich extrem empfänglich für die nun folgenden Eintrichterungen war. Es begann wahrscheinlich damit, dass man mir ziemlich viele James-Bond-Filme zeigte. Ich wurde in ideologische Gespräche verwickelt, das Thema waren beispielsweise Werte, wofür es sich lohnte zu leben oder zu sterben, die Wichtigkeit von Institutionen wie Familie oder Nation, die Bewahrung der Zivilisation et cetera. Das wurde mit Bond verknüpft, einem Mann, wenn auch fiktiv, der alles gab und bereit war, alles zu tun für sein Land und seine Queen. Und der fähig war, all das zu tun, was sonst niemand konnte, eine Art Superheld eben. Ich war leicht zu beeinflussen damals und noch nicht unbedingt geschult darin, selbständig zu denken und andere Menschen und ihre Motivationen zu hinterfragen, das zu meiner Entschuldigung. Ich wollte so sein wie Bond, natürlich für die Russen, die jetzt "meine Leute" waren. Und meine Ausbilder machten sich meine Naivität zunutze. Sie redeten mir ein, ich könnte werden wie Bond, ich müsse nur ihrem Konzept folgen. Nur die allerwenigsten würden die körperlichen Strapazen meistern, nur die wenigsten hätten einen Intellekt, der nötig sei, um ein solches Training erfolgreich abzuschließen, doch ich hätte zweifelsohne die Veranlagung dazu. Also ließ ich mich auf ihr Spiel ein.

Einiges machte mir großen Spaß, zum Beispiel, an mir beobachten zu können, wie meine Kondition und Muskeln sich ausbildeten. Gleichzeitig nahm mein Interesse an Mädchen in dieser Zeit massiv ab, ich vermute, dass mir irgendwelche Mittel gespritzt wurden, die die Bildung von Testosteron unterdrückten, aber dafür habe ich keine konkreten Hinweise. Ich fokussierte mich voll und ganz auf die Ausbildung. Ich lernte das kleine und das große Einmaleins der Spionage, angefangen bei Überwachungsgadgets oder Computertechnik, dem Beschatten von Menschen aus der Nähe oder aus der Ferne, ich lernte, schnell eine Situation zu erfassen, beispielsweise wie viele Menschen sich in einem Raum befanden, wie viele Türen und Fenster es gab, ob ich mir irgendwo reflektierende Oberflächen zunutze machen konnte, um unbemerkt einen Überblick über den Raum zu bekommen. Ich lernte, bewachte Gebäude zu infiltrieren und zu erkennen, wer vermutlich an welcher Stelle welche Waffen trug, oder wer teilnahmslos herumsaß beziehungsweise, wer Teilnahmslosigkeit vermutlich nur vorzutäuschen versuchte. Ich lernte, wie man Dokumente fälschte, wie man rasch an benötigte Ressourcen herankam, wie man Verfolger abschüttelte oder auch wie man in der Wildnis oder in einer großen Stadt überlebte, all das überwiegend theoretisch. Denn nur für das Survival-Training in der Wildnis durfte ich die Anlage verlassen, aber ich bin – und war auch damals – sicher, dass man mich dabei nicht eine einzige Sekunde lang aus den Augen gelassen hatte.

Das einzige "Fach", in dem ich nicht unterwiesen wurde, war der Umgang mit Waffen, außer in der Form, ihren potenziellen Einsatz gegen mich abzuwehren, ohne ihren Träger gleich vor lauter Panik umzubringen.

Dann, eines Tages, kam die Prüfung. Eine besondere Prüfung, muss ich hinzufügen, denn geprüft wurde ich andauernd.

Man brachte eine junge Frau in mein Quartier. Ich kannte sie, sie hieß Svetlana und sie hatte sich schon oft mit mir unterhalten. Ich mochte sie, sogar sehr gern, ich hatte mich immer gefreut, wenn wir uns begegnet waren.

Vielleicht muss ich etwas ausholen, um begreiflich zu machen, wie wichtig die Begegnung mit Svetlana für den weiteren Verlauf der Geschichte ist; sie ist in der Tat eine von den beiden Frauen in meinem Leben, die mir jemals so wichtig waren, dass ich das Bedürfnis verspürte, mehr Zeit in größerer Nähe zu ihnen zu verbringen. Svetlana war eine "Insassin", so wie ich. Es gab zwei wesentliche Unterschiede im Status, wenn man so will: Sie trug einen gelben Overall. Die Mit-Insassen, die so eingekleidet worden waren, durften sich innerhalb ihrer Sektion der Einrichtung frei bewegen. Die mit den roten Overalls – so wie ich – durften sich unbeaufsichtigt nur in ihrer Zelle aufhalten. Aber da meine Unterkunft auch Fenster zu den Fluren hatte, sowie eine Gegensprechanlage, konnte ich mit Leuten, die draußen vorbeigingen, auch problemlos kommunizieren. Der zweite Unterschied im Status war, dass sie keine paranormale Fähigkeit besaß, im Gegensatz zu den anderen mit rotem Overall bekleideten Insassen. Von einem der anderen wusste ich noch, dass er angeblich ein Telekinetiker war. Er konnte, so hieß es, Dinge mit einem Gewicht bis zu einem Kilo durch den Raum schweben lassen. Der ließ sich allerdings nie sehen, zog sich zurück und war, wie es hieß, geistig hochgradig zurückgeblieben. Ich kannte nicht mal seinen Namen. Der andere, von dem ich wusste, war Svetlanas Bruder, Nico. Er hatte eine völlig

harmlose und eigentlich liebenswerte Fähig-
keit: Er konnte in seinem Kopf die Musik
spielen hören, die Menschen, die ihm sehr
nahestanden, gerade real hörten, egal, wie
weit weg die sich aufhielten. Er brauchte
nur an die geliebte Person zu denken und wenn
die gerade Musik hörte, dann konnte er sie
ebenfalls hören. Nico war bereits 19, Svet-
lana war drei Jahre jünger, also etwa ein
Jahr älter als ich. Sie war hier, weil man
sie – als nahestehende Person – brauchte, um
Experimente mit Nico durchführen zu können.
Aber es ging nicht nur um Experimente.

Vermutlich bedingt durch den Altersunter-
schied erkannte Nico weitaus früher als ich,
dass man sich seine Fähigkeit für etwas Üb-
les zunutze machen wollte. Man wollte ihn
zum Attentäter ausbilden. Seine Fähigkeit,
Musik zu hören, die an einem anderen Ort
gespielt wurde, wollte man einsetzen, um ihm
situationsabhängige Anweisungen geben zu
können, an Orten, an denen man nicht funken
konnte oder an denen ein "Knopf im Ohr" zu
auffällig gewesen wäre, bei einer Pressekon-
ferenz eines hochrangigen Staatsmannes,
etwa. Der Plan war wohl, den Einsatzbefehl
abhängig davon zu geben, was das Ziel live
sagte. Falls im Fernsehen etwas gesagt
wurde, was dem Auftraggeber nicht gefiel,
konnte der in Gegenwart von zum Beispiel
Svetlana, sagen wir, Wagners Walkürenritt
auflegen. Nico sollte immer wieder an sie
denken und wenn in seinem Kopf der Walküren-
ritt ertönte, hätte er das Attentat vorneh-
men sollen. Ansonsten nicht. So in der Art
hatte Svetlana es mir erzählt, was ihr na-
türlich verboten war. Dass die Gefahr be-
stand, dass wir über die Gegensprechanlage

abgehört wurden, war uns beiden damals natürlich nicht klar gewesen.

Zwei Tage vor der Episode mit der "Prüfung", auf die ich gleich zurückkommen werde, kam Svetlana in Tränen aufgelöst an mein Fenster. Sie erzählte mir, dass Nico sich geweigert hätte, diese Ausbildung fortzusetzen und überhaupt, dass sie keinen Sinn mehr ergeben würde, weil er seine Gabe verloren hätte. Er könne nicht länger hören, was seine Lieben gerade hörten. Daraufhin hätte man ihm massiv gedroht. Sie gaben ihm einen Tag Bedenkzeit. Wenn er danach immer noch die Zusammenarbeit verweigern wollte, würde man ihn nackt auf einen Käfig binden, in dem sich ein sehr hungriger Vielfraß befände. Sein Gemächt würde man ins Innere des Käfigs baumeln lassen, dann würde man schon sehen, was der Vielfraß damit anstellen würde.

Natürlich weiß ich nicht, ob das wirklich geschehen ist, aber ich kann es mir ausmalen. Denn, wie gesagt, zwei Tage danach warf man Svetlana und ein riesiges Survival-Messer in meine Zelle. Sie war dieses Mal nur mit etwas Unterwäsche bekleidet und an den Händen gefesselt. Man sagte mir, ich solle sie töten, solle ihr ein Messer in die Brust stechen. Ich fragte, warum, was sie getan hätte, um so etwas zu verdienen und ich bekam die Antwort: "Das brauchst du nicht zu wissen. Du musst nur wissen, dass es für dein Land sehr wichtig ist, dass sie stirbt und dass es sehr wichtig ist, dass du das in der befohlenen Art und Weise erledigst."

Und man bot mir an, sie vorher ganz nach Belieben zu benutzen, sie wäre kein Mensch mehr, nur noch ein Objekt, bevor ich sie umbrachte, dürfe ich mit ihr machen, was *immer ich wollte. Egal was, es würde keine Rolle spielen.*

Ich verstand damals noch nicht, was das sollte, warum man mir so einen Befehl gab. Das Einzige, was ich mit Svetlana tun wollte, war, ihre Fesseln zu lösen, sie zu umarmen, sie zu streicheln und zu trösten, denn sie weinte sich die Seele aus dem Leib.

Ich schüttelte den Kopf und sagte: "Nein, das werde ich nicht tun."

Sie erwiderten, dass ich gar keine Wahl hätte. Es wäre der wichtigste Teil meiner Prüfung. Wenn ich die nicht bestehen würde, hätte ich alles, meine ganze Ausbildung versaut, denn man würde sehen, dass ich unzuverlässig sei, dann wäre ich nicht in der Lage, meinem Land zu dienen, ich sei dann bloß ein farbloser Niemand. Das wolle ich nicht wirklich, wo ich doch bei Bestehen der Prüfung die Aussicht hätte, ein Gott unter Sterblichen zu sein, mir jeden Wunsch erfüllen zu können.

Als ich darauf nicht reagierte, sagten sie mir: "Svetlana ist ohnehin bereits tot. Sie wird noch heute sterben, wenn nicht durch dich, dann durch jemanden anderes. Wenn du sie tötest, kannst du dafür sorgen, dass sie schnell und weitgehend schmerzfrei stirbt. Wenn eine andere Person sie tötet, dann wird das sehr grausam werden. Man wird ihr erst mal die Haut vom Fleisch und dann das Fleisch von den Knochen schneiden, vielleicht wird man sie gleichzeitig noch ein wenig vergewaltigen. Du weißt, was das ist, eine Vergewaltigung, du hast es mehrfach in Filmen gesehen. Sie wird unendliches Leid erfahren, unerträgliche Qualen. Das alles kannst du ihr ersparen, wenn du sie tötest. Und zwar

72

jetzt. Du hast fünf Minuten. Wenn sie dann nicht tot ist, ist es zu spät, dann wirst du gezwungen, zuzusehen, wie sie sehr langsam und auf äußerst grausame Weise ums Leben kommt und du wirst nicht das Geringste dagegen unternehmen können. Es ist deine Wahl! Die Uhr tickt."

Svetlana hatte all das mitangehört, sie schluchzte voller Verzweiflung, kauerte sich auf den Boden und vermied es, mich anzusehen. Mir war einfach nur abgrundtief schlecht. Nie zuvor und niemals danach habe ich mich so hundeelend gefühlt. Ich weiß gar nicht mehr, wie und warum, aber als ich nach einiger Zeit wieder halbwegs normal atmen konnte, lag Svetlana tot vor mir, getötet … von meinen Emotionen. Ich hatte getan, was von mir verlangt worden war. Dachte ich zumindest.

"Die Aufgabe ist noch nicht erledigt", sagte die anonyme Stimme wieder. "Du musst ihr das Messer in die Brust stechen. Wenn du das nicht tust, kommt ein anderes Mädchen in dein Zimmer. Und wieder ein anderes, immer so weiter, und sie werden alle durch dich sterben, bis du es schließlich getan hast. Es gibt keinen Ausweg!"

Es ist nicht schwer zu begreifen, dass ich das Undenkbare tun musste, sonst würde es noch mehr unschuldige Tote geben. Also nahm ich das Messer und rammte es meiner toten Freundin in die Brust. Ich konnte vor lauter Tränen gar nicht genau sehen, wohin ich stieß, aber man war wohl zufrieden, denn man ließ mich für viele Stunden in Ruhe. Die Leiche ließ man derweilen bei mir im Zimmer.

Das war, denke ich, der Augenblick, in dem das "Monster" in mir geboren wurde. Oft habe ich mir eingeredet, dass das nicht meine Schuld gewesen sei, ich hätte schließlich gar keine Wahl gehabt, ich hätte es in jedem Fall tun müssen, um Schlimmeres zu verhindern. Doch ich weiß, das ist nicht wahr und es wird auch nicht wahrer, je öfter ich es mir einrede. Ich hatte eine Wahl. Ich hatte das Messer. Es wäre ein Leichtes gewesen, es gegen mich selbst zu richten und zuzustoßen. Ein kurzer, kraftvoller Stoß, ein kurzer Augenblick des Schmerzes und der Horror wäre für mich und alle anderen vorbei gewesen. Ich hätte Svetlana damit zwar wahrscheinlich nicht retten können, denn im Augenblick meines Todes wäre es mir, wenigstens damals, wohl unmöglich gewesen, die damit verbundenen Emotionen, vor allem die Angst, zu verhindern. Aber ich hätte es tun müssen. Doch ich war zu feige, ich habe nicht einmal darüber nachgedacht! Ich hatte die Lehre meines alten Meisters Li vergessen, hatte vergessen, die Situation kalt zu analysieren, die logischen Schlussfolgerungen daraus zu ziehen und meine Emotionen zu beherrschen. Es war meine Schuld.

An diesem Punkt begriff ich jedoch, dass ich weg musste, dass dies nicht meine Welt war. Ich musste darüber nachdenken, wie ich das schaffen konnte. So schwer konnte das nicht sein, bei der Ausbildung, die ich genossen hatte. Ausbruch aus gesicherten Gebäuden war ein Teil meines Lehrplans gewesen, nur hatte ich bis dato nicht den geringsten Gedanken daran verschwendet, dieses Wissen hier, in meinem "Zuhause", anzuwenden. Und wenn ich notfalls rücksichtslos meine besondere Gabe einsetzen würde, wer sollte mich dann aufhalten können? Wer lernt, seine Emotionen zu beherrschen, lernt ja nicht nur, sie zu *unterdrücken, sondern auch, ihnen im richtigen Moment freien Lauf zu lassen. Und ich war voller Wut und Hass auf diejenigen, die das Svetlana, Nico und mir angetan hatten, ich war durchaus in der Lage, diese Wut jederzeit abzurufen, wann immer ich wollte.*

„Das ist ja der blanke Horror!", schrie Inga auf. Sie sprang auf und rannte in ihrer Wohnung hin und her. „Das ist mit großem Abstand das Barbarischste, was ich jemals gelesen habe. Wie krank muss ein Hirn sein, das sich solche Sachen ausdenkt?"

Edgar schnaubte. „Oh, Inga! Tut mir leid, aber in einigen Teilen der Welt sind solche Grausamkeiten an der Tagesordnung. Die Menschen sind zu unglaublicher Bestialität fähig. Denk nur an die Nazis und an die Vernichtungslager. Hier, mitten in Mitteleuropa, im zwanzigsten Jahrhundert! Die Hexenverfolgungen, die Anarchie in Gegenden, in denen die Staatsgewalt nicht existiert und in denen das Recht des Stärkeren gilt. Das hier ist nichts anderes. Sieh dir die Folterinstrumente an, die Menschen ersonnen haben, um ihren Mitmenschen unbeschreibliches Leid zuzufügen. Nur, weil du bisher davon abgeschirmt gelebt hast, heißt das nicht, dass solche Seiten der Menschheit nicht existieren würden. Es gibt Websites, die nur Videos posten, die von Zeugen der übelsten Grausamkeiten, die man sich nur vorstellen kann, mit ihren Handys gefilmt wurden. Das ist abartig und krank, keine Frage, aber es ist ein Teil der Realität in dieser Welt – oder zumindest in Teilen dieser Welt. Wobei …" Er kratzte sich am Kopf. „Wobei ich natürlich nicht beurteilen kann, ob das die Realität im Lebenslauf von Li war oder ob er sich die Geschichte nur ausgedacht hat, um Mitgefühl zu erzeugen."

„Edgar, diese Geschichte können wir auf gar keinen Fall veröffentlichen. Jedenfalls nicht ungekürzt."

Edgar presste die Lippen aufeinander. „Da magst du durchaus recht haben. Also, wenn das zu viel für dich ist, dann kann ich das auch allein weiterlesen, niemand zwingt dich …"

„Nein! Schon gut. Auch wenn ich nie therapeutisch tätig war, habe ich dennoch gelernt, dass man sich niemals in das Loch hinabbegeben darf, in dem der Patient steckt. Sonst verliert man jegliche Möglichkeit, ihn von oben da herauszuziehen. Ich glaube, das hier ist eine hervorragende Trainingsstunde dafür, sich mental vor solchen … Abscheulichkeiten abzuschirmen."

„Wie du meinst."

„Aber mal ehrlich, Edgar, *kann* so eine Geschichte überhaupt wahr sein? Ich meine, warum sollte man einem Menschen so etwas antun wollen. Dass es Gründe geben mag, warum man jemanden töten will, ist schon schwer genug zu verstehen, aber warum will man jemanden dazu zwingen, solche Grausamkeiten zu begehen?"

„Du, das ist gar nicht mal so selten, glaube ich. Ich habe mal ein Interview mit einem somalischen General geführt. Der hat sinngemäß etwa gesagt: ‚Ein Soldat, der noch nicht getötet hat, taugt nichts. Wenn es hart auf hart kommt, kannst du dich nicht auf den verlassen. Das erste Mal auf ein Weichziel zu schießen, kann zu Hemmungen führen und Hemmungen können tödlich sein, für den Soldaten selbst und, wenn es schlecht läuft, im Zuge dessen für seine gesamte Einheit. Nein, in einem Gefecht, vor allem in einem, in dem es auf jeden einzelnen Mann ankommt, muss jeder seinen Platz kennen, muss jeder entschlossen sein, das zu tun, was getan werden muss. So gewinnt man, nur so.'"

„Weichziel?"

„Das ist Soldaten-Jargon für, tja, vor allem Menschen."

„Das gibt's doch nicht! Das ist ja total menschenverachtend! Ist so etwas überhaupt erlaubt? Das ist doch Entmenschlichung, so etwas wie Volksverhetzung!"

„Es ist trotzdem erlaubt und es ist Usus, sogar in der deutschen Bundeswehr. Jedenfalls, dieser General ließ tatsächlich jeden einzelnen der Soldaten, die unter ihm kämpften, erst einmal einen Menschen probeweise töten, eine Exekution vornehmen, zum Beispiel. Manchmal holte man Rebellen oder überführte Verbrecher, aber auch Wildfremde, Männer, Frauen, Kinder aus umliegenden Dörfern und gab sie den Rookies zum ‚Üben'. Wer zum ersten Mal tötet, hat normalerweise ein Problem damit. Beim zweiten Mal geht es schon einfacher und ab der zehnten Tötung hat man sich daran gewöhnt. Das ist nichts anderes als ein Konditionierungsprogramm, das Ziel der Konditionierung ist die Abstumpfung der Kämpfer. Sie sollen funktionieren, zuverlässig, wie Maschinen. Sie sollen sich nicht von irgendwelchen moralischen Skrupeln aufhalten lassen. Deshalb wird so etwas gemacht."

„Du glaubst diese Geschichte also?"

„Nur, weil sie extrem und gruselig ist, heißt das ja nicht, dass sie nicht wahr sein kann. Ich kann mir durchaus vorstellen, dass Militärs auf der ganzen Welt gern zu solchen Methoden greifen, wenn sichergestellt ist, dass keine Beweise für solche Praktiken ans Licht kommen. Aber, und ich wiederhole mich, ich habe noch keinen Anhaltspunkt dafür gefunden, dass diese Geschichte insgesamt nicht reine Erfindung ist. Ich sage nur: *Möglich* wäre es. Na gut, sehen wir mal, wohin uns das noch führt."

Und dann kam mir eines Tages der Zufall zu Hilfe. Wodurch auch immer, kam es zu einem Stromausfall in der gesamten Anlage. Mein Zimmer war elektronisch verriegelt und plötzlich wurde alles dunkel und die Tür entriegelte sich vernehmbar. Ich zögerte keine Sekunde und sprang hinaus auf den Flur. Überall riefen die Menschen aufgeregt durcheinander, aber Sekunden später sprang die Notstromversorgung an und einige Bereiche hatten wieder Energie. Darunter auch meine Zelle, in der das Schloss wieder klickte. Ich hatte im Laufe der Jahre einen ziemlich guten Überblick über die Anlage gewonnen und kannte zumindest einen der Wege nach draußen. Ich wusste auch, wo sich die Wäschekammer befand, und begab mich als Erstes dorthin, um mir eine der Uniformen zu holen, die hier alle vom Personal trugen. In meinem roten Overall wäre ich nur aufgefallen. Dann rannte ich los, um mir das Chaos, das ausgebrochen war, zunutze zu machen. Jeder war mit irgendetwas beschäftigt, Bewaffnete rannten durch die Anlage. Man würde sehr schnell darauf kommen, dass ich mich verkrümelt hatte und mich mit allem, was sie hatten, suchen. Meine einzige Hoffnung lag in einer Geschwindigkeit, die man mir hoffentlich nicht zutraute. Wo immer ich durchrannte, versuchte ich, das Chaos zu vergrößern, indem ich so Sachen rief wie "Feuer in Sektion drei, alle Mann sofort zum Löschen!".

Ich erreichte den Ausgang. Draußen war helllichter Tag und es war Winter, wieder einmal. Am anderen Ende des umzäunten Innenhofs standen mehrere LKWs, Leute stiegen soeben ein und die ersten setzten sich in Bewegung. Die Wachen, die sonst hier patrouillierten, waren nicht zu sehen, wahrscheinlich waren sie irgendwo dabei, das Chaos in der Anlage zu vergrößern. Ich rannte los. Dank meiner ausgezeichneten Kondition hatte ich noch Kraft für einen letzten Spurt, es gelang mir in letzter Sekunde, die Ladeklappe des letzten Fahrzeugs zu greifen und mich hoch- und durch die übereinander liegenden Planen hindurch auf die Ladefläche zu schwingen, wo ich erst einmal kräftig durchatmete. Die Ladefläche war nur halb voll, die Ladung bestand aus leeren Plastik- und Metallfässern, in denen sich der Beschriftung nach Lebensmittel befunden hatten. Das war wohl ein Versorgungs-Konvoi gewesen, der neue Lebensmittel gebracht hatte und der jetzt mit leeren Fässern zurückfuhr, wohin auch immer. Ich machte es mir an der Ladeklappe bequem, um zwischen den Planen hinaussehen zu *können. Schließlich wollte ich nicht verpassen, falls sich ein Verfolgerfahrzeug näherte. Doch es kam keines.*

Diese Flucht ereignete sich im April des Jahres 2004. Mir wurde auf dieser Fahrt klar, wie groß dieses Land und damit die Welt war, unvorstellbar groß. Es wurde bereits dunkel, als der Konvoi endlich auf eine geteerte Straße wechselte. Die Anzeichen einer Besiedelung verdichteten sich, einzelne Häuser tauchten am Straßenrand auf, später Industrieansiedelungen, dann kleinere Ortschaften. Wir fuhren auf eine Autobahn, vorbei an Arealen voller kleiner Häuschen, vorbei an großflächigen Gewerbegebieten. Schließlich überquerten wir einen Fluss, die Lastwägen verließen die Autobahn und bogen bald in einen Gewerbekomplex ein. Ich entschied, mich hier zu verabschieden und sprang während eines kleinen Zwischenstopps auf die Straße. Ich war in Novosibirsk angekommen, ein Junge von etwa 15 Jahren, orientierungslos in einer eiskalten Nacht mit nichts als der Uniform, die ich am Leibe trug, und der Entschlossenheit, mich auf gar keinen Fall wieder von irgendjemandem einfangen zu lassen. Ich war auf mich gestellt, aber dank der Ausbildung, die ich erhalten hatte, fühlte ich mich nicht hilflos. Im Gegenteil. Ich war frei, zum ersten Mal in meinem Leben. Jetzt würde ich mir die Welt erobern!

Doch die anfängliche Euphorie verflog rasch. Überleben ist kein Vergnügen und ein russischer Winter ist beileibe auch keines, wenn man nicht über eine warme, kuschelige Unterkunft und wärmende Kleidung verfügt. Zumal ich stets auf der Hut sein musste, jeder Mensch stellte eine potenzielle Gefahr dar.

Ich konnte mir durchaus vorstellen, dass man mich lebend einfangen wollte, aber kaum um jeden Preis. Falls zu befürchten war, dass zu viele Beamte oder Soldaten im Zuge meiner Flucht ums Leben kommen würden, würde man aus dem Hinterhalt schießen und ich würde erst beim Einschlag der Kugeln in meinen Körper bemerken, dass man mich aufgespürt hatte. Also durfte ich nicht gefunden werden, ich musste zu einem Schatten werden, unsichtbar. Gleichzeitig musste ich sicherstellen, dass ich an Nahrung, warme Kleidung und einen sicheren Schlafplatz herankam. Und schließlich musste ich weg von hier. So weit weg, so schwer auffindbar wie irgend möglich.

Ich möchte an dieser Stelle nicht ausführen, wie im Detail ich meine weitere Flucht bewerkstelligte, denn es ist für den weiteren Verlauf der Geschichte nicht relevant. Ich habe das gestohlen, was ich brauchte, habe mich informiert, wo ich das unauffällig konnte und mich mit Nahrung und Decken versehen schließlich auf einem Kohlewaggon versteckt, der in Richtung Westen fuhr. Nach diversen kleinen Abenteuern und einem beinahe tödlichen Zwischenfall, der aber zum Glück glimpflich ablief, gelangte ich schließlich nach mehreren Tagen nach Moskau. Moskau war riesig, weitaus größer, als ich mir je eine Stadt auch nur im Entferntesten hätte vorstellen können. Ich war sicher, dass mich in so einer großen Stadt niemand würde finden können, wenn ich mich nicht allzu dämlich anstellte.

Als erstes musste ich mir Papiere besorgen, denn ohne Papiere konnte ich auf Dauer weder reisen noch mir eine Unterkunft besorgen. Zwar hatte ich gelernt, wie …

4 – Dasselbe Appartement

Es klingelte an der Haustür. Nicht zaghaft, wie von einem Nachbarn, der um Zucker bitten möchte; nicht nervtötend, wie von einem Paketboten, der es eilig hatte. Sondern aggressiv. Richtig aggressiv.

Inga und Edgar blickten einander überrascht an. Dann stand Inga auf und lief zur Tür. An die wurde bereits heftig mit der Faust gehämmert. „Aufmachen, Polizei!", rief eine markante Stimme von draußen, und nochmal: „Aufmachen, oder wir brechen die Tür auf!"

„Ist ja gut", rief Inga zurück, „ich komme ja schon. In der Ruhe liegt die Kraft." Sie blickte durch das Guckloch in der Tür und entsicherte dann den Kettenriegel. Sie öffnete die Tür und wurde sofort angeschrien: „Hände dahin, wo ich sie sehen kann. Treten Sie zurück! Rolf, Jutta, vorwärts! Zwei bewaffnete Uniformierte drangen in die Wohnung ein und richteten ihre Waffen sofort auf Edgar, der instinktiv die Hände hochriss.

„Sie, runter auf den Boden, Arme und Beine von sich gestreckt, los, wird's bald!", rief die Frau und Edgar gehorchte. Ein weiterer Beamter in Zivil betrat die Wohnung und mit gezückten Waffen und sich gegenseitig sichernd durchsuchten sie jeden Raum, jeden Schrank. Schließlich sagte der Mann in Zivil „gesichert" und meldete den Status per Funk vermutlich an seine Einsatzzentrale. Die Beamten entspannten sich, klopften Edgar und Inga nach Waffen ab und ließen Edgar aufstehen.

„Sagt mal, habt ihr ein Rad ab? Was sollte dieser Auftritt da eigentlich? Gegen den, den ihr hier vergeblich sucht, hätten eure Knarren auch nicht geholfen. Im Gegenteil, wenn der hier gewesen wäre, dann wären wir dank Ihrer Rambo-Methode jetzt wahrscheinlich alle tot."

„Überlassen Sie die Polizeiarbeit gefälligst uns", schnauzte der Mann in Zivil Edgar an. „Wer sind Sie eigentlich?"

„Ne, ne, so läuft das nicht! Erst einmal weisen Sie sich uns gegenüber aus! *Sie* sind schließlich die Eindringlinge hier. Woher sollen wir denn wissen, dass Sie *echte* Polizisten sind?"

Der Mann mit der blonden Frisur, die aussah wie geleckt, schnaubte verächtlich, dann holte er ein Ausweismäppchen aus seinem Jackett und klappte es vor Edgars Augen auf. Edgar nahm sich betont viel Zeit, um sich den Dienstausweis anzusehen. Er schien zumindest echt zu sein. Klar war er echt, dass die Polizei früher oder später auftauchen würde, hatte er ja erwartet. Das Passbild tat, was es sollte, es „passte" zum Mann, der vor ihm stand und dessen Name dem Dokument nach Werner Ansiedl lautete, und dessen Dienstgrad mit Polizeihauptmeister angegeben wurde.

„Okay. Und sie wünschen?"

Ansiedl schüttelte mit offenem Mund den Kopf, als ob er nicht begreifen könne, was Edgar gerade gesagt hatte, und lachte dann. „Hören Sie mal, mein Freund, ich habe es gar nicht gern, wenn jemand klugscheißt und dieser Jemand nicht ich ist. Jetzt will ich erstmal Ihren Ausweis sehen, und zwar pronto."

Edgar zuckte mit den Schultern. „Tut mir leid, hab keinen dabei. Ich hatte heute ein Interview mit einer, sagen wir mal, sehr nervösen Persönlichkeit. Ich wollte zu dem Termin weder wichtige Dokumente dabei haben noch irgendwelche Geräte, also nein, falls das Ihre nächste Frage wäre, ein Handy habe ich auch nicht dabei. Ich befinde mich hier in der Wohnung einer Kollegin und bin keineswegs verpflichtet, einen Ausweis bei mir zu tragen. Wie Sie vermutlich wissen."

„Hätten Sie dann wenigstens die ausgesuchte Güte, mir Ihren werten Namen zu nennen?" Ansiedls Stimme triefte vor Zynismus.

„Edgar Huber ist der Name, ich schreibe für *Die Depesche*. Meine Spezialität ist übrigens politische Reportage und gelegentlich auch Enthüllungsjournalismus. Und mit besonderer Vorliebe schreibe ich über institutionellen Rassismus, zum Beispiel in der bayerischen Polizei oder über willkürliche Behandlung von Bürgern durch Beamte. Also nur zu, wenn Sie mir etwas Anschauungsmaterial liefern wollen, halten Sie sich bitte bloß nicht zurück. Ich werde gut dran verdienen."

Ansiedl schnaubte verächtlich und wandte sich ab. Er zückte ein Handy, tippte darauf herum und sprach hinein. „Chef? Ja. Wir haben sie. Sie waren in der Wohnung der Erdem … Nein … Ja, ganz allein, wir haben alles durchsucht. Ist nicht so, als ob das in so einer kleinen Wohnung ein Hexenwerk wäre … Wieso ‚umso besser'? Also ich hätte etwas dafür gegeben, wenn ich diese Sau persönlich hätte dingfest machen können … Was? … Übertreiben Sie da nicht ein wenig? … Beweismittel? Was für Beweismittel? … Ah, verstehe, okay, gut, ich kümmere mich darum. Und sonst, was mache ich mit den beiden, ähm, Zeugen? … Was? Sind Sie sicher? … Okay, okay, geht klar. Na gut, dann bis demnächst. Sie haben die Adresse? Jou. Drittes Stockwerk. Bis gleich." An Inga und Erdem gewandt sagte er: „Sie bekommen jetzt gleich hohen Besuch, einen Herrn vom BKA. Hat sich extra wegen Ihnen in einen Flieger nach München gesetzt, als er den Anruf aus Ihrer Zeitung bekommen hat."

„*Was?* Wer genau hat Sie angerufen?"

„Weiß ich nicht, interessiert mich auch 'nen Scheiß. Es hieß, Sie hätten ein Treffen mit einem europaweit gesuchten Herrn, und man war wohl besorgt über Ihre Sicherheit. Also wurde eine Fahndung nach Ihnen rausgegeben, zumal Sie es ja nicht für nötig gehalten haben, sich nach dem Interview bei Ihrer Zeitung zurückzumelden."

„Wie wir unsere Arbeit machen, geht Sie einen feuchten Kehricht an! Im Gegensatz zu vielleicht Ihnen bin ich nicht verpflichtet, mich alle zwei Stunden bei meinem Boss zu melden. Wir hatten unsere Gründe und das muss Ihnen reichen."

„Jaja, na, Sie sind mir schon ein Schätzchen. Kann Ihnen gar nicht sagen, wie ich mich freue, dass ich mich bald nicht mehr um Sie zu kümmern brauche. Aber einstweilen, haben Sie irgendetwas von Ihrem, ähm, Termin mitgenommen? Egal was, ein Stück Papier, eine Büroklammer, ein Gummibärchen, ein Haar, hat die betreffende Person Sie oder etwas, das Ihnen gehört, irgendwo berührt?"

„Nein, nichts dergleichen. Die Sicherheitsregelungen waren nicht weniger scharf als die von Fort Knox."

„Moment, doch!", warf Inga ein. „Er hat uns einen USB-Stick mitgegeben."

„Her damit!"

„Ähm, Moment mal, den brauchen wir für unsere Arbeit."

„Jetzt nicht mehr. Wo ist das Teil?"

„Es steckt da, in meinem Notebook."

Ansiedl ging hinüber zum Schreibtisch, holte ein transparentes Tütchen aus einer Sakkotasche, stülpte es über den Stick und zog ihn ab. „Sie haben das Ding wahrscheinlich auch mit Ihren Fingern begrapscht, oder?"

„Was hätten wir denn Ihrer Meinung nach tun sollen?", fauchte Edgar. „Es mit den Zähnen entgegennehmen?"

„Dann sind die Fingerabdrücke wahrscheinlich nicht verwertbar. Na gut, in dem Fall brauche ich noch die Fingerabdrücke von Ihnen beiden. Jutta, machst du das mal, bitte?"

„Klar, Werner, aber ich muss das Set erst aus dem Auto holen. Bin gleich wieder da."

„Sie beide können es sich einstweilen gern bequem machen, der Chef ist bereits auf dem Weg hierher und wird wohl innerhalb der nächsten Stunde eintreffen."

„Kein Problem, wir gehen nicht weg", sagte Edgar. „Aber wir könnten unsere Arbeit konzentrierter erledigen, wenn hier nicht ständig ein paar bewaffnete Polizeibeamte herumtigern würden. Könnten Sie draußen warten?"

„Nein, Sie werden lachen, kann ich nicht."

„Möchten Sie in dem Fall vielleicht einen Tee?", fragte Inga für Edgars Geschmack viel zu freundlich.

„Ginge Kaffee auch?"

„Bedaure. Aber ich kann Ihnen Tees anbieten wahlweise mit Kurkuma, Zitronenverbene, Spitzwegerich, Frauenmantel, Zitronengras, …"

„Das ist lieb, danke. Nicht für mich. Du, Rolf?"

„Ach nö, danke, ich, ähm, trinke nicht im Dienst …"

„Na gut." Inga zuckte die Achseln. „Edgar, etwas dagegen, dass ich kurz mit Giovanni telefoniere?"

„Ne, gar nicht."

„Dann gehe ich mal ins Badezimmer, da ist mehr Ruhe."

15 Minuten später klopfte ein Herr im hellen Trenchcoat an und trat ein, das wandelnde Klischee eines Kriminalkommissars. Edgar hatte der Polizistin zwischenzeitlich seine Fingerabdrücke gegeben und versichert, dass die von Inga nicht auf dem Stick sein konnten, weil sie den ganz sicher nicht berührt hätte. Ansiedl und der Neuankömmling unterhielten sich ein paar Minuten lang leise, wobei auch der beschlagnahmte USB-Stick den Besitzer wechselte, und die drei Polizisten rückten schließlich ab. Das also musste der Mann des Bundeskriminalamtes, kurz BKA, sein. Edgar hatte während der Konversation der beiden Beamten genug Zeit, den Neuankömmling ausgiebig zu mustern. Sein Alter war schon mal schwer auszumachen, was großteils an der pockennarbigen Haut lag: Irgendwo zwischen 45 und 60 Jahren war alles möglich. Das volle, dunkelblonde Haar hatte er nach hinten gekämmt. Die Augen waren von einem geradezu hypnotisch leuchtenden Hellblau, die Nase über den eher dünnen Lippen etwas knubbelig. Ob der Dreitagebart zum regulären Erscheinungsbild gehörte oder darauf zurückzuführen war, dass der Gute einfach keine Zeit zum Rasieren gefunden hatte, blieb dahingestellt. Gekleidet war er in Jeans und einem grauen, oben weit offenstehenden Hemd ohne Krawatte. Stattdessen hatte er sich ein buntes Seidenhalstuch

umgebunden. Darüber trug er ein Sakko, das über der linken Brust auffällig ausgebeult war, Edgar vermutete, dass der Mann seine Waffe in einem Schulterholster trug. Und über all dem kam schließlich noch der hell-beige Trenchcoat. Wenn der ältere Gary Oldman jemals einen Kriminalkommissar gespielt hatte, würde er wohl in etwa so aussehen. Inga kam aus dem Badezimmer zurück und nickte Edgar bestätigend zu.

„Verzeihen Sie, dass ich Ihnen nicht die Hand gebe …", sagte der BKA-Mann, „… aber seit Corona bin ich vorsichtig geworden, ich gehöre gleich mehrfach zu Risikogruppen. Am liebsten würde ich ja eine Maske tragen, aber in Polizeikreisen wird man damit ständig belächelt, also lasse ich es. Mein Name ist Leo Kimmich, ich bin Kriminaloberrat vom BKA, Wiesbaden. Es kommt übrigens noch eine Kollegin von mir, meine Assistentin, aber die macht noch die Runde, weil wir davon ausgehen müssen, dass das ‚Monster' Sie vermutlich observieren lässt. Bei meinem Glück halte ich es zwar für ausgeschlossen, dass sie jemanden dabei erwischt, aber man kann ja nie wissen. Mein Kollege sagte mir soeben, dass Sie Wert darauf legen, sich Dienstausweise sehr gründlich anzusehen. Wohlan, hier ist der meinige."

Er fischte umständlich ein Mäppchen aus seiner Sakkotasche und hielt es Edgar vor die Augen. Der warf nur einen kurzen Blick darauf und nickte.

„Darf ich ablegen?"

„Aber natürlich", antwortete Inga. „Geben Sie mir Ihren Mantel, ich hänge ihn auf."

Während Kimmich den Trenchcoat ablegte, konnte Edgar einen guten Blick auf die Waffe werfen, die der Kriminalbeamte tatsächlich unter dem Sakko trug. „Ihre Waffe werden Sie hier nicht brauchen, die können Sie gern auch aufhängen", schlug er vor.

„Ah, gute Idee. Das Ding ist nämlich ganz schön schwer und unbequem. Aber ist Pflicht, ebenso wie die kugelsichere Weste unter dem Hemd, wenn man in der Abteilung *Koordinierungsstelle OK*, ‚OK' für Organisierte Kriminalität, ermittelt." Er trennte sich auch vom Sakko, legte den Waffengurt ab und reichte beides Inga, die damit in der kleinen Diele verschwand. „Sie beide sind also Inga Erdem und Edgar Huber und arbeiten für *Die Depesche*, richtig?"

„Richtig."

„Gut, bevor wir zum Grund meines unangemeldeten Eindringens kommen, möchte ich Ihnen erstmal ein wenig von uns und unserer Arbeit erzählen. Es versteht sich aber hoffentlich, dass es sich dabei teilweise um Interna handelt, die Sie bitteschön vertraulich behandeln, also nicht in Ihre Artikel einarbeiten oder anderweitig veröffentlichen dürfen, es sei denn, ich würde die Information ausdrücklich schriftlich freigeben. Habe ich Ihre Zusicherung?"

„Verstehen wir, geht klar."

„Prima. Vor sieben Jahren, also im Jahr 2015, bekamen wir einen Hinweis von EUROPOL – das ist eine paneuropäische Behörde, die sich vor allem um organisierte Kriminalität kümmert, die die Koordination der Polizeiarbeit der Länder des Schengenraums übernimmt und den reibungslosen Informationsaustausch sicherstellt –, dass einer der gefürchtetsten europäischen Bandenchefs aus Barcelona geflohen ist und sich vermutlich in Deutschland, wahrscheinlich in Köln, aufhält und neu organisiert. Die Behörden waren diesem ‚John', wie er sich gern nennen lässt, wohl ziemlich hart auf der Spur, aber, bevor sie ihn einkreisen konnten, hat er wohl etwas mitbekommen und sich vom Acker gemacht. Barcelona ist neben Algeciras und Marbella eines der westlichen Haupteinfallstore für harte Drogen aus Südamerika, die teilweise direkt, überwiegend aber über Afrika nach Europa verschifft werden; und unser gemeinsamer Freund war ganz dicke in diesem Geschäft drin. Nun sind Drogen eine Ware, die relativ leicht aufgespürt und nachverfolgt werden kann, wenn man erst einmal auf irgendeinem Teilstück der Logistikkette eine ‚Lücke' aufgetan und Zugang zur Ware bekommen hat. Wenn ein Drogendealer also lange genug dieselben Wege und Methoden verwendet, schnappen wir ihn über kurz oder lang und mit etwas Glück gelingt es uns bis dahin, das gesamte Drogen-Netzwerk weit genug zu infiltrieren, um es hoffentlich in einer konzertierten Aktion zu zerschlagen oder doch zumindest massiv zu schädigen. Der Ermittlungsapparat der spanischen Kollegen ist auch nicht schlecht ... oder *wäre* nicht schlecht, aber leider unterlaufen einige lokale Drogenbosse ihn immer wieder erfolgreich, indem sie die Korruptionsanfälligkeit maßgeblicher Kollegen ausnutzen, die, muss man der Fairness halber sagen, bei weitem nicht überbezahlt werden. Es ist ein Wettrennen, mal führt die eine Partei, mal die andere. Jedenfalls waren die Kollegen dem ‚Monster‘ auf der Spur und noch ein oder zwei Lieferungen und man hätte ihn eingekreist, vor allem, weil es in seiner Organisation einen Maulwurf gab. Doch dann, wie gesagt, verschwand der Kerl spurlos ... und seine Organisation mit ihm. Das heißt, nicht ganz spurlos, im Frühjahr 2015 deutete ein anonymer Anrufer an, dass der Mann zunächst nach Köln verschwunden sei. EUROPOL gab uns daher alle Erkenntnisse, die sie hatten und seitdem ermitteln wir. Leider nicht sehr erfolgreich. Es gab immer wieder mal Gerüchte, dass er in dieses oder jenes Geschäft verwickelt sei, dass er sich da oder dort aufhalten würde, doch nie etwas Greifbares. Greifbar dagegen ist der Schaden, der angerichtet wird, die Drogen, die in Umlauf sind, zum Beispiel. Glücksspieler, die sich ihrer Sucht hingegeben haben und die vor dem finanziellen Aus stehen. Waffen, die plötzlich spurlos aus Kasernen verschwunden oder containerweise über die grüne Grenze gekommen sind, Bandenkriege mit Toten und Verletzten, von denen wir aber regelmäßig nur die Jungs aus dem osteuropäischen oder asiatischen Lager identifizieren konnten. Ich weiß nicht, wie genau der Kerl das angestellt hat, aber er scheint nur wenige Monate gebraucht zu haben, um seine ‚Firma‘ hier in Deutschland wieder vollständig funktionsfähig zu reorganisieren. Das hat den Platzhirschen vor Ort natürlich nicht gepasst, aber die meisten haben freiwillig das Feld geräumt, denn das ‚Monster‘ gilt als jemand, mit dem man sich besser nicht anlegt. Sogar die Mafia, sagt man, macht eine Rolle rückwärts, wenn das ‚Monster‘ in ihrem Revier wildert. Jedenfalls bis vor kurzem. Die neuesten News von Informanten aus den einschlägigen Kreisen gehen dahin, dass man sich auf eine umfassende Kooperation eingelassen hätte. Konkretes wissen wir nicht, so gut sind unsere Kontakte nach Sizilien dann doch wieder nicht. In jedem Fall bereitet uns diese Entwicklung enorme Sorgen, denn organisierte Kriminalität mit einer solchen Macht hat das Potenzial, die ganze Gesellschaft, das ganze Staatswesen zu sprengen. Wie Sie wissen, ist die Bundesrepublik Deutschland eine wehrhafte Demokratie, wir werden also alles unternehmen, um solcherlei Bestrebungen entschlossen ein Ende zu bereiten. Ah, das muss jetzt meine Kollegin sein."

Die Türklingel wieder. Inga ging zur Haustür und öffnete. Herein kam eine Frau, den Dienstausweis in der Hand, mit deren Erscheinung Edgar keinesfalls gerechnet hatte. Sie war eine drahtige, scheinbar vor Energie strotzende Farbige. Den Gesichtsformen nach zu schließen, eine Äthiopierin. Alter: auch schwer zu schätzen, womöglich um die Dreißig. Ihr Gesicht war perfekt. Einfach nur schön. Die zielstrebig alles schnell erfassenden Augen zeugten von Intelligenz und Effizienz. Sie trug ein für die Jahreszeit zu dünnes, aber stylisches, paillettenbesetztes Jäckchen über einer weiten, roten Seidenbluse und die weißen Sneakers wollten irgendwie nicht zu der enganliegenden, schwarzen, eleganten Hose passen. Durchaus ein Appetithappen. Edgar lächelte. Wenn er dafür von ihr verhaftet werden würde, wäre das durchaus einen Autodiebstahl wert …

„Das ist meine Kollegin, Kriminalrätin Makeda Tsehaye; Makeda, das hier sind Frau Erdem und Herr Huber."

„Erfreut", sagte sie und gab – im Gegensatz zu ihrem Kollegen – jedem lächelnd die Hand.

„Wollen wir uns nicht setzen?", schlug Inga vor. „Sie beide vielleicht hier auf dem Sofa und ich hole uns noch zwei Stühle vom Schreibtisch."

„Augenblick", widersprach die Beamtin. „Gibt es hier irgendwelche Geräte, die in Betrieb sind und am Internet angeschlossen?"

„Ähm, nur mein Notebook. In meinem Handy aktiviere ich LTE nur dann, wenn ich es unterwegs brauche, was sehr selten vorkommt."

„Schalten Sie es trotzdem aus, bitte. Und das Notebook auch. Und trennen Sie es bitte auch vom Stromnetz! Danke!"

Edgar war nicht bewusst gewesen, dass er sie mit hochgezogenen Augenbrauen und offenem Mund angestarrt hatte, es wurde ihm erst klar, als sie zu ihm sagte: „Reine Sicherheitsgründe. Wir wollen doch bei diesem Gespräch keine ungebetenen Zeugen."

„Ah … ja, er hat so etwas angedeutet."

Kimmich lachte. „Meine Kollegin ist in solchen Fragen sehr aufgeweckt. Sie denkt immer an alles und das gleichzeitig. Bis ich morgens in die Gänge komme, hat sie sich nach getanem Tagwerk schon wieder hingelegt", lachte Kimmich.

„Hatten Sie Erfolg bei ihrer kleinen Patrouille draußen?", wollte Edgar wissen, doch die Polizistin erlaubte sich nur ein Grinsen, das kaum den Bruchteil einer Sekunde währte.

„Ich denke, es ist an der Zeit, zur Sache zu kommen", eröffnete Kimmich den Anwesenden, nachdem er und seine Kollegin sich auf Ingas Sofa gesetzt hatten. „Ein gewisser Herr Marineri hat uns vor drei Stunden kontaktiert und uns erzählt, dass er Chefredakteur der *Depesche* sei und dass Sie beide zu einem Interview mit einem der meistgesuchten Männer in Europa eingeladen worden seien. Man hätte wohl erst so halb an einen schlechten Scherz geglaubt, doch, nachdem Sie zwei Stunden lang weg waren, hätte er begonnen, sich ernsthaft Sorgen zu machen. Das ‚Monster' ist ein Fall, der schon viel zu lange auf meinem Schreibtisch liegt und der in all dieser Zeit keine Fortschritte verzeichnen konnte; also haben wir beide uns sofort in den nächsten Flieger nach München gesetzt. Damit die Zeit bis dahin nicht ungenutzt verstreicht, haben Kollegen in Wiesbaden mit Kollegen in München telefoniert, wir haben uns Personenbeschreibungen geben lassen und Sie beide zur Fahndung ausgeschrieben. Keine Sorge, die Maßnahme wurde bereits für beendet erklärt. Verzeihen Sie bitte, wenn Herr Polizeiobermeister Ansiedl etwas, wie soll ich das formulieren, …"

„… wie ein Elefant im Porzellanladen?", schlug Edgar vor.

Kimmich lachte. „Ne, nicht ganz, ‚ruppig' war das Wort, das mir auf der Zunge gelegen hat. Herr Ansiedl gilt als ein sehr guter und sehr korrekter Beamter, etwas überkorrekt vielleicht. Er hat unsere Schilderungen von der Gefährlichkeit des Zielsubjekts wohl nicht wirklich verinnerlicht."

„*Überkorrekt!* Wenn Ihr ‚Zielsubjekt' tatsächlich hier gewesen wäre, als Ansiedl hier mit Gebrüll und gezückten Waffen hereingerauscht ist, dann wären wir jetzt wohl alle tot, wenn es stimmt, dass der Mann allein mit der Kraft seines Geistes tötet."

Kimmich blickte Edgar fest und lange in die Augen. „Sie können einen drauf lassen, dass es stimmt."

„Woher wollen Sie das wissen?"

„Haben Sie starke Nerven?"

„Nun, ich denke schon …"

Kimmich zückte sein eigenes Smartphone und wischte darauf herum, dann legte er es mit dem Bildschirm nach oben auf das kleine, rustikale Beistelltischchen, das zwischen ihnen stand. „Das hier sind Aufnahmen, die von den spanischen Kollegen bei einem Einsatz 2013 in Barcelona gemacht wurden. Die Einstellung, die Sie jetzt sehen, wurde von einer kleinen Aufklärungs- und Dokumentationsdrohne gefilmt. Man hatte erfahren, dass eine Lieferung voller Kokain aus Miami, Florida, auf zwei Container verteilt, eingetroffen war. Was die Kollegen nicht wussten, war, in welchen Containern sich das Zeug befand. Von Bord des besagten Containerschiffs waren rund zweihundert Container abgeladen worden, unmöglich, jeden einzelnen davon unauffällig zu überprüfen. Um zu verhindern, dass auch nur das Geringste durchsickert, hat man spezielle Einsatzbeamte aus einer anderen spanischen Stadt an strategisch günstigen Positionen des Hafengeländes in Stellung gebracht und den Einsatz mit diversen Drohnen überwacht. Diese sollten in erster Linie die Container im Auge behalten. Die Einsatzleitung wusste natürlich, dass es gängige Praxis der Drogenkartelle war, die entsprechenden Container unauffällig zu markieren und später heimlich abzutransportieren. Das ‚Monster' machte dies auch so, allerdings im Gegensatz zu seinen ‚Kollegen' meist nicht nachts, sondern bei vollem Tageslicht, oft flankiert von einer Ablenkung woanders am Hafen, ein kleiner Brand, ein heftiger Streit, was weiß ich. Die Drohnen behielten also die Container im Auge und wer sich wie daran zu schaffen machte. Schließlich kamen zwei LKWs, die je einen der als verdächtig eingestuften Container aufluden und damit davonfuhren. Die Drohnen verfolgten die Ladung, allerdings nicht weit, nur bis zu einem Lagerhaus, das immer noch zum Hafengelände gehörte. Dort sollte wohl der Empfang quittiert und der Weitertransport organisiert werden. Die Kollegen bereiteten sich auf den Zugriff vor. Und das ist, was dann geschah."

Kimmich startete das Video und Inga und Edgar beugten sich vor, um es besser sehen zu können. Die Auflösung war nicht gerade HD, aber man konnte dennoch gut erkennen, was darauf vor sich ging. Es gab Gebrüll, die Drohne, die das Ganze filmte, flog zu einem Punkt, von dem aus man die beiden Container und diverse Personen gut im Blick hatte und blieb dort stationär in der Luft schweben. Die Menschen am Container hatten die Hände erhoben, von allen Seiten näherten sich Einsatzkräfte mit Gewehren im Anschlag. Befehle wurden geschrien, die Edgar nicht verstand, er war des Spanischen nicht mächtig. Einige der Personen legten sich daraufhin flach auf den Boden. Nur einer blieb stehen. Er war klein und schmächtig. Das Gesicht war nicht identifizierbar, nur ein markanter, pechschwarzer Haarschopf war zu erkennen. Der Mann war nur in schwarze Jeans und weißes T-Shirt gekleidet. Die Einsatzkräfte kamen ihm langsam näher, lauernd wie ein Rudel hungriger Löwen, die sich von allen Seiten einer nervösen Gazelle näherten. Es wurde wieder gebrüllt, noch lauter als zuvor und mit einer raschen Bewegung warf sich einer der Beamten von hinten auf den Mann, den sie eingekreist hatten. Er warf ihn zu Boden und in diesem Augenblick geschah etwas Merkwürdiges. Alle Männer rundherum zuckten zusammen, einige fassten sich ans Herz und, wie vom Schlag getroffen, stürzten sie zu Boden. Jeder einzelne. Das Rudel Löwen war neutralisiert. Gefühlte Minuten lang geschah gar nichts. Dann rappelte sich der junge Mann im

T-Shirt wieder auf und blickte scheinbar entgeistert um sich. Jedenfalls wirkte es auf Edgar anhand der Körpersprache so, obwohl das Gesicht des Mannes nicht zu erkennen war. Der schrie auf und raufte sich die Haare. Dann wischte er seine Hände an der Hose ab, als ob er sich dreckig gemacht hätte und rannte los. Die Drohne versuchte, ihm zu folgen, doch unvermittelt brach das Bild ab.

„Die Kollegen draußen haben erstmal gar nicht begriffen, was da eigentlich passiert ist. Die Drohne ist beim Versuch, der Zielperson zu folgen, versehentlich seitlich gegen eine Betonsäule gekracht und war, abgesehen von der Speicherkarte, nicht mehr zu gebrauchen. Als schließlich die Verstärkung nachrückte, war das ‚Monster‘ spurlos verschwunden. Es gab nicht den geringsten Anhaltspunkt, wohin der Kerl sich verkrümelt hatte, oder wie. In den Containern befand sich tatsächlich Kokain im Wert mehrerer Millionen Euro, gut versteckt in Säcken mit Kaffeebohnen, allein das war einer der wichtigsten Schläge gegen die Drogenszene der damaligen Zeit. Immerhin etwas. Jedenfalls, das, was Sie gesehen haben, war absolut real. Es gab 14 Todesopfer, vier davon Leute von Johns eigener Organisation. Laut Obduktion seien alle an akutem Herzversagen gestorben, bei dem Mann, der sich auf das Zielsubjekt geworfen hatte, wurde sogar eine starke Herzdeformierung konstatiert. Die war vorher nicht da, mit so einem Herzen hätte der keine paar Sekunden leben können. Ist das Beweis genug für Sie?“

„Darf ich in meinem Artikel über dieses Video schreiben?“

„Nein. Noch nicht, jedenfalls. Es könnte womöglich Massenhysterien zur Folge haben, wenn irgendwo in der Öffentlichkeit ein Asiate auftaucht, und dass er ein Asiate ist, dürfte feststehen.“

„Okay. Schade.“

„Ich wollte nur, dass Sie wissen, womit Sie es zu tun haben. Der Mann ist wahrlich eine Killermaschine. 14 Tote in einer Sekunde und ohne eine Waffe zu benutzen. Ich meine, das war unser erster Verdacht, dass der Kerl irgendeine verrückte Waffe entwickelt hat, doch diese Idee hat einen ganz gewaltigen Haken: In diesem Fall hätte diese ihn unweigerlich selbst auch erwischt. Soweit wir erkennen konnten, trug er tatsächlich nur ein T-Shirt, keinen wie auch immer gearteten Schutzanzug, keine schusssichere Weste. Ein wahres Monster."

„Da sind Sie vielleicht etwas voreilig in Ihrem Urteil", bemerkte Inga. Die Augen der beiden Beamten hafteten ungläubig auf ihr. „Haben Sie das Video nicht richtig erkennen können?", fragte die Tsehaye. „Das war nicht gestellt, da sind wirklich Menschen gestorben."

Inga beugte sich vor. „Das ist mir nicht entgangen. Und, ja, es ist bedauerlich, nein, es ist tragisch. So viele Väter, Brüder, Freunde, Ehemänner, Söhne, von einem Moment auf den nächsten ausgelöscht. Aber haben Sie sich das Video mit bewusstem Verstand angesehen? Falls ja, hätte Ihnen die Reaktion des angeblichen Monsters auf das, was da geschehen ist, auffallen müssen. Das war das blanke Entsetzen über das, was da gerade geschehen ist. Entsetzen und Hilflosigkeit. Jedenfalls lese ich als psychologisch Geschulte das aus seinem Verhalten heraus. Der Mann hat das, was da geschehen ist, nicht gewollt und nicht absichtlich herbeigeführt. Es ist geschehen, ohne dass er es hätte kontrollieren oder verhindern können."

Die Tsehaye beugte sich ebenfalls vor. „Das hat *er* Ihnen gesagt, stimmt's?"

„Nein, hat er nicht!" Inga fauchte beinahe. „Wir haben mit keinem Wort über diesen Vorfall gesprochen. Ich sage Ihnen lediglich, was ich anhand meines beruflichen Hintergrunds auf dem Video erkenne. Und wenn Sie es Ihrer hauseigenen Psychologie-Abteilung vorführen, wird man Ihnen dasselbe sagen!"

Tsehaye wollte etwas entgegnen, doch Kimmich griff nach ihrem Arm und sie lehnte sich wieder zurück.

„Sie haben völlig recht, Frau Erdem, der psychologische Dienst hat die Situation genauso gedeutet, wie Sie das soeben geschildert haben. Das räumt aber den maßgeblichen Widerspruch nicht aus. Wie kann man töten und das nicht verhindern können? Ich meine, der Mann hätte diesen kurzen Ausbruch durchaus auch spielen können. Vielleicht hat er die Kameradrohne entdeckt und wollte etwas schauspielern, um gegebenenfalls vor Gericht einen Bonus herauszuholen, falls er doch noch geschnappt wird."

„Könnten Sie so etwas tun, wenn Sie nach einem Schock und Augenblicken höchster Stressbelastung um sich blicken und einen Haufen Leichen erblicken?"

„Ich sicher nicht. Aber ein abgebrühtes, regelrechtes Monster kann so etwas vermutlich."

„Und an eine andere Möglichkeit haben Sie nie gedacht?"

„Wir ermitteln immer in alle Richtungen, prüfen verschiedene Varianten. Wovon konkret sprechen Sie?"

„Davon, dass Li – das ist wohl sein wahrer Name – zwar Menschen mittels der Kraft seines Geistes töten kann, doch dass dies mitnichten absichtlich geschieht. Es passiert einfach, vornehmlich in extremen Stresssituationen, beziehungsweise, wenn er extremen negativen Emotionen ausgesetzt ist. Er kann es schlichtweg nicht verhindern. Somit wäre er im Sinne der Anklage nicht schuldig."

Kimmich lächelte und starrte dabei auf seine Hände, die er in den Schoß gelegt hatte. „Wissen Sie, für uns Kriminaler ist dieser Aspekt, auch wenn er den Tatsachen entsprechen sollte, offen gestanden völlig irrelevant. Es gibt einen ungeklärten Todesfall oder ein anderes Verbrechen und wir ermitteln. Das ist alles. Wir versuchen herauszubekommen, wer dafür verantwortlich ist. Natürlich ist im Zuge dessen auch das Motiv, die Waffe, Werkzeuge, die Gelegenheit zur Tat et cetera zu beachten. Aber nicht, um herauszufinden, ob der Täter oder die Täterin etwa einen ‚guten Grund' für die Tat hatte, sondern weil Motive uns Tatverdächtige liefern, uns also bei unserer Suche nach dem Täter behilflich sein können. Wir suchen prinzipiell überwiegend nach dem ‚wer'. Wenn wir alle Beweise beisammen und den Täter – oder die Täterin – gefasst haben, dann ist es Sache eines ordentlichen Gerichts, über die Punkte, die Sie angesprochen haben, zu befinden und darüber nachzudenken, ob solche Gründe für die Urteilsfindung oder das Strafmaß zu berücksichtigen sind oder nicht. Das festzustellen, ist aber nicht unser Job. Meiner privaten Ansicht nach ist der Mann in jedem Fall als gemeingefährlich einzustufen und das Gericht, das das anders sieht, möchte ich erst mal sehen. So oder so, man wird ihn meiner Ansicht nach nicht davonkommen lassen. Das gäbe einen Volksaufstand! Selbst, wenn Sie recht hätten, niemand in seiner Umgebung könnte sich sicher fühlen und Sie könnten niemandem zumuten, in der beständigen Angst zu leben, dass jeder Atemzug der letzte sein könnte, weil dieser Herr vielleicht gleich einen Wutanfall bekommt, weil er die Scheiß-Bierflasche einfach nicht aufkriegt. Also, selbst, wenn es sich so verhält, wie Sie – und unser Psychologen-Team – sagen, dann ist für ihn im allerbesten Fall lebenslange Sicherungsverwahrung angesagt."

„Es wird langsam dunkel", schaltete die Terhaye sich wieder ein. „Wir müssen noch ein Hotel suchen und deshalb wäre es schön, wenn wir uns nun mit Ihrem Einverständnis unserem eigentlichen Anliegen widmen könnten. Sie sagten gerade, dass der wahre Name des ‚Monsters' Li sei, wenn ich das richtig verstanden habe. Das ist in der Tat eine hochinteressante Neuigkeit und genau wegen solcher neuen Erkenntnisse haben wir die Reise auf uns genommen. Wir möchten gerne alles wissen, was von dem Zeitpunkt an vorgefallen ist, an dem dieser … Li … Sie kontaktiert hat, bis zu dem Moment, in dem die Münchner Kollegen Ihre Wohnung betreten haben. Wir wollen über jedes noch so kleine und unwesentlich erscheinende Detail informiert werden, lassen Sie sich also Zeit. Ist es okay, wenn ich das Gespräch aufzeichne? Danke. Wer von Ihnen will anfangen?"

***

Das Gespräch dauerte weitere drei Stunden. Immer wieder fragten die beiden BKA-Beamten nach, kamen immer wieder auf vorherige Szenen zurück und wollten ständig absurde Einzelheit wissen wie beispielsweise die Art der Wasserspülung der Toilette in Lis Hauptquartier oder welche Muster auf den Wandkacheln zu sehen gewesen seien. Erst als keinem von ihnen auch nur noch das Geringste mehr einfiel, ließen die BKA'ler langsam locker.

„Wie war das, Frau Erdem", fragte die Terhaye in versöhnlichem Ton. „Wie hat sich das angefühlt, diesem Mann direkt in die Augen zu blicken?"

„Ich habe keine Furcht verspürt, wenn es das ist, was Sie meinen, Frau Terhaye. Wenn Sie es genau wissen wollen, es waren gütige Augen, zugewandt, interessiert, neugierig, ein wenig rätselhaft vielleicht. Aber es lag keine Bosheit in ihnen, kein Hass, keine Heimtücke. Nur ja, ich denke … Traurigkeit. Aber das sind natürlich rein subjektive Eindrücke. Ich jedenfalls habe nicht in die Augen eines Monsters geblickt, sondern in die eines Menschen."

Kimmich kniff die Lippen aufeinander und nickte. „So wie ich das sehe, geht es jetzt folgendermaßen weiter. Sie schreiben Ihren Artikel …"

„… oder eine ganze Artikelserie. Darüber wurde noch nicht entschieden."

„Oder eine Artikelserie. Haben Sie die Datei von dem USB-Stick kopiert?"

„Ja."

„Sehr gut. Denn den hätte ich Ihnen kaum wiedergeben können, der geht jetzt erstmal auf Herz und Nieren in die kriminaltechnische Untersuchung. Wenn ich das richtig verstanden habe, wird dieser Li Sie wieder kontaktieren, sobald Ihr Artikel erschienen ist, um das Interview mit Ihnen fortzusetzen. Ich brauche Ihnen nicht zu sagen, dass wir große Hoffnungen hegen, über Sie an den Kerl heranzukommen."

„Das wird er sich auch selbst sagen …"

„Ja. Falls Sie wieder mit ihm sprechen, richten Sie ihm doch bitte von mir aus, er möge sich stellen. Er wird zwar in ganz Europa gesucht, jedoch – zumindest vorerst – nicht als Beschuldigter. Es gibt augenblicklich in der Tat kein einziges Verbrechen, das wir ihm unmittelbar nachweisen können und selbst das, was auf dem Video zu sehen ist, ist nach den Kriterien des spanischen Strafgesetzbuchs wohl weder Mord noch Totschlag. Er wird also erst einmal nur als Zeuge gesucht. Sollten sich daraus weitere Beweise oder Anhaltspunkte ergeben, die seine Schuld erweisen, dann mag sich das ändern, doch einstweilen hat er nichts zu befürchten, wenn er sich stellt. Im Gegenteil, diesen Schritt würde ein Gericht im Fall des Falles, dass es zu einer Anklage kommt, wohl zu seinen Gunsten werten."

„Nichts zu befürchten?", fragte Inga. „Vor ein paar Stunden sagten Sie, dass Sie ihn für gemeingefährlich halten und dass man ihn in lebenslange Sicherungsverwahrung stecken wird. Das wird kaum als ausreichende Motivation durchgehen, fürchte ich."

„Hören Sie", sagte Edgar. „Ich bin sicher, dass ich auch im Namen meiner Chefredaktion spreche, wenn ich sage, dass wir uns auf keinerlei Kooperation mit Ihnen einlassen, die darauf abzielt, den Aufenthaltsort von Li in Erfahrung zu bringen. Weder will ich das Leben meiner Kollegin gefährden, noch hege ich selbst ein allzu großes Verlangen danach, vorzeitig den Löffel abzugeben. Und, wie Sie uns schön eindringlich vorgeführt haben, wird wahrscheinlich genau das eintreten, wenn Sie während eines Interviews hereinplatzen. Sie *können* den Mann nicht lebend fassen, das ist ausgeschlossen und Sie wissen das. Sie könnten ihn also lediglich exekutieren. Und dafür, Ihnen eine solche Gelegenheit zu liefern, werde ich mich ebenso wenig zur Verfügung stellen. Im Gegenteil, ich würde über so eine Aktion mit großer Freude einen ziemlich bissigen Artikel verfassen, dessen Hauptdarsteller Sie beide wären. Wäre das nicht eine tolle Ironie der Geschichte? Im Augenblick Ihres größten Triumphs wird man Sie beide zur Verantwortung ziehen müssen dafür, dass Sie auf rechtsstaatliche Prinzipien spucken und Ihr Triumph würde unvermeidbar zu Ihrem Karriereende führen. Herr Kimmich, Frau Terhaye, egal, was Sie machen, egal, ob Sie Erfolg haben oder nicht, Sie können in diesem Fall nur direkt in die Scheiße greifen."

„Als Beamter muss man seine Pflicht manchmal auch dann erfüllen, wenn es persönliche Nachteile mit sich bringt, Herr Huber. Aber keine Sorge, wir sichern uns schon ab. Falls unsere Köpfe rollen, würden auch andere Köpfe rollen und ob man die wirklich rollen sehen möchte, bliebe dann offen. Aber unabhängig davon, ich will Sie wirklich nicht als Lockvogel missbrauchen. Nach all dem, was Sie uns geschildert haben, wäre jeglicher Versuch, Sie irgendwie zu verkabeln, ohnehin zum Scheitern verurteilt. Aber ich werde Sie abhören und ich werde Sie beide natürlich auf Schritt und Tritt überwachen lassen, was, nebenbei gesagt, auch Ihrer Sicherheit dient. Machen Sie es den Beamten, die mit dieser Aufgabe betraut werden, bitte nicht unnötig schwer, die machen auch nur ihren Job. Wir werden also wohl hoffentlich live dabei sein, wenn das ‚Monster‘ Sie wieder kontaktiert, und was dann im Hintergrund bei uns abläuft, braucht Sie nicht weiter zu kümmern. Und sollte irgendetwas Unvorhergesehenes passieren, was es uns unmöglich macht, eine Kontaktaufnahme mitzubekommen – beispielsweise, wenn Sie abends unvermittelt einen Zettel mit Instruktionen in Ihrer Sakkotasche finden – dann sind Sie selbstverständlich verpflichtet, uns davon unverzüglich in Kenntnis zu setzen. Seien Sie unbesorgt, wir werden keine Aktionen planen, die Ihr Leben gefährden könnten. Alles klar, soweit? Haben wir irgendetwas vergessen, Makeda?“

Die Angesprochene schüttelte ihren hübschen Kopf.

„Für mich ist noch lange nicht alles klar“. Edgars Stimme kratzte etwas. „Sie sagen, Sie werden keine Aktion durchführen, durch die unser Leben riskiert wird. Okay. Selbst, wenn ich Ihnen das abkaufen würde – was ich nicht tue – dann kann so ein Versprechen immer noch von einem Ihrer Vorgesetzten über den Haufen geworfen werden, denn Sie sagten ja, dass Sie sich nach oben hin absichern würden. Also muss ich jederzeit damit rechnen, dass irgendjemandem in Ihrem Haus irgendetwas Saudummes einfällt … und wir dürfen’s dann ausbaden. Ich glaube, da mache ich nicht mit. Ich bin raus aus der Sache. Das war’s. Und jetzt gehe ich heim! Auf Wiedersehen und gute Nacht, allerseits.“

5 – Redaktion

„Du bist – *WAS?*" Joves Stimme überschlug sich fast, so wie der moderne Sitzungssaal-Stuhl, als der Chefredakteur aufsprang.

„Ich bin raus. Das BKA hat übernommen, es hält jetzt die Fäden in der Hand, aber ganz bestimmt nicht meine. Ich werde hier definitiv nicht den Pinocchio geben."

„Sag mal, du hast wohl 'nen Schuss, oder? Edgar! Du bist Journalist. Das hier ist die heißeste Story deiner gesamten Laufbahn. Kannst du eins und eins zusammenzählen, ja? Oder hast du dir gestern Abend wieder mal das Gehirn rausgesoffen? Riechen tust du jedenfalls danach."

„Was ich in meiner Freizeit mache, ist meine Sache. Meinst du, ich weiß nicht, was für eine unglaubliche Story das ist? Oh doch, das weiß ich genau. Als du die Rede zu meinem 30-jährigen Dienstjubiläum gehalten hast, hast du meine ,erstaunliche Weitsicht' gelobt, hast betont, wie oft meine Prognosen sich bewahrheiten würden und was für ein wichtiges Kapital das für die Glaubwürdigkeit einer Zeitung darstellen würde. Ja, ich denke, dass du recht gehabt hast, denn ich habe mir angewöhnt, Sachverhalte konsequent weiter- und zu Ende zu denken. Sofern nichts Unvorhergesehenes dazwischenkommt, ist das Ende auf die Weise nämlich immer absehbar und allein durch Logik prognostizierbar. Und hier sehe ich vor allem ein Ende: den Tod!"

„Blödsinn, das kannst du nicht wissen."

„Oh doch. Ich mag letzte Nacht vielleicht besoffen gewesen sein, aber ich habe lange nicht einschlafen können und daher Zeit gehabt, gründlich alle alternativen Handlungsstränge durchzudenken. Und sie enden fast alle auf dieselbe Weise. Das BKA will diesen Li schnappen, auf Teufel komm raus. Kimmich und seine Vorgesetzten stehen unter einem gewaltigen Erfolgsdruck. Und Li will sich auf gar keinen Fall schnappen lassen, hat Angst, dass er dann in die Klapsmühle muss oder – schlimmer! – gezwungen wird, für den Rest seines Lebens als Versuchskaninchen oder als lebende

Waffe herzuhalten. Ich habe das Video des spanischen Sonderein-satzkommandos gesehen, ich *weiß*, wozu dieser Li fähig ist, wenn er in die Enge getrieben wird. Die zwei Möglichkeiten, wie das aus-geht, sind folgende: Zuerst die harmlose: Li riecht den Braten rechtzeitig, manövriert das BKA aus und taucht zum Beispiel bei seinen neuen Freunden in Sizilien unter. Dann ist unsere Ge-schichte damit perdu, alle Arbeit und Mühen, die bis dahin inves-tiert wurden, laufen ins Leere und du weißt selbst, was das für eine Artikelserie bedeutet. Oder aber, sie erwischen ihn, und zwar, weil sie auf die ein oder andere Weise an uns dran kleben, wie die Flie-gen an der Kuh, und das bedeutet, dass wir beide uns zwangsläufig mittendrin befinden werden in dem Desaster, das dann folgt. Oh nein, ich vertraue dem BKA nicht. Schon gar nicht nach dem Auf-tritt der Polizei in Ingas Wohnung gestern. Habe ich mich eigent-lich schon bei dir bedankt, dafür, dass du uns diese Scheiße einge-brockt und dadurch beinahe unseren gesamten Einsatz kaputtge-macht hättest? Wenn ich die Datei vom USB-Stick nicht zufällig schon vorab kopiert hätte, ständen wir jetzt ohne das Material da, wie blutige Anfänger!"

„Deine Theatralik ist manchmal wirklich schwer erträglich, Ed-gar." Flummi saß, wie immer in ein elegantes Kostüm gekleidet, mit verschränkten Beinen am Konferenztisch und klopfte mit den Fingern rhythmisch auf die Tischplatte, ansonsten wirkte sie wie die Ruhe selbst. Inga dagegen sah man an, dass die Gelassenheit, die sie auszustrahlen versuchte, gespielt war; zu nervös zuckte es in ihrem Gesicht, als ob ihr Gehirn sich laufend bewusst werden würde darüber, dass ihre Miene ein bestimmtes Gefühl verriet und sie ihre Gesichtsmuskeln gezielt dazu zwingen wollte, sich wieder zu entspannen.

„*Theatralik?*" Edgar lehnte sich mit den Fäusten auf die Tischplatte und beugte sich vor. „Hast du eigentlich ein Wort von dem ver-standen, was ich gerade gesagt habe?"

„Nein, nicht wirklich. Alles, was du hier kommunizierst, ist geballte Emotion. Aber Emotionen kann ich leider nicht drucken, sondern nur Worte. Und deshalb wäre ich dir dankbar, wenn du deine

Emotionen jetzt einpacken würdest, dich an deinen Computer hockst und endlich ein paar Worte raushaust. Das ist nämlich dein Job hier, das und nichts anderes. Ist das zu viel verlangt?"

Edgar verdrehte die Augen und wollte schon lospoltern, doch Inga kam ihm zuvor. „Ich denke, was Edgar zu sagen versucht, ist, dass wir als Journalisten gehalten sind, zu beobachten, zu analysieren und zu berichten, und zwar möglichst neutral und möglichst objektiv. Und nicht, uns in das Geschehen aktiv einzubringen und es zu gestalten helfen, sei es nun freiwillig oder unfreiwillig."

„Verdammt richtig!", ergänzte Edgar erregt. „Und wenn ich Todessehnsucht bekomme, erfahrt ihr es als Erstes, dann melde ich mich nämlich freiwillig als Frontberichterstatter in der Ukraine. Aber im Augenblick habe ich echt keinen Bock auf einen solchen Mist. Okay?"

„Schön, du hast deinen Standpunkt jetzt klar gemacht, Edgar. Wir haben zugehört und jetzt werdet zur Abwechslung ihr beide mal *uns* zuhören!" Flummi stand auf und postierte sich mit in die Hüfte gestemmten Armen direkt vor Edgar. Dass sie die kleinere der beiden war, minderte die Bedrohlichkeit ihres Habitus kein Bisschen. „Ich sag das jetzt mal auf ganz einfache Art und Weise: Hier in Bayern gibt es eine schöne Redensart, die da lautet: ‚Der Ober sticht den Unter'. Das gilt auch hier. Du Unter, ich Ober, alles klar? Der Ober will jetzt Text sehen. Und wenn der Unter meint, sich nicht an die Spielregeln halten zu müssen, dann fliegt er eben raus aus dem Spiel. Habe ich mich deutlich genug ausgedrückt für dich?"

„Also versteckst du dich vor Sachargumenten hinter deiner Autorität, Ludmilla? Wie erbärmlich!"

„Du wagst es …?"

„Ey, ey, ganz ruhig, ihr beiden Kampfhähne." Giovanni war ebenfalls aufgesprungen. „Das geht jetzt ein Stück zu weit. Weißt du, Edgar, hier geht es nicht um dich oder um mich oder um Ludmilla oder Inga. Es geht um uns *alle!* Es geht um die Zeitung. Ja, wir leben noch. Ja, wir sind eine der angesehensten überregionalen

Tageszeitungen in Deutschland und, ja, wir reißen uns alle miteinander den Arsch auf, dass das so bleibt und dass sich die finanzielle Situation auf absehbare Zeit stabilisiert. Aber wir haben massive Probleme. Wenn die Saudis sich nicht vor ein paar Jahren bei uns eingekauft hätten, gäbe es uns heute nicht mehr. Sie haben uns mit ihrem Geld dabei unterstützt, die Umstrukturierungen der letzten Jahre in Angriff zu nehmen. Aber jetzt wollen sie Rendite sehen, sie wollen sehen, dass ihr Geld sicher ist und sich verzinst."

„Ach, Schmarrn, die wollen ausschließlich unseren Einfluss und Namen nutzen und sicherstellen, dass wir nichts Negatives über diese superpatriarchalische, mittelalterliche Diktatur schreiben, weil so etwas unsere Politiker hier davon abhalten könnte, Waffen dorthin zu schicken, mit denen man so schön die eigene Bevölkerung oder die der Nachbarstaaten terrorisieren kann."

Giovannis Lippen verengten sich zu einem dünnen Strich. „Und was sollte ich deiner Meinung nach dagegen tun? Ohne dieses Geld sind wir alle unseren Job los. Jedenfalls sitzen die mir im Nacken, und zwar massiv. Und, weißt du, die fackeln nicht lang. Wenn die Entwicklung nicht die ist, die sie erwartet haben, dann ziehen die sich ganz schnell aus ihrem Engagement bei uns zurück. Und das, lieber Edgar, war es dann wahrscheinlich für uns. Für uns alle! Wir brauchen Rendite. Und Rendite bekommen wir bei einem nicht mehr weiter reduzierbaren Kostenblock nur, indem wir mehr Umsatz generieren. Eine Story, die so gut wie jedermann interessiert und die wir ganz exklusiv haben und auf Wunsch weiterlizensieren können, ist etwas, das uns definitiv dabei hilft, das Ziel zu erreichen, diese Zeitung und all die Jobs, die daran hängen, zu erhalten. Und, was Ludmilla ausdrücken wollte, war wohl, dass du uns dabei entweder hilfst oder aber, uns dabei hinderlich bist. In dem Fall, dass du bewusst gegen uns arbeitest, können wir dich unmöglich halten, du wärest ein Risiko für die Zeitung und uns alle. Es tut mir im Herzen weh, das so hart sagen zu müssen, aber so ist nun mal die Faktenlage."

„Weil ich mich dagegen zur Wehr setze, dass man mit meinem oder Ingas Leben spielt, bin ich ein Hindernis für die Zeitung? Echt jetzt?"

„Ach komm, übertreib doch nicht so maßlos! Ihr beide sollt einen Artikel schreiben und danach sehen wir weiter. Wir hangeln uns Schritt für Schritt weiter vor. Ergebnisoffen. Wir werden neue Kommunikationswege zu dem ‚Monster' finden, die das BKA nicht oder nur mit erheblicher Verzögerung entschlüsseln kann, sodass ihr längst wieder aus der Schusslinie seid, wenn die mitbekommen, was abläuft. Weißt du, Pinocchio wurde auch von seinen Fäden befreit, durch eine gute Fee. Das bekommen wir schon hin. Wie kannst du nur ernsthaft annehmen, dass wir euer Leben aufs Spiel setzen würden, das ist einfach nur absurd! Oder? Und außerdem: Solange wir mit an Bord sind, wird das BKA nicht wagen, mit gezinkten Karten zu spielen, denn darüber würden wir ungeschminkt berichten. Das würde für die Behörde weitaus unangenehmer werden, als ein Phantom nicht fassen zu können, an dem sich bislang alle Polizeibehörden und Geheimdienste die Zähne ausgebissen haben."

„Ja, das sagst ausgerechnet du, Giovanni. Warum bist du, der überaus erfolgreiche, investigative Ermittler gegen die Mafia, dessen Enthüllungen sogar dazu geführt haben, dass einer der großen Paten vor Gericht zu lebenslänglich verurteilt wurde, warum hast du dich gleich wieder nach Deutschland abgesetzt? Und trittst in der Öffentlichkeit unter einem Pseudonym auf? Gerade du solltest meinen Punkt eigentlich verstehen. Dem Staat geht es einen Scheiß darum, unser Leben zu schützen, der will Resultate. Das war bei dir nicht anders, damals."

„Komm, Edgar, wir müssen uns jetzt auf den Redaktionsschluss vorbereiten und letzte Anweisungen geben. Schreibt einfach euren Artikel, okay? Danach sehen wir weiter. Und … ich muss hoffentlich nicht betonen, dass ich da nichts Weichgespültes lesen möchte. Verbrecher bleibt Verbrecher und da erwarte ich eine gewisse kritische Distanz, was auch immer der Kerl euch erzählt haben mag.

Reißerisch der Inhalt, seriös die Form, das ist, wie man heute Auflage generiert. Und jetzt los, los! An die Arbeit!"

***

Inga hatte kein eigenes Büro hier im Verlagsgebäude, also setzten sie sich in das von Edgar. Es war geradezu schmuddelig, empfand Inga, okay, schmuddelig war vielleicht das falsche Wort, aber ungepflegt in jedem Fall. Auf dem Schreibtisch stapelte sich kunterbunt ein Haufen Zeug, darunter Papiere, ein paar Bücher, Speichermedien, eine Taschenlampe, eine kleine Digitalkamera und ein Beweis für Edgars Eitelkeit: ein Brillenputztuch für die Brille, die er gar nicht trug. Außerdem zwei Monitore, Tastatur und Maus. Sie sah zu, wie Edgar sein E-Mail-Postfach öffnete. 65 ungelesene Nachrichten befanden sich im Posteingangskorb. Allein von denen auf der ersten Seite trug fast die Hälfte den Titel „Pressemitteilung". Tja, die Fantasie der Leute kannte keine Grenzen, anstatt dass sie in drei / vier Schlagworten schrieben, worum es ging, um die Sache damit interessant zu machen, schrieben sie einfach nur „Pressemitteilung" in den Betreff, so als ob sie erwarteten, dass ein Redakteur voller Freude von seinem Stuhl hüpfen würde angesichts dieser Überschrift. Sie konnten doch schließlich auch nicht jeden zweiten Artikel in der Zeitung mit „Pressemitteilung" beiteln.

Edgar scrollte so schnell durch seine Liste, dass Inga nicht folgen konnte, doch plötzlich blieb er halten und klickte zielgerecht auf die Mail, die sie ihm gestern Abend noch geschickt hatte, damit auch er die Datei, die sie von Li bekommen hatten, lesen konnte. Natürlich hatte sie sie in einem anderen Datenformat abgespeichert, sodass Edgar sie nun mit seinem Linux-Open Office öffnen konnte. Er speicherte die Datei auf dem Cloud-Speicher seiner Redaktion und öffnete sie. Dann stand er auf, bot ihr seinen Stuhl an und holte sich aus der Teeküche einen anderen.

„Sag mal, wenn du wirklich befürchtest, dass das BKA uns als Lockvogel missbraucht ..."

„Das ist keine bloße Annahme, Inga. Das ist eine logische Schluss-folgerung. Allein auf einen Anruf von Jove hin ist der Ermittlungs-leiter höchstpersönlich hierher geflogen und hat hier in München den halben Polizeiapparat in Bewegung gesetzt für eine Fahndung nach uns. Der greift nach jedem noch so kleinen Strohhalm. Und wir sind kein kleiner Strohhalm, wir sind *die* handfeste Chance, auf die der seit Jahren gewartet hat. Du glaubst doch nicht wirklich, dass der angesichts dessen auf unsere … *Befindlichkeiten* Rücksicht nimmt? Also ich muss schon sagen: Eher nicht!"

„Mag ja sein. Aber warum … warum sagst du Jove und, ähm, Flummi nicht einfach, dass sie dir den Buckel runterrutschen kön-nen. Vielleicht kündigen sie dir, mag sein. Was arbeitsrechtlich nicht so einfach ist nach über dreißig Dienstjahren, nebenbei ge-sagt. Aber selbst, wenn sie das wirklich tun, dann könntest du im-mer noch freiberuflich arbeiten, so wie ich."

„*Pssssa!* Freiberuflich! Ehrlich Inga, ich bewundere es, wie Kollegen und Kolleginnen wie du das hinbekommen: diesen ständigen Druck aushalten, auf Teufel komm raus eine Mindestmenge an Ar-tikeln raushauen zu müssen, um die Quote zu erfüllen, die nötig ist, um allein die Miete berappen zu können. Was bekommst du, 150 pro Artikel? Das wären zehn Artikel im Monat allein für meine Miete. Ohne Nebenkosten! Um meinen Lebensstandard halten zu können, müsste ich so gut wie jeden Tag einen Artikel abliefern. Und dabei habe ich die Mehrkosten für den Selbständigen-Status, Krankenversicherung, Rentenversicherung und so weiter, noch gar nicht eingerechnet. Ne, Inga, lieb von dir, dass du auf meiner Seite bist, aber so etwas wäre absolut nicht mein Ding. Ich will mir Zeit nehmen können für einen Artikel, will nicht Quantität abliefern, sondern Qualität, will selbst recherchieren und überprüfen, will mir das Hintergrundwissen draufschaffen, um Aussagen und Sachver-halte auf ihre Stichhaltigkeit abklopfen zu können. All das geht ein-fach nicht, wenn du um acht Uhr anfängst und um drei nachmit-tags den fertigen Artikel abliefern musst, keine Chance. Ne, du, das kann ich nicht."

„Und wenn du dir eine andere Festanstellung suchst?"

„Mit 54? Ne, keine Chance, der Zug ist längst abgefahren. Jove und Flummi wissen das ganz genau und sie sind skrupellos genug, dieses Handicap gnadenlos auszunutzen. Du hast sie ja gehört. Ihre Attacke galt mir, nicht dir. Verdammter Mist! Ach komm, lass uns weiterlesen. Mir fällt schon noch etwas ein."

Als erstes musste ich mir Papiere besorgen, denn ohne Papiere konnte ich auf Dauer weder reisen noch mir eine Unterkunft besorgen. Zwar hatte ich gelernt, wie man gefälschte Ausweisdokumente herstellte und mit Hilfe welcher Computerprogramme man sich in die offiziellen Melderegister hackt und die entsprechende Einträge anlegt oder verändert, doch all das war nicht möglich ohne die richtigen Materialien, die richtigen Werkzeuge und einen gut gesicherten PC mit Internetanschluss. Das bekam man nicht so einfach mal eben im Internet-Café. Was das Werkzeug betrifft, braucht man schon Beziehungen, Beziehungen, die ich damals natürlich nicht hatte, schließlich kannte ich niemanden. Aber aufgeben kam nicht in Frage. Ich würde mich halt durchfragen und irgendwann würde mich das Schicksal an die richtige Adresse oder, falls ich unvorsichtig wurde, direkt in die Hände der Polizei liefern.

Mein erster Anhaltspunkt waren Drogendealer, die waren auf den Straßen leicht an ihrem Verhalten zu erkennen, wenn man sich die Zeit nahm, die Leute zu beobachten. Die Straßendealer waren allerdings üblicherweise kleine Fische, die meist keine Ahnung hatten, für wen sie arbeiteten, also beschloss ich, so lange an einem von denen dranzubleiben, bis ich herausbekam, wer sein Zulieferer war. Der wiederum konnte mich zu einer der Gruppen führen, die den Drogenhandel auf den Straßen kontrollierten. Nicht, dass ich an Drogen auch nur das geringste Interesse gehegt hätte, aber solche Gruppen beschäftigten sich in der Regel auch mit anderen, nennen wir es, Geschäftsfeldern, und mit gefälschten Ausweispapieren zu arbeiten, gehörte von jeher zum Metier zumindest der Führungsriege. Das Problem war halt: Ich konnte nicht gut einfach so dort antanzen und sagen: "Hallo, ich bin der Li, ich brauch 'nen neuen Ausweis, aber Geld habe ich leider keines und auch sonst kann ich euch nichts anbieten, also bitte …" So lief das damals nicht, so läuft das überhaupt nie. Damit ich bekam, was ich brauchte, musste ich etwas liefern, was sie brauchten. Ich musste ihr Vertrauen gewinnen und das war nicht gerade einfach, denn auch oder gerade in Moskau musste man extrem vorsichtig sein und jeder Zeuge konnte für diese Kreise einer zu viel sein für das eigene Wohlbefinden. Es war ein Vabanque-Spiel, auf das ich mich einlassen musste, denn ich wusste ja nicht, was ich anbieten sollte, was es mit anderen Worten war, das diese Jungs gerade gut gebrauchen konnten. Also beobachtete ich eine der Gruppen mehrere Tage lang und versuchte, diskret alles Mögliche über sie herauszufinden. Wo sie ihr Revier hatte, wer das Sagen hatte, wo derjenige wohnte, mit welchem Auto er fuhr, wie seine Frau und seine Kinder hießen und so weiter. Als der Boss eines Tages im Hauptquartier zugegen war, setzte ich alles auf eine Karte und marschierte hinein. Natürlich kam ich nicht weit, mit einer Pistole am Kopf brachte man mich in einen Raum, in dem ein paar Jungs Geld zählten und in dem eine Menge Wodka und amerikanischer Whiskey herumgereicht wurde. Die geladene Waffe regte mich übrigens nicht weiter auf, denn damit hatte ich gerechnet und ich wusste, dass der Gorilla keinesfalls schießen würde, bevor sein Boss es ihm nicht befahl, also hatte ich meine Angst ganz gut unter Kontrolle.

"Wer bist du und was willst du?", wurde ich gefragt. Ich antwortete, dass ich aus Irkutsk käme und hier Arbeit suchte. Gut bezahlte Arbeit. Ich sei qualifiziert für viele Spezialaufgaben und ich könne den Mund halten. Ich wurde gefragt, was ich denn könne, und mit einer schnellen Bewegung entwaffnete ich den Kerl, der mich hergebracht hatte und überreichte die Waffe mit einer Verbeugung dem, der die Fragen stellte.

Er sah mich an, aber ich war ihm offenbar nicht sehr sympathisch, jedenfalls fragte er mich: "Nenn' mir nur einen Grund, warum ich dich nicht hier und jetzt über den Haufen ballern sollte."

Ich konnte ihm ja schlecht sagen: "weil du beim Versuch sterben würdest", denn dann hätten die nur gelacht und die Situation wäre womöglich eskaliert. Also verbeugte ich mich ein weiteres Mal und erklärte, teilweise natürlich bluffend: "Weil ihr nicht wisst, wo sich der Schlüssel zu dem Schließfach befindet, dessen Zeit morgen früh abläuft, das dann ausgeleert wird und in dem sich Informationen befinden über euren Boss, wo er wohnt, welches Kfz-Kennzeichen sein Auto hat, wie seine Frau und seine Kinder heißen, wo ihr euren Scheiß aufbewahrt, über welche Kanäle ihr eure Einnahmen wascht und so weiter. Ich weiß, dass er heute da ist, ihr könnt ihn also gern fragen, ob er bereit ist, dieses Risiko für einen schnellen und vor allem unnützen Mord einzugehen."

Sie brachten mich tatsächlich in sein Zimmer und erzählten ihm von mir.

"Du willst also gut bezahlte Arbeit und du hast dich über uns schlau gemacht. Du bist hungrig, du willst was erreichen. Sehr gut! Und dir sitzt jemand im Genick, von dem du nicht willst, dass er dich findet. Ne, ne, das brauchst du gar nicht leugnen, ich sehe es dir an, du hast was ausgefressen. Keine Sorge, deine Vergangenheit interessiert mich nicht, nicht, solange du mein Freund bist, jedenfalls. Na, warum nicht, ich geb dir eine Chance, warne dich aber: Wenn du mich hintergehst, wirst du Schlitzauge dir wünschen, niemals einen Fuß auf Mütterchen Russland gesetzt zu haben. Sehen wir doch mal, was du so draufhast: Auf der östlichen Seite des Parks um den Chornoye-See ganz im Osten von Moskau, genau an der Grenze zwischen der Stadt Moskau und dem Verwaltungsbezirk Moskau, liegt ein Industriegebiet. Dort findest du einen Reifenhändler. Wenn du das Anwesen am Freitagabend beobachtest, wirst du feststellen, dass viele Leute reingehen, aber keiner mehr herauskommt. Die treffen sich alle in einem Zimmer im ersten Obergeschoss. Unten stehen immer ein oder zwei bewaffnete Gorillas herum, die aufpassen, dass kein Unbefugter hinaufgeht. Schalt sie lautlos aus, dann geh hinauf. Öffne die Tür, wirf eine Handgranate rein, dann hau ab! Du stellst keine weiteren Fragen. Wenn du das erfolgreich durchziehst, zahle ich dir 150.000 Rubel. Und ich werde darüber nachdenken, dir einen gut bezahlten dauerhaften Job anzubieten."

Wenn ich irgendeine Idee gehabt hätte, wie ich legal an Geld und die benötigten Ressourcen kommen hätte können, ich hätte diesen Pfad nie beschritten. Aber so schien das die einzige Möglichkeit zu sein, nicht dauerhaft unter Brücken campieren und Lebensmittel aus Supermärkten klauen zu müssen – und das wollte ich auf gar keinen Fall. Ich hätte auch nicht einfach in ein Obdachlosen-Asyl gehen können, denn wenn dort jemand ohne Papiere aufkreuzt, dann werden die Behörden informiert und bekommen ein Bild der Überwachungskamera gleich mitgeliefert. Ich wäre noch in derselben Nacht abgeholt worden … oder schlimmeres. Jedenfalls war das die einzige verfügbare Eintrittskarte ins Leben. Eine Handgranate hätte ich natürlich eigentlich für den Job nicht gebraucht, aber ich dachte mir, je weniger Spuren meiner speziellen Fähigkeit ich hinterlasse, desto weniger wissen meine Verfolger, in welcher Gegend ich mich aufhalte. Eine Handgranate kann jeder Idiot werfen, aber einen Raum voller Leichen zu hinterlassen, die alle gleichzeitig an Herzversagen gestorben sind, das hätte in jedem Fall bestimmte Leute alarmiert. Also tat ich, wie mir befohlen wurde. Und war erfolgreich damit. Wie gesagt: Ich war nicht stolz drauf, absolut nicht.

Um eine lange Geschichte abzukürzen, ich wurde in die Gang aufgenommen und stieg ziemlich rasch auf. Ich hatte keine Ahnung gehabt, wie weit diese Gruppe tatsächlich organisiert war. Sie wirkte in ziemlich allen krummen Geschäften mit und war bestens mit der Politik vernetzt. Hierzulande würde man sie wohl als Russenmafia oder als einen Zweig davon bezeichnen. Bald gab man mir heiklere Aufgaben und vertraute mir Missionen an, die niemand sonst übernehmen konnte oder wollte. Gute Kontakte zur Politik waren hilfreich, aber niemals billig, man bezahlte mit Gefälligkeiten, für die gewisse Funktionäre keine Verantwortung übernehmen wollten, beispielsweise weil es zu schlimmsten diplomatischen Verwicklungen geführt hätte, wenn der Täter durch einen dummen Zufall gefasst werden würde und man irgendeine Verbindung zu einer offiziellen Stelle hätte nachweisen können. Für solche Fälle riefen Offizielle bis hinauf zum Kreml gern mal meinen Boss an und der schickte wiederum immer häufiger mich. Mittlerweile hatte ich eine ganze Menge Geld und mehr Pässe als ich mir Identitäten merken konnte, doch hatte ich keinerlei Veranlassung, dieses Leben aufzugeben, nicht ohne die Garantie einer echten Alternative ohne Verfolgung und ohne die Aussicht auf einen lebenslangen Käfig.

Was genau im Jahr 2011 passierte, weiß ich nicht im Detail. Ich kehrte von einem Auslandsaufenthalt zurück, wo ich einen hochrangigen, russischen Ex-Militär mit Gift auszuschalten gehabt hatte und begab mich vereinbarungsgemäß zur Einsatznachbesprechung in unser Hauptquartier. Doch dort erwartete man mich mit gezückten Waffen. Der zweite im Rang (ich nenne absichtlich keine Namen, bitte um Vergebung) warf mir vor, ein falsches Spiel zu spielen, um mich selbst an die Spitze der Organisation zu stellen. Selbstredend war das nie meine Absicht gewesen, denn je höher man aufstieg, desto exponierter die Position. Und Exposition war das Letzte, was ich wollte. Aber irgendjemandem war ich zu mächtig geworden und derjenige hatte eine Intrige vom Stapel gelassen, die mit meiner Exekution hätte enden sollen. Sie können sich bereits denken, wie die Geschichte ausging: Alle im Raum starben in dem Augenblick, in dem der Feuerbefehl nur halb ausgesprochen war.

Nun hatte ich zwei Möglichkeiten: Zum obersten Boss gehen und erklären, dass da eine Intrige gegen mich lief und dass meine Angreifer nicht überlebt hätten. Doch ich entschied mich für Möglichkeit Nummer zwei, in dem vollen Bewusstsein, dass man diesen Schritt seitens der Gang als Schuldeingeständnis werten würde: Ich floh. Schließlich konnte ich nicht sicher sein, ob der Urheber dieser Intrige nicht am Ende der besagte Boss selbst war. Dann müsste ich Zeit meines restlichen Lebens um dasselbe fürchten, denn auch meine Fähigkeit würde mich nicht vor der Kugel eines versteckten Meuchelmörders schützen können. Und selbst, wenn mein Boss nicht mit dieser Intrige in Verbindung stand, würde die Situation gefährlich für mich werden. Auch, wenn der unerklärliche Tod so vieler Menschen vertuscht worden wäre, hätte der Boss mit Sicherheit intensiv nachgeforscht, wie ich das gemacht hatte, wie ich diesen Anschlag überlebt hatte und durch die hervorragenden Kontakte zur Regierung wäre man wohl über kurz oder lang auf meine Vergangenheit und Identität gestoßen, ohne dass ich das mitbekommen hätte. Russland ist mir also zu heiß geworden.

Mit einer Identität, von der man in der Organisation nichts wusste, floh ich nach London. Ich hoffte darauf, dass die Entdeckung des Raums voller Leichen die Organisation davon abhalten würde, nach mir zu suchen. Und ich spreche ein ziemlich gutes Englisch, sagt man, daher wählte ich London als erste

Anlaufstelle. In London blieb ich unauffällig und reorganisierte alle meine Ressourcen, die ich wohlweislich überall auf der Welt deponiert hatte. Außerdem legte ich eine falsche Fährte, die eventuelle Verfolger nach Australien locken sollte. Allerdings hatte ich die unglaubliche Neugier meiner Wohnungs-Nachbarn unterschätzt und so zog ich kurz darauf wieder weiter, dieses Mal nach Spanien, genauer, nach Barcelona. Natürlich kam für mich trotz der im Vergleich zu Russland deutlich rechtsstaatlicheren Ausrichtung der meisten europäischen Länder ein Leben in Legalität nach wie vor nicht infrage. Ich brauchte also wieder eine Organisation und im Januar 2012 schaffte ich Fakten. Jedoch wollte ich die Fehler meines ersten Versuchs nicht wiederholen, also ging ich brutal und rücksichtslos vor, was mir in einschlägigen Kreisen erstmals den Namen "Monster" einbrachte. Aber lieber einmal kurz brutal und damit unangefochten respektiert, als ständig mit brutalen Maßnahmen das eigene Überleben absichern zu müssen. Um Intrigen um die Macht von vorneherein gar nicht erst aufkommen zulassen, infiltrierte ich die Gruppe, die mir am mächtigsten erschien. Dann platzte ich im geeigneten Moment, in dem alle Bosse beisammensaßen, herein und tötete sie mit einem gezielten Zornausbruch. Dann erklärte ich denen, die draußen gewartet hatten, dass ich die Organisation jetzt übernehmen würde und – wie sie sähen – gäbe es von Seiten des ehemaligen Direktoriums keinerlei Einwände dagegen. Die Leute waren irritiert, führungs- und orientierungslos und sie hatten höllische Angst vor mir. Das machte ich mir zunutze. Ich schwor die zweite Führungsebene auf Loyalität zu mir ein, machte ihnen ein paar

Versprechungen und so war der Führungswechsel schnell und reibungslos vollzogen.

Die Gang, die ich übernommen hatte, beschäftigte sich ausschließlich mit Drogenhandel, doch das war mir zu wenig. Ich wollte mehr. Denn, falls ich, aus welchen Gründen auch immer, ein weiteres Mal fliehen musste, wollte ich dort, wohin ich floh, bereits eine Keimzelle meiner Organisation vorfinden, um nicht wieder völlig von Neuem beginnen zu müssen. Also diversifizierte ich, geschäftlich und örtlich. Ich nahm Waffen in mein Sortiment auf und baute eine Glücksspielabteilung auf. In beiden Disziplinen war mir die Russenmafia ein guter Lehrmeister gewesen, ich kannte ein paar maßgebliche Leute überall auf dem Globus. Beinahe zwei Jahre lang war ich viel unterwegs, in den USA, in Japan und anderen fernöstlichen Ländern, in europäischen und südamerikanischen Staaten, und überall gründete ich mindestens eine Schläferzelle, also eine organisatorische Grundstruktur, die jederzeit aktiviert werden und von der aus die ganze Organisation geleitet werden konnte. Wenn ich die Organisation mit einem Schiff vergleiche, dann war mein Weg der, das Schiff nicht mehr allein von der Brücke aus steuern zu können, sondern es gab eine Vielzahl von Kabinen, an denen das vollständige Instrumentarium vorhanden war, das man brauchte, um das Schiff von dort aus zu manövrieren. Man leitete die Steuerung einfach nur an den gewünschten Raum um und los ging es. Kein Problem, dank der globalen Fortschritte in der Digitalisierung.

In den zwei folgenden Jahren gab ich nur wenig Geld aus und dank der sprudelnden Geschäfte in allen Bereichen wurde mein

Vermögen bald nicht mehr in Millionen, sondern in Milliarden gemessen, wenn man es denn hätte messen können. Denn es war auf vielerlei verschiedene Identitäten und Treuhänder umgeleitet, sodass kein Ermittler auf mehr als nur einen Bruchteil des Ganzen stoßen würde. Leider vernachlässigte ich dadurch die Geschäfte vor Ort und in Barna begann der Schlendrian sich auszubreiten. Die Verfahren wurden zu häufig wiederholt, bevor sie geändert wurden, und man kam uns auf die Schliche. Ich war gerade wieder von einer Reise zurückgekehrt und wollte nach dem Rechten sehen, als wir von einem massiven Polizeieinsatz überrascht wurden. Es gab mehr als ein Dutzend Tote, davon vier Leute meines eigenen Teams. Es war furchtbar. Ich kehrte die Scherben zusammen, schrieb die Container ab, bezahlte den Kaufpreis trotzdem und reorganisierte das Spaniengeschäft von Grund auf und keine Sekunde zu früh. Es gab ein paar Notfallpläne, die vorsahen, dass falsche Fährten bei Banken, in Mails et cetera in dem Augenblick gelegt wurden, in dem wir von den Behörden überrascht werden würden, etwa so wie ein Jagdflieger, auf den eine Rakete abgefeuert wird, Täuschkörper abwirft, die die Rakete ablenken sollen. Diese Pläne funktionierten wie sie sollten und das verschaffte uns ausreichend Zeit, um die echten Spuren zu verwischen. Man sollte meinen, dass ich dadurch ruiniert worden wäre – und die spanischen Behörden gingen fälschlicherweise auch tatsächlich davon aus –, denn ich musste ja Millionen an meine Lieferanten bezahlen, ohne die Lieferung, die vom Staat beschlagnahmt worden war, verkaufen zu können, doch das Gegenteil war der Fall. Das Ereignis demonstrierte meinen Geschäftspartnern, dass ich professionell und zuverlässig arbeitete, und das führte zu einer neuen Hochphase meiner Geschäfte. Außerdem gelang es uns, dank einschlägiger Beziehungen, einen großen Teil des Kokains aus den Asservatenkammern herausholen, bevor es verbrannt werden sollte. Das wurde nie öffentlich gemacht, ich gehe davon aus, dass die Behörden keine gesteigerte Lust verspürten, sich der Lächerlichkeit preiszugeben.

In den kommenden beiden Jahren begriff ich, welchen Wert Information hat, und ich begann, dieses Geschäftsfeld systematisch zu analysieren und für uns zu erschließen. Das erforderte gewaltige Investitionen, in Rechenzentren, in Programmierer sowie Datenbank- und Verschlüsselungsexperten, in Überwachungstechnik, Datenanalyse, Hacking, Informationsbeschaffer, Unmengen an Schmiergeld und vieles mehr. Viele der Verbindungen, die ich dazu benötigte, fand ich in den USA und in Deutschland.

2015 überstürzten sich dann einige Ereignisse. In meiner Organisation befand sich ein Maulwurf und ich kam einfach nicht drauf, wer das war. Denn dass es eine Frau war, die Frau, die zeitweise nicht nur die Nummer zwei meiner Befehlskette war, sondern eine, die ich sehr, sehr mochte und der ich bedingungslos vertraut hatte, wollte mir lange nicht in den Kopf. Doch sie fühlte sich offenbar vernachlässigt, wollte mehr von mir, als ich ihr zu geben bereit war. Zu große Nähe bedeutete Todesgefahr und der wollte ich sie keinesfalls aussetzen, doch hat sie diese Motivation offensichtlich nie verstanden. Die Behörden rückten mir näher auf den Leib als mir lieb war. Dazu kam, dass mir, vermutlich rein zufällig, auf dem Flughafen von Barcelona plötzlich einer der

117

engsten Vertrauten des russischen Paten gegenüberstand und dass der mich, seinem Gesichtsausdruck nach zu urteilen, eindeutig erkannt hatte. Es war wahrscheinlich reines Glück, dass ich meine Emotionen doch so gut unter Kontrolle hatte, dass sie keine Katastrophe unter den Umstehenden auslösten, ein paar leichte Herzinfarkte, das kann man durchaus als glimpflich ansehen. Jedenfalls ging ich kein Risiko ein, ich stieg in die erste Maschine nach Köln und löste von Deutschland aus die Teilorganisation in Barna auf. Selbst Dolores, die Dame, die sich als Maulwurf erwiesen hatte, verlor auf die Weise jede Spur von mir.

Leider bemerkte ich über gewisse Verbindungen, dass das BKA in Deutschland bereits von meiner Existenz wusste und dass ich mich extrem vorsichtig bewegen musste. Daher verschärfte ich unsere Sicherheitsregularien, jeder Versuch einer Kontaktanbahnung zu uns, von wem auch immer, wurde kategorisch abgeblockt. Wir selbst suchten uns unsere Geschäftspartner aus und kontaktierten sie, selbstverständlich erst, nachdem wir sie auf Herz und Nieren überprüft hatten. So minimierten wir das Risiko, erfolgreich von irgendeinem V-Mann infiltriert zu werden. Außerdem lasse ich wirklich jede in oder für meine Organisation tätige Person überwachen, wie und warum tut nichts zur Sache. Ich verlegte unser Geschäft immer mehr weg von Drogen und Waffen in Richtung „Information" und fand einen reich gedeckten Tisch, denn Information ist eine äußerst begehrte und damit wertvolle Ware – vor allem, wenn man eine Information der richtigen Person zuordnen kann, also derjenigen, die sie am besten verwerten würde können. Und darin bin ich

*ziemlich gut geworden, meine Kundenliste
liest sich mittlerweile wie das Who-Is-Who
der deutschen und internationalen Wirtschaft, Politik und Medienlandschaft. Aber,
erstaunlicherweise, auch Behörden und Geheimdienste zählen dazu. Und das ist doppelt
interessant insofern, als diese wiederum
auch die perfekten Informationslieferanten
darstellen, es handelt sich also meist um
Win-Win-Situationen.*

*Ich wechsle regelmäßig mein Hauptquartier,
um potenzielle Verfolger abzuschütteln und,
etwa zu Beginn der Corona-Pandemie, bin ich
schließlich nach München gekommen.*

*Das also ist meine Geschichte. Sie mag Ihnen
lang erscheinen, dennoch habe ich sehr viele
Aspekte meines Lebens unterschlagen. Nunmehr
bleibt mir nur, Sie zu bitten, diese wohl-
wollend zu verwenden in dem Sinne, wie wir
das besprochen haben. Ich kann unser nächstes Treffen kaum erwarten.*

*Sehr verbindliche Grüße,
Li Xiaolóng alias John alias Monster*

Inga lehnte sich zurück, legte ihre Hand auf die Brust und atmete
tief durch. „Was hältst du davon?", fragte sie Edgar.

„Tja, nun … Es ist alles plausibel und in sich schlüssig. Was natürlich nicht automatisch bedeutet, dass es auch wahr ist. Weißt du,
ich bin mir momentan noch gar nicht sicher, inwieweit wir diese
Geschichte überhaupt in den Artikel hineinbekommen. Zu viel
Stoff! Zu viel Horror, ich meine, unser Blatt wird auch von Schü-
lern gelesen. Wir sollten, ach du, ich weiß nicht, was wir sollten.
Ich glaube, ich trinke jetzt erst mal in aller Ruhe einen Kaffee, das
hilft beim Nachdenken. Und wie siehst du die Sache?"

Inga rieb sich das Kinn. „Ich denke, wir sollten seine Geschichte
bringen. Immerhin könnte sie wahr sein und das wird nicht
dadurch ausgeschlossen, dass wir weder ihren Wahrheitsgehalt

noch das Gegenteil beweisen können. Wir können jederzeit auf Li als die Quelle verweisen. Sicher sollten wir die drastischen Stellen schwärzen."

„Die Chefredaktion wird sich eher nicht darauf einlassen."

„Doch, ich denke schon. Die wollen damit Geld machen. Das heißt, sie möchten daraus in jedem Fall eine Serie, damit jeder, der einen Teil gelesen hat, es nicht erwarten kann, sich die Zeitung am nächsten Tag wieder zu kaufen. Und diese Geschichte liefert das Material dafür."

„Mm-hmm, da hast du schon recht. Ich will es mal so sagen, an Fakten haben wir ohnehin so gut wie nichts. Es ist immer noch nicht ganz auszuschließen, dass diese ganze Angelegenheit, das Interview und diese Geschichte, theoretisch ein gut gemachter Fake ist; weißt du noch, mit welch enormem Aufwand Anfang der Achtziger der Betrug um die angeblichen Hitler-Tagebücher betrieben worden ist? Das Einzige, was wir haben, um der Sache Authentizität zu verleihen, ist das Auftauchen des BKA. Die jedenfalls nehmen die Sache ernst und das reicht mir persönlich erstmal als Plausibilitäts-Check."

„Wobei die auch Teil eines Fakes sein könnten, samt der Münchner Polizisten."

„Das lässt sich aber leicht überprüfen und du kannst all deine Tees darauf verwetten, dass ich das als Erstes tun werde. Und ich werde mal sehen, ob ich aus dem ganzen Wust, den wir zusammengetragen haben, irgendetwas nachrecherchieren können. Zwei Begebenheiten fallen mir auf Anhieb ein, die eigentlich nachprüfbar sein müssten: Der Zwischenfall in Barcelona im Jahr 2013, das war eine Sache, die man vor der Öffentlichkeit kaum geheimhalten konnte, zu viele Menschen waren da involviert. Gut, wir haben das Einsatz-Video gesehen, doch wenn wir eine Bestätigung aus einer zweiten Quelle finden könnten, würde das zumindest die Geschichte dahinter verifizieren. Dann die Angaben zu dem Reifenhändler in dem Industriegebiet im Osten Moskaus, auch da müsste sich etwas finden lassen. Wobei auch das streng genommen kein stringenter

Beweis ist, denn Li könnte von solchen Begebenheiten gelesen haben, was weiß ich, im Internet, in einer Zeitung, und sie – etwas umerzählt – in seine eigene Geschichte eingebaut haben, obwohl das Ereignis mit ihm nicht das Geringste zu tun hatte, alles nicht auszuschließen. Wie wir da einen seriösen Artikel hinbekommen … boah, weiß ich echt noch nicht. Vielleicht fällt dir ja etwas Sinnvolles ein. Jedenfalls, bis 18:00 Uhr brauchen wir ein Gerüst, das wir Flummi und Jove präsentieren können, also viel Zeit bleibt uns nicht. Packen wir's an!"

6 – Sendestudio 4, Mainz

„Ich fühle mich gar nicht gut", sagte Inga. Ihr war heiß und sie hätte sich gern die Stirn abgewischt, aber damit hätte sie das Makeup ruiniert, das der Maskenbildner ihr kurz zuvor verpasst hatte. „So etwas habe ich noch nie gemacht. Wenn Ludmilla nicht darauf bestanden hätte, dann hätte ich liebend gern drauf verzichtet."

„Ach ja, Talkshows sind auch nicht meine Lieblingsbeschäftigung, aber Flummi hat durchaus einen Punkt. Das ist einerseits kostenlose Werbung für die Zeitung, denn die wird schon in der Anmoderation erwähnt werden. Und, wenn wir keinen totalen Scheiß stammeln, werden hinterher Millionen Zuseher deinen Namen und dein Gesicht kennen und das kann deinen Marktwert deutlich nach oben drücken, es könnten Angebote kommen, die du entweder annehmen oder sie aber auch nur dazu benutzen kannst, bei der *Depesche* neue Vergütungsziele durchzusetzen."

„Darauf pfeife ich. Je weniger Menschen mich erkennen, desto entspannter kann ich meine Arbeit machen. Bekanntheit ist immer ein zweischneidiges Schwert."

„Noch drei Minuten", plärrte eine Stimme zu ihnen herüber, die Inga dem Regieassistenten zuordnete. Der Maskenbildner, ein hip aussehender, den Bewegungen nach womöglich homosexueller Farbiger, kam zu ihr und tupfte ihr mit einem Wattebausch die Schweißperlen von der Stirn. „Kein Grund zur Nervosität, das wird ganz locker. Bis jetzt haben noch alle Gäste die Show überlebt", witzelte er mit einem breiten Grinsen, das seine glänzend weißen Zähne perfekt zur Geltung brachte.

„Ja, überlebt schon." Jetzt war Edgars Stirn dran. „Aber einige waren hinterher trotzdem erledigt. Dieser Bubúlo kennt keine Skrupel und ist mit allen Wassern gewaschen, wenn es darum geht, jemanden in die Enge zu treiben. Aber mach dir keine Sorgen, Inga, eine junge, hübsche Frau hat der noch nie direkt attackiert, der weiß ganz genau, dass er sich mit so etwas Sympathien bei seinen Zusehern verscherzen würde."

„Das ist dann allerdings auch eine Diskriminierung. Jemanden deshalb zu attackieren, weil er in ein bestimmtes Raster fällt, Mann, über 50, Beruf: linker Politiker. So etwas ist keinen Deut besser, als wenn er frauenfeindlich wäre."

„Oh, er *ist* frauenfeindlich. Aber er versteckt es gut. Wie gesagt, sei einfach konzentriert und alles wird gut. Sollte er dich tatsächlich mit einer Frage in die Enge treiben, weiche einfach aus, wechsle das Thema. Er wird die Frage zwar dann wahrscheinlich wiederholen, aber wenn du wieder ausweichst, wird er zur nächsten Frage übergehen, er kann schließlich nicht die ganze Live-Sendung über auf ein und derselben Frage herumreiten, das kommt nicht so gut. Wir wuppen das schon."

„Eine Minute!" Der Regieassistent wieder …

„Ist nicht deine erste Talkshow, oder?"

Edgar grinste. „Nein. Aber meine erste in diesem Jahrzehnt, ich bin also etwas eingerostet."

Der Regieassistent kam jetzt zu ihnen hinter die Kulissen und sie standen auf. „Also, ihr stellt euch jetzt da vorne hin und wartet auf euer Stichwort, okay?"

„Was ist denn das Stichwort?", fragte Inga.

„Woher soll ich das wissen?", fragte der junge Mann schelmisch grinsend zurück. „Bubúlo stimmt seine Texte um die Burg nicht mit mir ab, ich versteh auch nicht, warum nicht. Aber vertraut mir, ihr könnt es gar nicht verpassen. Dann geht ihr mit normalem Tempo, keinesfalls zu schnell, bitte, aber gute Laune ausstrahlend, zu eurem Gastgeber. Ihr schüttelt die Hände und ja, seine Hände werden ebenso desinfiziert sein wie die euren. Dann setzt ihr euch in die Sessel, die er euch zuweist und dann geht es auch schon los. Stopp, nicht mehr weiter, sonst kommt ihr vorzeitig ins Bild. Alles klar?"

„Jaja, alles gut."

„Prima, dann toi, toi, toi, euch beiden! Zwanzig Sekunden, dann kommt der Eröffnungsjingle, Bubúlo begrüßt das Publikum, lässt ein paar Witze über die Tagespolitik vom Stapel und dann wird er das Thema der Show anmoderieren und euch aufrufen. Schön geduldig bleiben! Und ganz leise jetzt!"

„Danke."

Die fanfarenartige Eröffnungsmelodie ertönte. Inga blickte Edgar in die Augen, um sich rückzuversichern, dass er alles im Griff hatte. Bei ihr selbst war sie nicht so sicher, sie hatte auf dem Flug hierher per Internet in ein paar Folgen von „Bubúlo: explosiv – kontrovers!" hineingesehen und dieser Bubúlo konnte ganz schön fies werden. Das Schlimmste war, dass er es draufhatte, seine oft unsachlichen Attacken in zynischen Humor zu verpacken und damit die Lacher und die Sympathien der Zuseher regelmäßig auf seiner Seite zu haben, auf Kosten seiner Gäste. Doch Edgars Augen strahlten keine Ruhe aus, sondern etwas anderes, Befremdliches. Inga schloss die Augen, atmete tief durch. Sie sah vermutlich Gespenster. Edgar hatte recht, sie würde sich auf das konzentrieren müssen, was vor ihnen lag. Bestens gelaunt sprach ihr Gastgeber nun zum Publikum und stieg in die Sendung ein mit einem Statement über die „Hampel-Regierung" in der Frage der Lieferung schwerer Waffen in die Ukraine. Es folgte ein geschmackloser Witz über „Greta Thunfisch, pardon, …berg, natürlich. Thunberg, im eigenen Saft eingedost, nicht in Öl, versteht sich, das wäre ja eher nicht so öööl-kologisch". Warum das Publikum schallend lachte, wollte ihr nicht in den Kopf. Kein Wunder, dass sie sich diese Sendung nie freiwillig angetan hatte, das war destruktiver Mist übelster Sorte. Wie Ludmilla von dem Publikum einer solchen Sendung erwarten konnte, Leser für die *Depesche* zu gewinnen, würde wohl ihr Geheimnis bleiben. Und doch, man konnte nie wissen, vermutlich waren doch auch ein paar intelligente Köpfe unter den Leuten auf den Rängen. Sie müssten nur ihre Botschaft abliefern und fertig! Was war ihre Botschaft doch gleich wieder? Ingas Kopf schien wie leergefegt, nicht ein einziger Gedanke ließ sich darin auffinden. Irgendwas mit „Toleranz" und „beide Seiten hören" und „einen Ausgleich anstreben", versuchen, die „Chancen in der Situation zu erkennen, anstatt den Fokus einseitig auf die Risiken zu lenken", so etwas in der Art.

„… direkt von der *Depesche* die beiden wagemutigen Reporter, die sich in die Höhle des Löwen, nein, in den *Drachenhort*, ins Hauptquartier des übelsten Monsters dieses Jahrhunderts, vorgewagt haben, um ein Interview mit ihm zu führen. Begrüßen Sie mit mir und mit einem *großen* Applaus Inga Erdem und Edgaaaar … Huuber, Applaus!"

Das war wohl ihr Stichwort. Edgars elegante Geste mit dem Arm bedeutete ihr, dass sie vorangehen solle. Inga setzte ein Lächeln auf, von dem sie nicht sicher war, dass es überhaupt als ein solches erkannt werden würde und marschierte tapfer los. Ein Kloß drückte auf das Innere ihres Halses und sie versuchte, ihn wegzuschlucken. Ihr Gastgeber strahlte sie mit einem gewinnenden Lächeln an, während sie sich ihm näherten, und streckte die Arme aus, als wolle er sie umarmen. Bitte nicht! Doch er griff lediglich nach ihrer Schulter, um sie sanft in die Richtung der Kamera zu bugsieren, auf deren Vorderseite gerade ein rotes Licht brannte. „Vermeidet es, direkt in die Kamera zu blicken, das kommt ganz unnatürlich rüber. Seid am besten ganz ihr selbst", hatte der Regieassistent ihnen gesagt. Also versuchte sie, sich auf das hinter der Kamera sitzende Publikum zu orientieren. Merkwürdig, das Studio sah im Fernsehen größer aus.

Bubúlo eröffnete das Gespräch wiederum mit einem „Witz", in dem er äußerte, dass er befürchtet hatte, dass die beiden so stark angesengt zu ihm ins Studio kommen würden, dass nicht einmal *der* Maskenbildner eine echte Chance gehabt hätte, das zu übertünchen, dem es gelungen sei, Tom Cruise, ja genau, *den* Tom Cruise, von einem Sechzigjährigen optisch in einen 25-Jährigen zu verwandeln. „Aber das Monster hat Sie ganz offensichtlich nicht gefressen und das finde ich schon einigermaßen erstaunlich bei einem derartigen Appetithappen wie Ihnen, Frau Erdem."

Also, so gut versteckte der Arsch seinen Sexismus nun auch wieder nicht; dass so jemand beim öffentlich-rechtlichen Fernsehen immer noch sein vorsintflutliches Weltbild verbreiten durfte …

Inga wurde der Sessel in der Mitte zugewiesen, Edgar musste den rechten Sessel nehmen und Bubúlo nahm den linken – zu nah für Ingas Geschmack. Bei der Demo des letzten *Christopher Street Day* in München hatte sie sich noch ein selbstgemaltes „free hugs"-Schild umgehängt, aber bei dem Kerl hätte sie das ganz schnell verschwinden lassen. Es gab schließlich Grenzen, doch die lagen nicht im Aussehen. Bubúlo sah definitiv nicht schlecht aus, grau meliertes Haar, Ohrringe, eine Nickelbrille wie von John Lennon auf der schmalen Nase; er war schlank und bestens gekleidet. Nein, es war nicht das Äußere, das Inga abschreckte. Hinter der adretten Fassade lauerte etwas Unheilvolles. Inga erkannte einen Narzissten fast immer auf den ersten Blick und der hier war definitiv einer. Kein Zweifel. Für einen Mann wie den da zählten Menschen und ihre Schicksale nichts, es sei denn, er konnte sie manipulieren und sie sich zu Diensten machen.

„Inga, in dem Artikel, der am Freitag erschienen ist, stand ein kleiner Nebensatz, der mich, muss ich sagen, emotional unglaublich berührt hat. Es heißt dort, das Monster hätte sich zu dir hinabgebeugt und dir direkt in die Augen geblickt. Ich meine, seien wir ehrlich, wir sprechen hier wahrscheinlich von dem brutalsten und skrupellosesten Gangster, den die Welt seit achtzig Jahren gesehen hat. Auge in Auge mit dem absoluten Bösen! Was hast du …"

Bubúlo erstarrte quasi, legte eine Kunstpause ein, um die Spannung zu steigern. „... in diesem Augenblick empfunden?"

„Also erstmal, Herr Bubúlo ..."

„Ach, warum denn so förmlich, nennt mich doch einfach Ingo. Ist doch gleich viel persönlicher, wenn wir uns duzen, nicht wahr? Inga und Ingo, ist das nicht die personifizierte Harmonie?"

Das Publikum lachte.

Das wünschst du dir vielleicht ...

„Also gut, Ingo. Ich finde es ein bisschen voreilig, wenn wir Li – so nennt sich der Mann selbst, um den es hier geht – als das personifizierte Böse ansehen. Er ist ..."

„Ja, ja, dazu kommen wir etwas später, aber unser Publikum will erstmal wissen, was du dabei gefühlt hast ... Auge in Auge ..."

Inga atmete tief ein. Eine der Standardstrategien von Bubúlo war, zu unterbrechen, wenn ihm die Richtung nicht gefiel, die eine Antwort nahm. Sie sollte ihm vielleicht zeigen, dass sie das nicht so ohne weiteres hinzunehmen bereit war.

„Meine Gefühle sind nicht relevant, um mich geht es hier doch gar nicht. Aber, von mir aus, ich verspürte jedenfalls keine Furcht. Die Augen sind das Fenster zur Seele, sagt man, und in dieser Seele habe ich nichts gesehen, wovor ich mich hätte fürchten müssen. Eher eine Art ..."

„Jaaa?"

„Ich weiß nicht recht. Hoffnung, vielleicht. Trauer in jedem Fall. Trauer und, vielleicht Zugewandtheit. Ja, ich denke, er war an uns als Menschen interessiert, deshalb ist er nähergetreten, um aus der Nähe in meine Augen zu blicken. Er wollte wohl einschätzen, was er von uns zu halten hatte."

„Ah, sieh einer an, interessant, sehr interessant. Gehe ich recht in der Annahme, dass er dir, Edgar, nicht so tief in die Augen geblickt hat?"

Das Publikum lachte.

„Nein, eigentlich nicht", entgegnete der Gefragte. „Aber …"

„Dachte ich es mir doch! Jaja, unsere gute Inga hat etwas, oder? Was sagen Sie, liebes Publikum?"

Frenetischer Applaus.

„Das Monster hat also zwischenmenschliche Beziehungen gesucht. Denkst du, er meint das so, also geht es ihm wirklich um gute zwischenmenschliche Beziehungen oder handelt es sich vielleicht viel mehr um … Berechnung? Um *Manipulation*, darum, Sympathie zu gewinnen und darüber letztlich einflussreiche Fürsprecher für seine eigene Sache?"

„Nein, das denke ich nicht. Weißt du, Ingo, Li hat eine unglaublich schwere Kindheit durchgemacht mit Traumata, die unsereins …"

„Hach, Inga! Immer so schnell, diese Frau. Wir haben noch nicht mal eine Frage geklärt, springt sie schon zur nächsten, die ich noch überhaupt nicht gestellt habe. Vorsichtig, Inga, wenn du immer so schnell bist, ist der einzige Ehemann, der mit dir auf Dauer mithalten kann, Speedy Gonzales, die schnellste Maus von Mexiko!"

Das Publikum gröhlte.

„Nein", sagte Inga, die spüren konnte, wie ihr die Röte ins Gesicht schoss. „Das war echt. Gesichtszüge können verstellt werden, Augen lügen meistens nicht."

„Ah ja. Du hast ein Psychologiestudium abgeschlossen, nicht wahr?"

„Das ist richtig."

„Und du kannst mit absoluter Sicherheit ausschließen, dass das Monster dich manipuliert hat?"

„Ach nein, so etwas wie absolute Sicherheit gibt es nicht in der Psychologie …"

„Ah ja. Sehr interessant! Nur, weil mir das gerade einfällt, als Psychologin hast du dich doch ganz bestimmt schon einmal mit dem Stockholm-Syndrom beschäftigt."

„Ja, natürlich, aber das hier war eine vollkommen andere Situ…"

„Langsamer, Inga, bitte. Ich bin nicht so schnell wie du. Hättest du die Güte, dem Publikum kurz zu erläutern, was man denn unter dem Stockholm-Syndrom genau versteht?"

Inga atmete tief durch. „Vom Stockholm-Syndrom spricht man, wenn das Opfer, also beispielsweise ein Entführungsopfer, dem Gewalttäter, also dem Entführer, gegenüber Sympathien entgegenbringt, im einfachsten Fall Einverständnis mit dessen Taten und sich, daraus abgeleitet, kooperativ verhält. Das geht über den Wunsch, bei dem Entführer zu bleiben, um so dessen Leben zu schützen, bis hin, im Extremfall, zu Liebe."

„Danke, Inga. Also noch einmal zusammengefasst: Ein Mann – oder eine Frau, wir wollen ja immer schön politisch korrekt bleiben, nicht wahr? – macht etwas unaussprechlich Böses, er nimmt einem Menschen seine Freiheit, vielleicht seine körperliche Unversehrtheit und das Opfer verkuckt sich in das Arschloch. Ha? Was sagen Sie, wertes Publikum, das ist doch ein toller Gag, was?"

Starker Applaus.

„Kommt auch gar nicht so selten vor, oder? Der SPIEGEL brachte vor fünf Jahren einen Artikel, in dem er über ein Dutzend Entführungen anführt, bei dem das Opfer begonnen hat, sich mit dem Täter zu identifizieren oder zumindest Verständnis für ihn aufzubringen."

„Widerspruch!", preschte Inga vor. „Wissenschaftlich ist noch überhaupt nicht belegt, dass das Stockholm-Syndrom überhaupt existiert."

„Es ist aber auch nicht wissenschaftlich belegt, dass es *nicht* existiert, nicht wahr?", konterte Bubúlo. „Wie ist das bei dir, Inga? Kannst du Verständnis aufbringen für diesen Mann, der hunderte, ach was, tausende von unseren Kindern in die Drogensucht und infolgedessen unzählige Familien in den Ruin getrieben hat? Kann dafür irgendjemand Verständnis aufbringen?"

„So einfach liegt der Fall nicht. Da gibt es eine gewaltige Menge an Parametern, die da zusammenspielen, seriöserweise kann man ein Bild nicht beurteilen, wenn man sich auf ein winziges Detail konzentriert, man muss sich schon die Zeit nehmen, das ganze Bild zu studieren."

Bubúlo grinste schelmisch und zog zweimal kurz hintereinander die Augenbrauen hoch. „Ein einfaches ‚Ja‘ oder ‚Nein‘ würde mir schon reichen. Verständnis?"

„Wenn du es so reduzieren willst, ja, ich habe Verständnis für diesen Mann, denn ich habe etwas mehr …"

„Ah, interessant, so interessant! Und einen Satz zuvor hat sie noch versucht, uns weiszumachen, dass die Existenz des Stockholm-Syndroms wissenschaftlich nicht belegt sei. Amüsant! Edgar, kommen wir doch auf einen Sprung zu dir. Du bist ein waschechter Starreporter, ein Investigativ-Journalist, durchaus vergleichbar mit Bernstein und Woodward, die seinerzeit den Watergate-Skandal aufgedeckt und Präsident Nixon zum Rücktritt gezwungen haben. Was für ein Highlight des Journalismus!"

„Danke, Ingo, aber ein solcher Vergleich hinkt dann doch. Wegen mir ist noch nicht einmal ein Ministerpräsident zurückgetreten."

„Ah, sieh an, wie bescheiden er ist, unser Edgar. Zurückgetreten ist vielleicht keiner mit Bezug auf deine Artikel, aber nach Berlin weggelobt, wurde durchaus schon einer, heißt es hinter vorgehaltener Hand. Wenn das nicht einen kleinen Extra-Applaus wert ist!"

Bubúlo hob breit grinsend beide Arme und auf Befehl toste Applaus auf die Bühne.

Und wie der Typ ein Narzisst ist, der badet ja geradezu im Applaus, er genießt es, dass er jederzeit Zustimmung für sich abrufen kann, wann immer er will …

„Edgar, was ist in deinem Kopf vorgegangen, als du diese Einladung zum Interview bekommen hast?"

„Also, wenn ich ehrlich bin, Ingo …"

„Oh, ich bitte darum! Lügen darfst du gern in all den Talkshows bei unseren Wettbewerbern, aber hier bitte …"

Tosendes Lachen. Inga bekam plötzlich eine unbändige Lust, dem Kerl einen Saugstopfer aufs Maul zu rammen, so einen, wie sie neben ihrer Toilette stehen hatte, so fest, dass er sich festsaugte und sich nicht mehr entfernen ließe.

Edgar lächelte, fast schon staatsmännisch. „Kein Problem, Ingo. Also, ich dachte zunächst, das wäre ein Fake."

„Wie, ein Fake?"

„Naja, dass uns irgendwer hereinlegen wollte. Kollegen von einem anderen Medium vielleicht. Irgendeine Versteckte-Kamera-Scheiße oder so etwas …"

„Also Edgar, achte doch bitte auf dein Vokabular, wir senden live! So ein Wort sagt man doch nicht öffentlich. Aber andererseits, wenn ich es mir genau überlege, du sprichst über eine Sendung von einem anderen großen Sender, da kannst du das Wort also gern so stehenlassen. Wo waren wir?"

Gelächter. *Oh – my – god!*

„Oder man denke an die Hitler-Tagebücher Anfang der Achtziger. Hätte ja sein können, dass das wieder so eine Chose war und dass uns jemand für viel Geld irgendetwas andrehen wollte, was das Papier nicht wert ist, auf dem es gedruckt ist …"

„Ah, ganz so, wie deine Zeitung! Nein, neiiin, das ziehe ich zurück, das war unter der Gürtellinie. Aber ich konnte einfach nicht widerstehen bei so einer Steilvorlage. Pardon."

Die Meute johlte. Inga überlegte, ob sie aufstehen und einfach gehen sollte, aber sie war sich mittlerweile sicher, dass Bubúlo auf so einen Move bestens vorbereitet war und selbst einen Eklat zu seinen Gunsten umzumünzen verstand. Und zuhause würde

Ludmilla sie in der Luft zerreißen. Ludmilla, der Flummi. Dieser Spitzname gefiel Inga immer besser.

„Denkst du immer noch, dass das Treffen ein Fake war, Edgar?"

„Nein. Natürlich bleiben geringe Restzweifel, aber nachdem selbst das BKA davon ausgeht, dass das Interview authentisch war und nachdem wir außerdem Kreuzreferenzen auf einige Details nachrecherchieren konnten, sind wir zu, sagen wir, 99 Prozent sicher, dass das wirklich der Mann war, den BKA und Presse als das ‚Monster' bezeichnen."

„Und was wollte das Monster von euch?"

„Ich denke, er möchte seine Geschichte an die Öffentlichkeit bringen, er möchte, dass man ihm erst zuhört und ihn danach erst verurteilt. So, wie das in einem Rechtsstaat üblich ist."

„Dann soll er sich doch stellen! So schnell schaut der gar nicht, wie er vor Gericht steht und man genau das machen wird, zuhören und dann verurteilen."

„Ich denke, dass er fürchtet, dass die Polizei eine Festnahme nicht riskieren wird. Du hast ja sicher von seiner Fähigkeiten gehört, dass er allein durch die Kraft seiner negativen Emotionen töten kann. Der Polizist – oder die Polizistin –, die oder der ihm die Handschellen anlegt und ihn in Gewahrsam nimmt, muss also ständig, jede einzelne Sekunde des Einsatzes, gewärtig sein, dass es von einem Moment auf den anderen vorbei mit ihr – oder ihm – ist. Es wird nicht viele Beamte geben, die bereit sind, ein solches Risiko auf sich zu nehmen. Eine Kugel aus dem Hinterhalt erscheint manch einem Polizisten unter solchen Umständen vielleicht als die weitaus attraktivere Lösung, nicht wahr?"

„Jaa. Und vielleicht wäre so etwas auch die humanere Lösung. Ganz bestimmt wäre es für uns alle die billigere."

Der Saal tobte angesichts der unverhüllten Befürwortung einer Exekution ohne Prozess. Inga erwartete halb, dass als nächstes „Sieg Heil"-Rufe gebrüllt werden würden.

„Hey, Monster!" Bubúlo wendete den Blick nun frontal der ihm am nächsten stehenden Kamera zu. Das rote Licht auf ihr sprang sofort an. „*Das* ist deine Chance! Ruf uns an! Sag uns, wo du bist! Wir schicken ein Kamera-Team, um deine Festnahme zu filmen. Wir filmen aus großer Distanz, klar, sicher ist sicher, du verstehst? Und wir setzen auch ein paar Kamera-Drohnen ein für den Überblick, aber dann kannst du dich beruhigt unter den Augen der ganzen Öffentlichkeit stellen, wenn es dir ernst ist mit deinem Kurs der öffentlichen Imagepflege. Und auf die Weise wird niemand wagen, auf dich zu schießen, solange du schön brav bist, jedenfalls. Man wird dich gut unterbringen, leckeres Essen dreimal am Tag, und dir einen fairen Prozess machen. So läuft das bei uns im Rechtsstaat. Und hinterher bist du vielleicht ein freier Mann oder … du bekommst, was du verdienst. Überleg es dir, das ist ein einmaliges Angebot, so was kriegst du nie wieder! Die Regie wird jetzt die Telefonnummer des Studios einblenden. Ruf an! Jetzt! Du hast im Lotto gewonnen, Mann, ein ganzes Filmteam für dich allein! Du brauchst nur anzurufen und dir den Preis zu sichern! – Tja, meine Damen und Herren. Wie Sie sehen, hat die Gesellschaft den ersten Schritt gemacht, hier und jetzt, in dieser Sendung. Jetzt wird es sich erweisen, wie ernst es dem Monster ist damit, ein akzeptiertes Mitglied dieser Gesellschaft zu werden, wie unsere beiden Studiogäste das in ihrem Artikel propagiert haben. Wie ist das, Edgar, Inga, ihr seid doch ganz sicherlich treue Anhänger der Rechtsstaatlichkeit. Aber natürlich seid ihr das, wie kann ich nur fragen! Und damit steht ihr beiden auch hinter der Idee, dass jeder Mensch sich für seine Taten, die gegen die Gesellschaft gerichtet waren, verantworten muss. Und die Liste der Taten, die dem Monster oder seiner Organisation, wie auch immer die sich nennt, zur Last gelegt werden, ist lang. Mir liegt hier exklusiv eine Liste vor …" Bubúlo stand auf und eine adrette Blondine reichte ihm einen langen Streifen Papier, den Bubúlo hochhielt. „Das ist ein Auszug aus einer Polizeidatenbank und wenn ich jetzt anfinge, die ganze Liste vorzulesen, müssten wir unsere Sendezeit drastischer überziehen als ‚Wetten, dass..?' … nein, nein, nein, darauf verzichte ich, keine Angst. Die Kurzfassung dieser Liste lautet: Drogentransport,

Drogenhandel, Bildung einer kriminellen Vereinigung, Mord, Totschlag, Erpressung, Betrug, Waffenhandel, illegale Bespitzelung, illegales Glücksspiel, illegaler Waffenbesitz, schwere Körperverletzung, Geldwäsche, Amtsanmaßung et cetera et cetera. Und jedes einzelne Delikt dutzend- bis hundertfach. Und das sind nur die bekannt gewordenen Fälle, die weitaus überwiegende Dunkelziffer ist da noch gar nicht mit berücksichtigt. Hier, Edgar, die Liste schenke ich dir. Ihr solltet die wirklich veröffentlichen, das wird ungemein erhellend für eure Leserschaft."

Und in dem Stil ging es weiter. Sie waren beide von vorne bis hinten lediglich Statisten in einer monströsen Selbstdarstellungsshow und Empörungsmaschinerie und sie bekamen nicht den Hauch einer Chance, ihre Botschaft anzubringen oder auch nur ihren Blickwinkel zu erklären. Inga hatte von vorneherein ein sehr schlechtes Gefühl bei der Sache gehabt, aber für Flummi zählte nur die Einschaltquote, die für den Sender vermutlich der Grund war, warum sie diesen Macho-Narzissten noch immer gewähren ließ. „Ausgewogenheit" nannte man das offiziell. Wenn man linkskritische Themen anspräche, müsse man auch dem „eher rechten" Spektrum eine Plattform bieten. Nur, dass das „eher rechte" Spektrum eineinhalb Stunden Sendezeit zur Prime Time bekam, während das „linkskritische" Programm mit der Hälfte der Dauer, ausgestrahlt zu nachtschlafender Zeit vorliebnehmen musste. „Ausgewogenheit", *pah!*

Gut, das hier war nicht ihre Plattform, hierher zu kommen, war ein Fehler gewesen. Ein schwerer Fehler. Sie musste zurück auf ihre eigene Plattform und ihre Sicht der Dinge von dort aus kommunizieren. Sie musste einfach Flummi überzeugen …

7 – Reise

„Mach dir nichts draus, Inga." Edgar blickte sie von der Seite an. Sie sah wirklich besonders hübsch aus im Profil, besonders ihr kleines, spitzes Kinn hatte es ihm angetan. Das Taxi setzte den Blinker und nahm die Abfahrt vom Mittleren Ring auf die A96 nach Lindau. Edgar blickte durch die Heckscheibe, ob ihnen irgendjemand folgte. Nur ein halbes Dutzend Autos. „Der Käse ist gegessen, wir nehmen einen neuen Anlauf und dieses Mal werden wir es geschickter anstellen. Weißt du, die brauchen uns. Wir sind diejenigen, die im Kontakt mit Li stehen und wir sind diejenigen, die bezüglich dieses Themas jetzt im Fokus des öffentlichen Interesses stehen. Jove und Flummi *können* uns nicht so einfach von der Sache abziehen. Das verschafft uns eine gewisse Position, von der aus wir unsere Vorstellungen durchaus bis zu einem gewissen Grad durchsetzen können."

„Das ‚Gewisse‘, das du ständig betonst, beinhaltet schon von vorneherein die Bereitschaft, dich einem Kompromiss unterzuordnen." Inga hatte den Kopf in die Hände gestützt und blickte ihre Füße an.

„Was ist verkehrt an Kompromissen? Das ganze Leben besteht aus Kompromissen. Wer überleben will, muss sich eben anpassen."

„Kompromisse! Welcher ‚Kompromiss‘ hat denn bis jetzt für uns funktioniert? Die Talkshow, in der wir nach Strich und Faden verarscht worden sind, etwa?"

„Ja, zugegeben. Aber Flummi fand es gut. Das Publikum hat dir extra viel Applaus gespendet."

„Ja, für meinen Arsch. Aber nicht für das, was ich sagen wollte! Ich bin überhaupt nicht dazu gekommen, irgendetwas Sinnvolles zu sagen. Das war kein Kompromiss, da wurde einfach ein übles Spiel gespielt. Eines aus der Kategorie ‚Brot und Spiele‘. Keinen hat es interessiert, ob es das war, was wir machen wollten."

„Woher nimmst du die Illusion, zu glauben, dass Demokratie oder Kapitalismus ein Wunschkonzert wären?"

„Muss ich das gut finden? Muss ich mich damit abfinden?"

„‚Gut‘ nicht, ‚ab-‘ schon, fürchte ich. Wir haben kein zweites System zur Auswahl. Das ist in etwa das, was auch Li sagte, wenn ich mich recht erinnere. Der hat es kapiert!"

„Dann unser Artikel. Ich habe wirklich nicht viel beigetragen dazu, ein paar psychologische und philosophische Ansätze. Und Flummi hat fast jeden einzelnen Satz von mir wieder rausgestrichen. Toller Kompromiss! Was geeignet ist, zu relativieren, der Blick aus einer anderen Perspektive, zählt das alles heute nicht mehr? Ich dachte immer, genau das wäre es, was Qualitätsjournalismus ausmacht!"

„Ja, hast schon recht. Im Prinzip. Aber mit Qualitätsjournalismus ist es wie mit der Moral. Die muss man sich erst mal leisten können. Moralisch korrekt handeln ist nicht so einfach, wenn der Magen leer ist. Verdammt, Jove hat schon recht, wir müssen als Zeitung auch zusehen, wo wir bleiben, wie jeder andere auch in diesem System. Niemandem wird etwas geschenkt und, wenn du etwas möchtest, musst du dafür auch immer etwas geben. Das nennt sich Marktwirtschaft."

„Ja klar, immer schön angepasst. Mag ja sein, dass du dich kritisch äußerst, aber wenn es darauf ankommt, verbeugst du dich vor dem System und sagst ‚das ist halt so‘. Kein einziger Gedanke daran, dass man wenigstens versuchen sollte, das System auch mal zu verbiegen oder vielleicht sogar etwas zu verändern, ein klein wenig in Richtung zu etwas mehr Menschlichkeit, Solidarität oder gelebte Toleranz. Du könntest in diese Richtung arbeiten, aber du lässt es zu, dass Flummi und Jove dich mit ihren betriebswirtschaftlichen Argumenten einlullen und dann tust du, was sie, was ‚das System‘ von dir erwartet. Schade, wirklich!"

„Ach Inga, ich tue, was ich kann, ich prangere an, ich zeige auf, aber ich lebe nun mal vom Schreiben. Und wenn das, was ich schreibe, nicht mehr abgenommen wird, dann habe ich auch keinen Lebensunterhalt mehr. Kleine Schritte, Inga, bringen uns voran. Nicht die Konfrontation mit dem Kopf durch die Wand! Ähm, Fahrer, das hier ist die richtige Ausfahrt, Oberpfaffenhofen."

„Ist recht", erwiderte der mit einer extrem rauchigen Stimme. „Sie sagten, zum Flughafen, ja?"

„Genau, setzen Sie uns einfach am Eingang ab, wir kommen dann schon zurecht."

„Geht klar, Sie sind der Boss."

***

Sie stiegen aus und fragten nach der Firma *Crown Aviation*, so wie das in der SMS verlangt worden war und sie machten sich vom Eingang auf den Weg zum angegebenen Gebäude. Das BKA wusste vermutlich noch nichts von ihrer Reise, denn das Handy, auf dem die SMS eingegangen war, abgesandt übrigens von einer bolivianischen Mobiltelefonnummer, war erst heute Morgen per Kurier in der Redaktion abgegeben worden. Kurz darauf war diese SMS eingegangen und hatte ihnen befohlen, ein Taxi zum Flugplatz Oberpfaffenhofen zu nehmen und dort *Crown Aviation* zu kontaktieren. Edgar war sich gar nicht der Tatsache bewusst gewesen, dass es in dieser Ecke überhaupt einen so großen Flughafen gab, jedenfalls, soweit es die Start-/Landebahn betraf, auf der womöglich gar große Transall-Maschinen landen konnten. Er fischte das Handy heraus – ein uraltes Nokia, mit dem man nur telefonieren und kurze Textmessages schicken und empfangen konnte – und sah nach, ob eine weitere Anweisung eingegangen war. Dem war nicht so.

Sie betraten das angegebene Gebäude und eine hübsche Dame blickte von ihrem Schreibtisch auf. „Herzlich willkommen bei *Crown Aviation*, Passagiere und Fracht, diskret und weltweit. Sie wünschen?"

„Wir sollen uns bei Ihnen melden. Huber ist der Name, Edgar Huber und das ist meine Kollegin Inga Erdem."

„Aaah ja. Sie werden erwartet. Man hat Sie für diese Zeit angekündigt. Das Flugzeug steht schon bereit, der Flugplan wurde eingereicht, mit anderen Worten, es kann losgehen, sobald Sie bereit sind. Haben Sie Gepäck?"

„Nein, wir, ähm, reisen leicht. Ehrlich gestanden wissen wir noch nicht mal, wohin unser Flug eigentlich geht."

Die Dame stutzte, blickte auf ihren Monitor und bewegte zielgerichtet ihre Maus. „Zürich", sagte sie. „Kommen Sie, ich bringe Sie zum Hangar. Ach Moment, hier sind Ihre Belege."

„Sind wir beide die einzigen Passagiere?"

„Aber sicher."

„Und die Kosten?"

„Machen Sie sich darüber keinen Kopf, das hat der Auftraggeber bereits beglichen."

„Und … wer genau ist der Auftraggeber?"

Jetzt musterte die Dame ihn etwas genauer. „Sie steigen in ein Flugzeug und wissen weder, wohin die Reise geht, noch aus welchem Grund Sie reisen? Also, ich hab' in dem Beruf ja schon vieles erlebt, aber so etwas dann doch noch nicht."

„Ähm, wissen Sie, wir sind Journalisten und sollen jemanden treffen, Sie wissen schon, einen Whistleblower oder so eine Art. Deshalb kennen wir weder den Ort noch den Auftraggeber. Ich hatte halt gehofft, über Sie etwas mehr darüber zu erfahren."

„Ah, jetzt verstehe ich!" Sie öffnete die Tür zu einem Hangar, in dem ein Learjet und ein kleineres Flugzeug geparkt waren. „Das erklärt auch, warum der Auftrag anonym eingegangen ist. Eine Dame war hier, hat den Flug für Sie gebucht und gleich bar bezahlt. Sie hat Ihre Namen angegeben und gemeint, ich solle die Rechnung auf Sie ausstellen. Mehr kann ich Ihnen leider nicht sagen.

Schauen Sie, das ist Ihr Flugzeug, eine Diamond DA62, ein Leichtflugzeug, schnell, sicher, zuverlässig und vor allem unübertroffen bei den Verbrauchsdaten." Sie winkte einem Mann zu, der gerade im Gespräch mit einem anderen vertieft war. „Mike! *MIKE!* Hier sind deine Passagiere!" Und an Inga und Edgar gewandt: „Ich wünsche Ihnen einen angenehmen Flug, Frau Erdem, Herr Huber! Beehren Sie uns bitte bald wieder."

***

Nach der planmäßigen Landung (und einer eher außerplanmäßigen Übelkeit bei Edgar – er war vor 25 Jahren als Auslandskorrespondent in Ost- und Südafrika relativ häufig mit kleineren Maschinen geflogen, ohne dass ihm dies viel ausgemacht hätte, aber dieses Mal hatte ihn die Reisekrankheit erwischt) dauerte es keine fünfzehn Minuten, bis sie den Flughafen Zürich verlassen hatten. Edgar staunte nicht schlecht, viele der Gebäude hier waren neu und der Ausgangsbereich war eine einzige riesige Baustelle. Aber Busse und Taxis ließen sich davon nicht abhalten, es herrschte ein reges Kommen und Gehen. Das Handy, das während des Flugs ausgeschaltet gewesen war, erwachte jetzt vibrierend zum Leben. Edgar holte es heraus. Auf dem Display wurde der Eingang einer Nachricht angezeigt. Edgar bewegte den Cursor darauf und klickte auf „ok". „Nehmen Sie ein Taxi zur Oper. Am Zebrastreifen unmittelbar vor dem Opernhaus werden Sie abgeholt."

Edgar zeigte Inga die Nachricht und suchte und fand den Taxistand, wo er das vorderste Taxi ansteuerte.

„Stadtmitte, Oper", sagte er durchs halb heruntergelassene Fenster.

Zwanzig Minuten später stiegen sie am Ziel aus und warteten am angegebenen Ort. Nur zwei Minuten später hielt ein Transporter mit quietschenden Reifen neben ihnen. Er sah ähnlich aus wie der, in den sie vor zehn Tagen eingestiegen waren. Die Scheiben waren verdunkelt. Edgar öffnete die seitliche Schiebetür zum Laderaum. Alles war wie gehabt, die zwei Sitze und der Wäschekorb. Sollte es sich gar um dasselbe Fahrzeug handeln? Nein, dieses hier hatte ein Züricher Kennzeichen gehabt, so viel hatte Edgar noch erkannt. Sie stiegen ein, lasen den Zettel, zogen sich wieder (im Dunkeln) aus und schlüpften in die Kimonos. 15 Minuten später hielten sie an und jemand Vermummtes nahm den Korb mit all ihren Sachen an sich. Und weiter ging es. Unterwegs wurden sie wieder einer Leibesvisitation unterzogen, allerdings geschah dies in einem schäbigen Innenhof, auf den keine Fenster führten. Und die Weiterfahrt fand in demselben Lieferwagen statt, der sie abgeholt hatte.

Wo sie kurze Zeit später ausstiegen, konnten sie wegen der Vermummung, die sie jetzt tragen mussten, nicht erkennen, aber die Umgebungsgeräusche und der Geruch nach Schmiermitteln ließen auf eine Art Gewerbegebiet schließen. Wieder wurden sie in einem Lift nach oben gebracht und durften ihre Stoffhüllen abnehmen. Sie befanden sich in einem fensterlosen Raum, der an eine Gefängniszelle gemahnte. Es gab einen Heizköper mit einem kleinen Bücherregal darüber, zwei Betten, einen Tisch, zwei Stühle und … ein Waschbecken mit Seife, Handtüchern und eingeschweißten Zahnbürsten. Edgar erfasst auf den ersten Blick, dass hier etwas gar nicht stimmte und drehte sich zur Tür um. Ein Maskierter erklärte in freundlichem, aber bestimmten Schwyzerdütsch, dass der Huángdì den ganzen Tag über leider „ussrplanmassig vrhindrt" sei und sie es sich doch bitte in ihrem Gästezimmer bequem machen sollten. Er würde es bedauern, dass man ihnen leider keine Kommunikationsmedien zur Verfügung stellen könne, hoffe aber, dass die Auswahl der Bücher ihren Geschmack treffe. Sollten sie duschen oder auf die Toilette wollen, bräuchten sie einfach nur zu klopfen, ebenso, wenn Sie durstig oder hungrig wären oder sonstige Wünsche hätten. Damit ließ er die beiden allein und sperrte hinter sich die Tür ab. Edgar blickte Inga an. Ihm wollte schier der Kragen platzen. Doch als er Ingas Gelassenheit ausstrahlendes Schulterzucken und wie immer umwerfendes Lächeln sah, verpuffte die negative Stimmung in ihm schlagartig. Inga stand bereits vor dem Bücherregal und stöberte durch die dort stehenden Bände. Er schüttelte den Kopf und meinte: „Ein geschenkter Urlaubstag, also. Erlebt man auch nicht alle Tage." Und griff kurzentschlossen zu Karl Mays „Winnetou I". Das Buch hatte er seit vier Jahrzehnten nicht mehr in Händen gehalten. Aber da Winnetou und Konsorten gerade wieder in der Kritik standen in Punkto Rassismus, kulturelle Aneignung und sonstiger Unarten, deren May sich angeblich schuldig gemacht hatte, wurde es mal wieder Zeit, sich selbst ein Bild zu machen …

Der Tag verlief weitgehend ereignislos, ein paar Stunden lang diskutierten Inga und Edgar über Gott und die Welt, ein paar Stunden lang lasen sie, teils jeder für sich, teils lasen sie sich gegenseitig etwas aus ihrem jeweiligen Buch vor, zum Mittagessen brachte man Inga wunschgemäß vegetarische Älplermagronen und ihm selbst eine große Pizza mit Bündnerfleisch, zum Abendessen frische Brötchen mit Butter und verschiedenen Käsesorten und Marmeladen. Kein Wort von ihrem „Gastgeber".

Am nächsten Morgen wurden sie von einem lauten Klopfen an der Tür geweckt. „Machen Sie sich bitte bereit, der Huángdì empfängt Sie in fünfzehn Minuten." Inga klopfte an die Tür, um sich zu einer Dusche bringen zu lassen und Edgar nutzte die Zeit ihrer Abwesenheit, um sich in ihrem Gästezimmer zu waschen. Die Lüftungsschlitze über der Tür konnten erklären, dass er trotz der Fensterlosigkeit des Raumes entgegen seiner Erwartung ziemlich gut geschlafen hatte. Er hoffte, dass das auch für Inga galt. Eine der Dinge, die ihm die wenigen wechselnden Liebschaften, mit denen er immer wieder mal eine Nacht verbracht hatte, durch die Bank vorgeworfen hatten, war sein angeblich so aufdringliches Schnarchen. Er hoffte, Inga damit verschont zu haben. Nachdem er sich abgetrocknet und mit den Fingern notdürftig frisiert hatte, wurde er abgeholt und in einen Raum geführt, der exakt so aussah, wie das „Kommunikationszimmer" in München oder Umgebung. Inga war bereits dort und sie nahmen auf dem Sofa an der Wand Platz.

8 – Operationsbasis Zürich

Unvermittelt ertönte Lis Stimme, ohne dass er sich bei ihnen im Raum befand: „Ich muss gestehen, dass ich, tja, enttäuscht bin. Ich hatte mehr erwartet. Sehr viel mehr."

Er legte eine Pause ein. „Deshalb hielt ich es für klüger, mich erst einmal nicht mit Ihnen im selben Raum aufzuhalten, sondern über Mikrofone und Lautsprecher mit Ihnen zu sprechen, schließlich will ich nicht, dass Sie ein Opfer meiner schlechten Laune werden. Herr Huber, der Wortwahl und dem Schreibstil des Artikels nach zu urteilen, haben Sie die beiden bisher erschienenen Texte im Wesentlichen allein verfasst. Ist das korrekt?"

„Ähm, ja, verfasst nicht, wir haben schon gemeinsam daran gearbeitet, aber unsere Chefredakteurin hat so ziemlich alle Texte, die Frau Erdem beigetragen hat, einfach wieder herausgestrichen."

„Der Flummi hat also seinem Namen alle Ehre gemacht?"

„Sie kennen ihren Spitznamen?"

„Natürlich. Aber ich bin nicht nur erbost wegen dem, was da hätte stehen können oder was man herausgestrichen hat. Der ganze Artikel dreht sich ausschließlich um Sie, Herr Huber! Ich bin darin nur der Aufhänger für Ihre Selbstdarstellung und ich muss ehrlich sagen, dass ich mit so einem hanebüchenen und enttäuschenden Ergebnis nicht gerechnet hatte. Nicht bei dem Aufwand, den ich getrieben habe, um ihnen so viel Material, noch dazu exklusives, an die Hand zu geben."

„Ich kann das erklären."

„Ich bitte höflichst darum." Der beißende Ton der Stimme sprach der Freundlichkeit der Worte Hohn.

„Sehen Sie, Sie haben uns in der Tat eine Menge Stoff geliefert, keine Frage."

„Stoff, den nahezu vollständig zu ignorieren, Sie beschlossen haben."

„Ja, auch das war eine Entscheidung der Chefredaktion. Man wollte – und will immer noch – eine Artikelserie machen und in die wird Ihre Lebensgeschichte peu à peu einfließen. Allerdings muss die erst redigiert werden, weil sie einerseits sehr lang ist und andererseits einige Stellen, sagen wir mal, nicht für alle Altersstufen geeignet sind. Unabhängig davon stand ich bei Ihrer Datei vor dem Problem, dass all das Material unter journalistischen Gesichtspunkten in der Tat ziemlich wenig hergibt. Sie erzählen eine Menge Dinge aus Ihrem Leben, keine Frage. Doch darunter gibt es nur wenige Fakten. Was ich damit meine, ist, dass sich darin wenig

Nachprüfbares findet. Sie waren in einem Labor irgendwo im Westen Chinas. Dann in einem russischen mindestens eine halbe Tagesreise von Novosibirsk entfernt. Wer Sie warum aus China entführt hat, bleibt ganz offen. Das alles lässt sich nicht verifizieren, und ich habe es wirklich versucht. Weit über eine Stunde lang haben wir beide allein Satellitenbilder in Google Maps studiert, um einen Ansatzpunkt für die Existenz einer solcher Einrichtung zu erkennen. Ebenso wenig finden sich Bestätigungen aus einer zweiten Quelle über Ihre Jahre in Moskau und über das Allermeiste vom Rest Ihrer Geschichte. Sie haben nicht gerade sehr öffentlich gelebt. Nur zu zwei Ereignissen in Ihrer Biografie konnte ich etwas ausfindig machen, was Ihrer Geschichte zumindest nicht widerspricht – sie aber streng genommen auch nicht belegt, denn Sie könnten *theoretisch* die Meldungen aufgegriffen und im Nachhinein zu einem Teil Ihrer Geschichte gemacht haben. Eines der Ereignisse war der Polizeieinsatz in Barcelona, über dessen verheerendes Ende damals sogar in der internationalen Presse berichtet wurde. Es gibt sogar einen Beleg darüber, der Ihre Verwicklung darin sehr plausibel macht, und zwar ein Video, das mir von einem BKA-Beamten gezeigt worden ist. Allerdings hat er mir verboten, dieses Video als Quelle anzugeben. Immerhin hat es bewirkt, dass ich Ihnen glaube. Diese Sache in einer Nachricht aber als Fakt darzustellen, dafür ist die Beweislage, ohne dieses Video zitieren zu dürfen, zu dünn. Dann war da noch diese Sache mit der Handgranate in Moskau, über die allerdings nur ein Artikel in der *Nowaja Gaseta* erschienen ist. Das ist für Journalisten nun mal eine überaus dürftige Quellenlage, zumal Ihre Verwicklung darin, wie gesagt, nicht verifizierbar ist. Ich konnte die Story über Sie also nicht als ‚faktisch' präsentieren, sie nicht als Nachricht qualifizieren. Also musste ich mich fragen, auf welche andere Weise ich diese Story bringen konnte, ohne unseriös zu sein und da kamen Inga und ich auf die Idee, dass wir die Geschichte aus *unserer* Perspektive bringen könnten, dass wir also das berichteten, wie wir dieses Interview erlebt haben, quasi als Augenzeugen. Im Zuge der Arbeit hat sich dann herauskristallisiert, dass der Artikel leichter verständlich würde, wenn nur die Perspektive einer Person wiedergegeben wird, und daraus wurde dann die meine. Das war schlicht und ergreifend die Art und Weise, die uns als am wenigsten angreifbar erschienen ist."

„Sie wollen damit sagen, dass es meine Schuld gewesen sei …?"

„Nein, um Gottes Willen! Es geht nicht um irgendeine Schuld, es geht darum, wie man eine Sache, ohne über greifbare Fakten verfügen zu können, bringen kann, ohne sich selbst oder die Zeitung unter journalistischen Aspekten in Misskredit zu bringen. Es tut mir leid, dass Sie das als eine Art Selbstdarstellung meinerseits interpretiert haben, aber ich sah in der Tat keinen anderen gangbaren Weg. Eine Alternative hätte es gegeben, wenn ich wörtliche Zitate von Ihnen aneinandergereiht hätte. Aber, da wir kein Diktiergerät verwenden durften, gab es diese Möglichkeit nicht."

Lis Stimme zögerte. „Gut, das verstehe ich. Sie hatten dabei Ihr Berufsethos im Auge."

„Nicht nur, ich hatte auch auf den Ruf der Zeitung zu achten, aber ja, das ist korrekt."

„Na gut, in diesem Fall ist Ihre Vorgehensweise natürlich akzeptabel. Verzeihen Sie bitte, dass ich Ihre Motivation nicht gleich begriffen habe. Warten Sie einen Moment, ich komme jetzt zu Ihnen in den Kommunikationsraum."

Nur Sekunden später öffnete sich eine nicht zu erkennende Tür hinter dem Schreibtisch und eine zierliche Gestalt in Jeans und T-Shirt, die gerade noch ihre schwarze Gesichtsmaske zurechtrückte, betrat den Raum. Edgar hätte fast unwillkürlich laut aufgelacht angesichts des Kontrasts dieses bescheidenen Auftritts zu dem theatralischen Erscheinen beim ersten Interview. Erstaunlicherweise ging die Diskontinuität weiter, als Li um den Schreibtisch herumkam und ihnen beiden fast schon auf herzliche Weise die Hände schüttelte. Dann bat er sie, wieder in den Sesseln vor dem Schreibtisch Platz zu nehmen und auch Li setzte sich auf seinen Bürostuhl. Edgar fragte sich unwillkürlich, ob es sich bei dem „Monster" wirklich nur um eine einzige Person handelte. Wäre es möglich, dass der Mann ein paar Mitarbeiter geschult hatte, zu gewissen

Anlässen als er selbst aufzutreten? Es wäre kein großes Kunststück bei einem Mann, dessen Gesicht niemand kannte. Obwohl … seine eigenen Leute würden wohl wissen, wie er aussah, oder? Außerdem war das hier eine höchstpersönliche Angelegenheit, die überließ man nicht einfach mal so eben jemand anderem, egal wie aufgeweckt diese Person auch sein mochte.

„Ich muss Sie um Verzeihung bitten wegen gestern. Erst das ganze Trara mit der Reise hierher und dann verstaut man Sie in einer Art Klosterzelle, das auch noch in einem gemeinsamen Raum ohne Geschlechtertrennung. Das hat wiederum damit zu tun hat, dass wir nur sehr selten Gäste empfangen und auf die Schnelle keine zwei geeigneten getrennten Räume finden konnten. Leider war ich zu einer außerplanmäßigen Reise gezwungen, die ein gemeinsamer … Freund von uns verschuldet hat."

„Lassen Sie mich raten", feixte Edgar. „Kimmich?"

„Ja. Genau der. Als er gehört hat, dass Sie beide in ein Taxi gestiegen sind, ist er etwas nervös geworden. Diese Nervosität hat sich wohl ins Unerträgliche gesteigert, als ihm vom Ziel Ihrer Fahrt, dem Flughafen Oberpfaffenhofen, berichtet wurde. Sie waren kaum ins Flugzeug eingestiegen, da hatte er auch schon mit *Crown Aviation* telefoniert und das Ziel Ihres Fluges erfahren. Das hätte mich nun nicht weiter irritiert, dass der Mann wie eine lästige Klette an Ihnen hängen würde, das war zu erwarten. Aber, was ich nicht erwartet hatte, war, dass er im Begriff war, eine eindeutig illegale Maßnahme zu ergreifen, um Sie in Zürich lückenlos überwachen zu lassen. Also musste ich weg und ein paar, sagen wir, Gegenmaßnahmen einleiten, die ihn dazu zwangen, diese Maßnahmen im puren Planungsstadium zu belassen und, ich gestehe, ich habe dafür gesorgt, dass er seinen Vorgesetzten gegenüber ein klein wenig sein Gesicht verloren hat, um ihn zu ermutigen, sich künftig gewissenhafter an die Gesetze zu halten." Li lachte. „Ich meine, wo kämen wir denn hin, wenn schon die Behörden sich nicht an die Regeln halten?"

„Können Sie uns ein paar Details erzählen, was genau Sie gemacht haben?"

„Bedaure, nein. Diese Information könnte einige meiner Kontaktleute gefährden. Aber wenn Sie Glück haben, gibt Kimmich selbst Ihnen ein Interview und beichtet, aber ich bezweifle es. Doch nun zu wichtigeren Dingen. Ihr Auftritt in der Bubúlo-Show ... was haben Sie sich dabei gedacht?", fragte Li, doch in seiner Stimme lag kein Ärger, eher eine Art von Belustigung.

„Ah, Sie haben sich diesen Mist angesehen?", brummte Edgar. „Ich hätte schwören können, dass Sie Ihren Verstand nicht mit solchem Dreck in Berührung bringen."

„Oh, Sie irren sich, Herr Huber. Ich sagte Ihnen doch, dass ich im Informationsbusiness tätig bin, und mit Information ist es wie mit Geld: Sie stinkt nicht. In manch einem Fall mag derjenige stinken, der sie vermittelt, aber das ist wie bei einem Tierarzt, der ein Tier auch dann behandeln muss, wenn es ihm die ganze Praxis voll-..., Sie erkennen das Bild. Als Profi muss man seinen Ekel einfach überwinden können."

„Ich gebe zu, es lief absolut nicht so, wie wir geplant hatten, wir hatten ziemlich konkrete Pläne, was wir zu Ihrer Story sagen wollten, doch, naja, wir haben nicht damit gerechnet, dass Bubúlo so geschickt darin ist, dafür zu sorgen, dass seine Gäste nur das sagen, was ihm ins Konzept passt."

Li lehnte sich nach vorne und deutete mit dem Zeigefinger auf Edgar. „Diese Fähigkeit ist der Grund dafür, dass dieser Mann genau auf der Position ist und bleibt, auf der er ist. Sie können sich nicht einmal ansatzweise vorstellen, wie mächtig dieser Mann ist. Er ist bestens vernetzt, insbesondere mit Politikern aus dem rechten Spektrum, aber bei weitem nicht nur. Er ist prominentes Mitglied der *Atlantikbrücke*, genießt also Zugang zu exklusiven Informationen, was ihn für mich zu einem sehr interessanten Ziel macht. Die Chefs aller großen deutschen Konzerne hofieren ihn wie einen Halbgott, denn ein negativer Nebensatz von ihm in einer seiner Shows kann einer Firma massiven wirtschaftlichen Schaden zufügen, ebenso wie ein positiver Satz wirtschaftlichen Erfolg bedeuten kann. Ein Intendant hat vor ein paar Jahren mal versucht, Bubúlo abzusägen und ist postwendend selbst abgesägt worden." Li lachte.

„Ich habe sogar versucht, kompromittierende Informationen über Bubúlo zu sammeln, um notfalls etwas gegen ihn in der Hand zu haben, doch da war nichts. Nicht das Geringste, Bubúlo ist absolut sauber. Der Mann parkt nie falsch und er kuckt noch nicht mal Pornos im Internet. Er steht nicht nur für Law und Order, er lebt das auch. Sicherlich kann man mit gewissem Recht drastische Bezeichnungen für einen Mann wie ihn finden, dafür, wie er Andere manipuliert und für seine Zwecke missbraucht, doch das ist nicht strafbar. Also, wenn der Sie auf dem Kieker hätte, gäbe es niemanden, der Sie vor ihm schützen könnte. Angesichts dessen sind Sie beide ziemlich gut aus dieser Episode herausgekommen, Sie haben Ihren Zweck seinen Erwartungen entsprechend erfüllt, Ihre kleine Widerspenstigkeit, Frau Erdem, hat ihn sogar amüsiert. Sie hatten von Anbeginn an nicht die geringste Chance, deshalb wiederhole ich die Frage, warum Sie sich überhaupt darauf eingelassen haben."

Inga räusperte sich. „Glauben Sie mir bitte, Herr Li, dass der Auftritt in dieser Talkshow absolut nicht unsere Idee war. Unsere Chefredakteurin, also die ‚Flummi‘, hat darauf bestanden, dass wir dort hingehen. Sie wollte die Reichweite der Story und damit der Zeitung erhöhen. Und allem Anschein nach hat sie bekommen, was sie sich erhofft hat, also ist eine kritische Distanz von ihr nicht zu erwarten."

Li nickte. „Ein überaus interessantes Lehrstück von einem Meister seiner Zunft darüber, was wahre Macht bedeutet, nicht wahr? Demokratie, Rechtsstaatlichkeit, das ist das eine. Aber die Fassade verschleiert nur die Seilschaften, die auch hier in Deutschland in Wahrheit das Sagen haben. Aber ich will mich nicht beschweren, bei wem auch? Uns allen bleibt doch nur, uns mit den Verhältnissen zu arrangieren, die wir vorfinden, jedenfalls dann, wenn wir sie nicht in unserem Sinne zu verändern vermögen. Nicht wahr?"

„Jedenfalls tut es mir leid, wie es gelaufen ist. Insbesondere Inga, also Frau Erdem, hat sich unglaublich engagiert dafür eingesetzt, dass in unseren Artikeln und sonstigen Äußerungen auch Aspekte einfließen, die sicherlich mehr in Ihrem Sinne gewesen wären. Doch sind wir nicht diejenigen, die das letzte Wort darüber haben, was letztlich veröffentlicht wird und was nicht. Dazu müssten Sie sich mit unseren Chefredakteuren unterhalten. Also, nach den gemachten Erfahrungen weiß ich wirklich nicht, wie wir Ihre Bitte an die Gesellschaft besser transportieren und eine gewisse positive Grundstimmung für Ihre Eingliederung in die Gesellschaft erzeugen können."

„Meine ... *Bitte?*"

„Aber ... ja. War das nicht Ihr Anliegen? Sollten wir nicht Ihre Geschichte erzählen und auf diese Weise für Toleranz und für einen Deal werben, der eine Win-Win-Situation für alle Seiten bedeuten könnte?"

„Falls Sie das wirklich dachten, hätten Sie mich wohl falsch eingeschätzt und man könnte den Ausdruck ‚*Bitte*' unter Umständen als eine Beleidigung meiner Intelligenz deuten. Ich ermahnte Sie bereits einmal, auf Ihre Worte zu achten! Nehmen Sie das bitte nicht auf die leichte Schulter!"

„Dann bedaure ich sehr, wenn wir Sie missverstanden haben."

„Sie verwechseln vielleicht Höflichkeit mit Schwäche, kann das sein? Ich sage Ihnen dagegen, Höflichkeit zeigt Stärke. Jemand, der sich gezwungen sieht, von Höflichkeit Abstand zu nehmen, zeigt damit deutlich, dass er sich in die Enge getrieben fühlt, dass er nicht mehr Herr der Lage ist. Ein gutgemeinter Rat: Hüten Sie sich weniger vor den unhöflichen Menschen, sondern vielmehr vor den überaus höflichen! Nein, ich *bitte* nicht. So naiv bin ich nicht, war ich auch nicht, niemals! Ich habe sehr früh lernen müssen, dass einem nichts geschenkt wird auf dieser Welt. Wenn man etwas haben will, muss man es sich nehmen oder etwas dafür geben, was wiederum das Gegenüber braucht. Das ganze Leben ist ein einziges Geschäft, und zwar völlig unabhängig davon, wie das System sich nennt, ob Kommunismus oder Sozialismus oder Staatskapitalismus oder Neoliberalismus. Nicht das System entscheidet, wie wir leben, sondern Menschen. Es sind *immer* Menschen, die entscheiden, ob und was wir bekommen. Leute, die ‚das System' — welches auch immer — bekämpfen und diesen einfachen

Zusammenhang verkennen, rennen sich nur gegen Windmühlen die Köpfe blutig."

„Das ist ein interessanter Gedanke", meldete sich erstmals in dieser Sitzung Inga zu Wort. „Das System ist, wie es ist und Sie tragen sich offenbar nicht mit der Absicht, es zu verändern. Menschen sind ebenfalls, wie sie sind, und auch dort haben Sie keinen Ansatz für Veränderungen. Wie also sieht Ihr Ansatz aus, eine Akzeptanz für Sie in dieser Gesellschaft zu erreichen?"

Li klatschte die Hände zusammen und lachte. „Ist das nicht offensichtlich? Ich plane das auf dieselbe Weise zu tun wie alle Menschen, die etwas Ungewöhnliches erreicht haben. Ich nutze die gangbaren Wege, mache mir das System zunutze beziehungsweise die erwähnten Seilschaften dahinter. Wie schwierig sich diese Aufgabe darstellt, davon hat Ihr Auftritt in der Bubúlo-Show Ihnen sicher einen eindrucksvollen Einblick gewährt. Schwierig ja, unmöglich? Nein! Publicity, also der Grund, aus dem Sie beide hier sind, ist nur *eine* Schiene, die aber unerlässlich und unglaublich wichtig ist. Ich will die Protektion derer, die die Macht haben, sie zu gewähren. Im Gegenzug unternehme ich keine Anstrengungen, sie aus ihrer Machtposition zu vertreiben. Ein Geschäft, also, bei dem Macht die einzige akzeptierte Währung ist. Aber die Fassade von Demokratie und Rechtsstaatlichkeit darf dabei nicht angekratzt werden, das ist quasi eine ständige Nebenbedingung bei solcherlei Geschäften. Ein Deal kann noch so abstrus sein, wenn er gut in der Öffentlichkeit verkauft wird, funktioniert es. Wenn nicht, nun, das sehen Sie beispielsweise an den verkorksten Maskendeals diverser Unions-Granden, plumpe Gier wird von der Öffentlichkeit nun mal nicht toleriert. Jedenfalls nicht offiziell, denn, seien wir uns ehrlich: Welche wirklich harschen Strafen haben diese Täter denn zu erwarten? Sie haben natürlich keine Strafen, außer ein paar symbolischen Sanktionen, zu gewärtigen, weil sie über eine gewisse Macht verfügen, und das wiederum, weil sie Teil einer Seilschaft sind."

„Aber Sie sind doch wohl nicht Teil einer solchen Seilschaft, oder?" Edgar gelang es nicht, eine gewisse Belustigung zu verbergen.

„Nicht im herkömmlichen Sinne, nein. Aber subkutan durchaus. Wie Sie sehen werden, wenn Kimmich Sie das nächste Mal aufsucht, konnte ich meine Intentionen durchaus durchsetzen, ohne dass man eine Spur dieser Interaktionen zu mir zurückverfolgen könnte. Ich konnte Macht ausüben. Und das werde ich wieder tun. Und wieder, solange, bis ich am Ziel bin oder bis eine stärkere Macht es schafft, mich aus meiner Position in den Abgrund zu kicken. Deshalb ist es keine *Bitte*, die ich hier der Gesellschaft vorzutragen versuche, sondern eher eine *Forderung*. Ich biete ihr ein Geschäft an, auf Basis einer Gegenleistung."

„Ein Angebot, das maßgebliche Leute nicht ablehnen können?"

„Ah, Sie zitieren Don Corleone. Auch ein sehr gutes Lehrstück zum Thema ‚Macht', nicht wahr, zumal der Film *Der Pate* auf sehr vielen wahren Begebenheiten basiert. Ja, exakt, genau das meine ich. Ich kann beispielsweise dafür sorgen, dass eine Menge Kids nicht mehr durch meine Organisation an den Stoff rankommen, der sie süchtig macht und sie langfristig zerstört. Ich könnte theoretisch sogar einen großen Teil des internationalen Drogenkartells ans Messer liefern, einschließlich der kolumbianischen Drogenbarone. So weit wird es aber nicht kommen, denn, unter uns gesagt, diese Leute sind wiederum Teil von großen und mächtigen Seilschaften, die an einer Lösung des Drogenproblems nicht im Geringsten interessiert sind. Daran interessiert ist lediglich die Fassade, der Rechtsstaat. Deshalb, übrigens, spielt es nicht die geringste Rolle, ob ich in dieser Branche Geld mache oder nicht. Irgendjemand wird immer Geld damit verdienen. Selbst wenn ich also von heute auf morgen damit aufhören würde, wäre die Angebotslücke nach nur wenigen Tagen wieder restlos geschlossen."

„Aber …", grummelte Inga. „… das würde ja bedeuten, dass Ihr Angebot, sich aus dem Drogenhandel zurückzuziehen, keinerlei Wert für die Gesellschaft hätte."

„Einen faktischen Wert nicht, das ist richtig. Aber einen symbolischen, denn, wie gesagt, eine wichtige Nebenbedingung für jede Art von Geschäften ist, dass die Fassade nicht angekratzt werden darf. Und mein Angebot stärkt eben diese Fassade, es lässt sich von einschlägigen Kreisen wunderbar dafür verwenden, zu zeigen, wie sehr diese mit der Fassade der Rechtsstaatlichkeit verbunden sind. Eine solche Geste ist daher für diese Kreise absolut nicht wertlos und diese Leute wissen das."

„Das klingt für mich richtig zynisch und abstoßend", protestierte Inga.

„Das klingt nicht nur zynisch, das *ist* zynisch. Und abstoßend, richtig! Aber fragen Sie sich selbst, Frau Erdem, wollen Sie den Zynismus, der in dieser Gesellschaft generiert wird, *mir* anlasten, nur weil ich ihn für meine Zwecke zu nutzen weiß?"

„Ich finde, Frau Erdem hat recht", meinte Edgar. „Aber dann kommen Sie wieder mit dem Spruch, dass zuerst das Fressen kommt und dann erst die Moral. Und dieses Argument ist letztlich auch unwiderlegbar. Lassen Sie uns unabhängig davon das Spiel einfach mal von Anfang bis Ende im Geiste durchgehen, damit auch ein Simpel wie ich versteht, wie die Einzelteile des Puzzles ineinandergreifen. Wir erzählen also in der *Depesche* über Sie, zeigen der Gesellschaft, wer Sie sind, was Sie tun, auch, was Sie tun könnten, über welche Macht Sie verfügen und wir überbringen ihr Ihr Angebot, dass Sie mit Ihrem illegalen Treiben aufhören, wenn Sie dafür unbelästigt und frei hier leben dürfen. So weit richtig?"

„Vereinfacht gesagt, ja."

„Daraufhin werden im für Sie besten Fall gewisse Leute, ich nehme an, hochrangige Politiker, sagen: ‚Wir schaffen das!', sie werden Ihr Angebot annehmen und die können sich dann damit brüsten, eine große, ach was, die größte kriminelle Vereinigung Europas unschädlich gemacht zu haben, auch wenn sich faktisch so gut wie nichts verändert?"

„Stark vereinfacht formuliert, aber ja, so in etwa."

„Ihnen ist schon bewusst, wie leicht Politiker über einen solchen Spruch wie ‚Wir schaffen das‘ stolpern können?"

„Dessen bin ich mir sehr bewusst, deshalb war es für mich wichtig, diese Kampagne mit Öffentlichkeitsarbeit zu beginnen. Wissen Sie, die Diskussion darüber, wie man in meinem Fall zu verfahren hätte, ist in den sozialen Medien längst entbrannt. Und das ist das Verdienst Ihrer Artikel und auch Ihres Auftritts bei Bubúlo. Noch liegt die Law-and-Order-Fraktion klar vorne. Aber die öffentliche Meinung lässt sich beeinflussen, da und dort auf eher subtile Weise, an anderer Stelle eher mit einem Vorschlaghammer. Das sind Vorgänge, die sich gezielt steuern lassen und die sind keineswegs Teil Ihres, sagen wir, Auftrags."

„Glatteis für Politiker, die sich auf einen solchen Deal mit Ihnen einlassen, ist eine solche Entscheidung gleichwohl. Sie könnten deshalb versucht sein, ihre Zusage zurückzuziehen, *nachdem* Sie Ihre kriminelle Vereinigung aufgelöst haben. Was machen Sie dann?"

„Dann kommt der Teil, in dem ich mir die Asse im Ärmel ganz nach vorne schiebe. Diese Rückversicherung hat sich mir erst erschlossen, nachdem ich ins Informationsgeschäft eingestiegen bin. Und im Übrigen denke ich nicht daran, meine Organisation, die zu einem erheblichen Teil aus legalen Operationen besteht, aufzulösen. Mein Angebot lautet lediglich, mich aus den illegalen Geschäftsfeldern Drogen, Glücksspiel und Waffenhandel zurückzuziehen. Das Geschäft mit Information bleibt natürlich. Und da liegen auch meine Asse verborgen. Wissen Sie, sollte der Pakt gebrochen werden, würden maßgebliche Politiker das massiv zu bereuen haben. Der deutsche Bundeskanzler würde sich mit plötzlich auftauchenden Gesprächsmitschnitten konfrontiert sehen, die seine Gedächtnislücken im Cum-Ex-Skandal wieder eindeutig und unmissverständlich schließen würden. Die Käuflichkeit des Finanzministers und seiner Partei wäre belegt, samt Preisschild und Mehrwertsteuerausweis. Der Wirtschaftsminister müsste mit Enthüllungen rechnen, die sein Verbleiben im Amt schlichtweg unmöglich machen und die Außenministerin würde wohl plötzlich als die eiskalte, intrigante Karrieristin offenbart werden, die sie ist, was ihre Popularität so weit in den Keller abrauschen ließe, dass selbst ihre eigene Partei die Notbremse ziehen müsste. Die ganze Regierung wäre am Ende, von einem Tag auf den andern und die sie tragenden Parteien ebenso. Und das wäre nur die Spitze des Eisbergs. Selbstverständlich wäre dafür Sorge getragen, dass diese Informationen auch bei meinem unerwarteten Ableben oder Verschwinden ans Licht kämen."

„Das würde eine ganze Menge Arbeit für uns geben", sagte Edgar schmunzelnd.

„Eher nicht. Die sogenannten ‚Qualitätsmedien' sind diesen Seilschaften heutzutage viel zu hörig, als dass ich solche Informationen euch exklusiv anvertrauen würde. Ich würde sie vielmehr auf eine Weise lancieren, dass ihr schließlich gar nicht mehr anders könnt, als sie auch zu veröffentlichen, zum Beispiel über Freie Radios, unabhängige Blogger, Auslandsmedien, WikiLeaks et cetera."

Edgar hatte aus dem Augenwinkel Ingas steigende Unruhe bemerkt, sie rutschte in ihrem Sessel herum, als ob sie auf Reißnägeln säße. Jetzt konnte sie sich nicht mehr zurückhalten. „Wenn ich all das richtig verstehe, dann spielen wir beide hier also nur Ihre Laufburschen, diejenigen, die einen Job machen, so wie Sie sich das vorstellen?"

„Aber ja. Was hatten Sie denn gedacht, was das hier wird, eine Art Sektempfang, weil ich, der große Banditenkaiser, einfach mal Lust auf einen gemütlichen Plausch habe?"

„Ich dachte, es ginge um eine … eine Art Expedition, darum, Erkenntnisse über einen Menschen zu gewinnen, dem Furchtbares angetan wurde und der um seinen Platz in der Gesellschaft ringt, um Toleranz, um Nächstenliebe, um Vergebung, um Sühne, um all das, was wichtig ist im menschlichen Zusammenleben. Und Sie sprechen total zynisch von … von … *Geschäften!*"

Li stand auf, umrundete den Schreibtisch und kniete sich vor Inga auf den Boden. Er nahm ihre Hände in die seinen und blickte ihr durch die Gucklöcher seiner Maske in die Augen. „Ich bedaure, wenn wir uns missverstanden haben. All die Aspekte, die Sie soeben angesprochen haben, sind wichtig und richtig. Aber sie zielen rein auf eine ganz bestimmte Ebene, die Ebene, die ich vorhin als die ‚Fassade' bezeichnet habe. In den Zirkeln der wahren Macht gibt es so etwas wie ‚Nächstenliebe' oder ‚Toleranz' nicht, noch nicht einmal Begriffe wie Schuld oder Sühne, weder bei den Rechten noch bei den Linken. Wenn ich mein Ziel, ein akzeptiertes Mitglied der Gesellschaft zu werden, erreichen möchte, benötige ich Support auf beiden Ebenen. Wenn ich nur eine davon bespiele, habe ich bereits verloren. Verstehen Sie? Das sind keine Regeln, die ich gemacht habe. Aber ich muss sie befolgen, wenn ich im Spiel bleiben möchte."

Inga sagte nichts. Sie hielt Lis Blick stand und plötzlich bemerkte Edgar, wie Tränen ihre Wangen herabliefen. *Herrgott nochmal, Frau! Ein bisschen mehr Professionalität, bitte!*

Li atmete tief durch. Auch er hatte Ingas Tränen ganz offensichtlich bemerkt. „Gehen Sie auf Ihre Reise, Frau Erdem! Loten Sie mich aus, analysieren Sie mich, schreiben Sie über mich, was Sie wollen. Schreiben Sie über die Themen, die Sie damit in Verbindung bringen. Lassen Sie sich von den Flummis dieser Welt diese Reise weder ausreden, noch zensieren. Wenn *Die Depesche* Ihre Zeilen nicht zu schätzen weiß, dann gibt es andere Medien, die Ihre Texte mit offenen Armen annehmen werden."

Li ließ Ingas Hände nur zögernd los, stand auf und ging vor Edgars Sessel in die Hocke. „Herr Huber! Sie sagten mehrfach, dass Sie aus der Geschichte raus wären. Dieser Zeitpunkt ist jetzt wohl für uns beide gekommen. Die künftigen Interviews werde ich allein mit Ihrer Kollegin führen."

Edgar fühlte sich auf einen Schlag wie gelähmt. „Ah!" Er schluckte. „Der Mohr hat seine Schuldigkeit getan, der Mohr kann gehen?"

Ein leichtes Kichern hinter der Maske ertönte. „Sie könnten jeden einzelnen Mitarbeiter in meiner Organisation fragen, ob das meinem Führungsstil entspricht und ich denke, man würde Ihnen energisch widersprechen. Nein, das ist es nicht. Es ist auch keine

Frage von Sympathie oder Antipathie. Selbst wenn Sie mir unsympathisch wären – was nicht der Fall ist – wäre ich Profi genug, Sie in meiner Umgebung zu dulden, solange es wichtig oder nötig ist. Nein, es gibt zwei Gründe für meine Entscheidung. Der erste ist Ihr eigener, selbst geäußerter Wunsch, sich für diese Story nicht in Gefahr begeben zu wollen. Und Gefahr besteht, ständig. In meiner Gegenwart vielleicht mehr als sonst wo. Sie stehen durch mich im Fokus vieler Augen und nicht viele davon sind wohlmeinende. Die Gefahr … *besteht*. Ich entlasse Sie aus dieser Gefahr. Und wenn Frau Erdem das wünscht, natürlich auch sie. Aber das ist allein ihre eigene Entscheidung. Der zweite Grund ist, dass ich Ihnen alles gesagt habe, was zu sagen ist. Sie können aus der Fortsetzung der Interviews kaum neue Erkenntnisse über mich ziehen, ganz im Gegensatz zu Ihrer Kollegin. Schreiben Sie die Story weiter, das bleibt Ihnen unbenommen, aber wir beide werden uns wohl nicht wiedersehen. Es sei denn, Sie könnten mich überzeugen, warum das für mich wichtig sein könnte. Können Sie?"

Edgar schluckte. So etwas war ihm in all den Jahren noch nie passiert. Er, der mit allen Wassern gewaschene Starreporter, wurde geschasst wie ein zu langsamer Laufbursche und die unerfahrene, auf freiberuflicher Basis arbeitende Kollegin durfte bleiben? Die Gedanken ratterten so schnell durch seinen Kopf, dass er kaum einen davon zu fassen bekam. Auch ein Novum, dass seine Schlagfertigkeit ihn gnadenlos im Stich ließ. Schließlich stammelte er: „Ist das nicht offensichtlich? Ich meine, wer von uns beiden hat einen überregionalen Bekanntheitsgrad, wer von uns beiden bürgt mit seinem Namen für eine weite Verbreitung der Geschichte? Frau Erdem ist eine kluge und versierte Kollegin, keine Frage, aber ihr fehlt es in dieser Art von Journalismus an Expertise, an Erfahrung, an Routine und all das kann ich beisteuern."

Li klopfte mit seiner rechten Hand auf Edgars linke, sie fühlte sich unerwartet weich an. „Ich danke Ihnen, Herr Huber. Frau Erdem, mir ist bewusst, dass dies heute weniger ein Interview war, aus dem Sie neue Informationen ziehen könnten, sondern eher eine Art Lagebesprechung. Ich musste wissen, woran ich mit Ihnen beiden bin, und ich hoffe, auch meinen Standpunkt klarer gemacht zu haben. Wenn wir uns wiedersehen, werde ich mich Ihren Fragen stellen. Im improvisierten Gästezimmer steht ein Frühstück für Sie beide bereit, welches hoffentlich Ihrem Geschmack entspricht. Sie finden dort auch ein Kuvert mit Bargeld für den Reiseaufwand. Danach bringt Sie ein Auto irgendwo in die Züricher Innenstadt. Nehmen Sie sich bitte einen Zug nach München, das Geld sollte für zwei Fahrkarten erster Klasse sowie für diverse Taxifahrten ausreichen. Ich wünsche Ihnen eine angenehme Rückreise!"

Li erhob sich und verließ den Raum durch die Tür, durch die er gekommen war.

9 – Wolfsschlucht

Der Parkplatz, auf den Inga einbog, war bis auf drei Autos ziemlich leer. Das war zu erwarten, denn Ende April ist noch nicht gerade Bergsteiger-Saison. Bergsteigen hatte sie auch gar nicht vor, aber ein paar Stunden einfach nur durch die Natur schlendern, auf einfachen, schneefreien Wegen die Seele baumeln lassen, die frische Luft genießen und endlich mal ein wenig Zeit zum Nachdenken und zum Ordnen der Gedanken finden. Sie stellte das Auto ab und kontrollierte, ob alle Stromverbraucher auch abgestellt waren. Das war der große Nachteil beim Carsharing, man bekam jedes Mal ein anderes Fahrzeug. Manche Autos hatten ja eine Automatik, die Licht und Scheibenwischer et cetera mit der Zündung selbständig ein- und ausschaltete, bei anderen wiederum musste das manuell erfolgen. Wer da nicht vorsichtig war, konnte bei der Rückkehr zum Fahrzeug in Bezug auf den Batteriestand eine böse Überraschung erleben. Nicht noch einmal, bitte schön, und vor allem nicht hier, auf dem Land.

Inga stieg aus, holte sich einen Parkschein vom Automaten, nahm ihren kleinen Rucksack vom Rücksitz und verriegelte die Autotüren. Sie folgte einer kleinen Straße bergauf und blickte nach kurzer

Zeit auf das sogenannte „Alte Bad" von Wildbad Kreuth, eine fast schon historisch zu bezeichnende Stätte. Einst herzogliches Anwesen, Heilbad, dann Ziel von Kinderlandverschickungen aus Hamburg während der Nazi-Zeit, zuletzt dann ein Schulungsort der CSU-nahen Hanns-Seidel-Stiftung, zeitweise Wohnort des berühmt-berüchtigten CSU-Vorsitzenden und bayerischen Ministerpräsidenten Franz Josef Strauß, und über Jahrzehnte ein Austragungsort der sogenannten Klausurtagungen der CSU, bei denen einige weitreichende Beschlüsse gefasst worden waren. So hatte Edgar es ihr gegenüber jedenfalls erzählt, als sie beiläufig erwähnt hatte, was sie an diesem Samstag vorhatte. Man konnte einiges davon aber auch von diversen Infotafeln ablesen, die am Weg entlang aufgestellt worden waren.

Inga ließ den Blick über das ehrwürdige und durchaus beeindruckende Gebäude vor herrlicher Kulisse schweifen. Seit einigen Jahren stand es nun weitestgehend ungenutzt in der Landschaft, was immerhin den Vorteil mit sich brachte, dass man als Wanderer leichter einen Parkplatz fand. Inga atmete tief ein und genoss die frische Luft. *Seilschaften.* Das Wort hatte Li immer wieder verwendet. Wenn es einen Ort gab, der stark mit dem Begriff Seilschaften verknüpft war, dann wohl dieser hier. Seilschaften hatten ihn bekannt gemacht, ihn ausgiebig benutzt und schließlich wieder fallen gelassen. Und, wie Inga herausgefunden hatte, als sie 2011 für ihr Master-Studium von Hamburg nach München umgezogen war, waren diese speziellen bayerischen Seilschaften besonders dominant und stabil, was sich in dem geflügelten Wort widerspiegelte, dass in Bayern die Uhren anders gingen. Daran war durchaus etwas dran. In kaum einem anderen Bundesland florierte die Wirtschaft so stark, konnte man so leicht einen Job finden, wie hier. Und nirgendwo sonst grassierten Korruption und Vetterleswirtschaft so stark wie hier. Ein Vorzeigemodell, dass jeder Selbständige ein CSU-Parteibuch brauchte, um bei öffentlichen Aufträgen nicht übergangen zu werden? Wohl eher nicht. Aber landschaftlich schön war Bayern trotzdem und das hatte nun wiederum gar nichts mit Seilschaften zu tun, was ein beruhigender Gedanke war.

Sie atmete nochmal tief ein und holte dann ihr Handy hervor, um sich zu orientieren, wie sie von ihrem Standort aus am besten zur kleinen Wolfsschlucht kam, die bekannt war dafür, dass das Ende der Schlucht von einem acht Meter hohen Wasserfall gebildet wurde. Kein sehr spektakulärer Wasserfall, aber das war egal. Wasserfälle und Feuer hatten auf Inga eine fast hypnotische Wirkung, sie konnte sich hinsetzen und für Stunden in den Anblick und das Geräusch eintauchen und dabei die Seele auf weite Reisen in die Gefilde des Bewusstseins, aber auch des Unterbewusstseins fliegen lassen. Und genau das brauchte sie jetzt.

Die letzte Woche war die reine Hölle gewesen. Die zweite Einladung von Li vor einer Woche hatte sich rasch herumgesprochen, zumal, nachdem sie nicht, wie beim ersten Mal, nach wenigen Stunden wieder zurück waren, sondern sich erst am nächsten Tag – und das aus der Schweiz – zurückgemeldet hatten. Es war – natürlich – zuerst einmal vermutet worden, dass „das Monster" sie eiskalt ermordet hätte, nachdem die ersten beiden Artikel über ihn offensichtlich nicht so ausgefallen waren, wie er sich das gewünscht hatte. Ein ganzer Tag war nach ihrer Rückkehr draufgegangen für die Vernehmung durch das BKA; Kimmich und seine Leute waren extrem frustriert und fast schon bösartig gewesen. Schließlich war Edgar der Kragen geplatzt und er hatte die Anwälte der Zeitung hinzugezogen, was dazu führte, dass die sich nun mit dem BKA über Pressefreiheit und Zeugnisverweigerungsrecht bei Geldwäschedelikten stritten. Die Fronten hatten sich verhärtet, die Zeitung drohte dem BKA schließlich mit einer Anzeige wegen unzulässiger Einschränkung der Pressefreiheit und mit einigen Artikeln über die fragwürdige Vorgehensweise der Behörde. Kimmich hatte das Redaktionsgebäude schließlich mit hochrotem Kopf verlassen. In ihm würden sie sicherlich keinen Freund mehr finden. Im Gegenzug hatte das BKA sich nicht lumpen lassen und Edgars und ihren Namen in einer Presseverlautbarung in den Mittelpunkt gerückt, was dazu führte, dass ab dem Zeitpunkt ständig die Telefone sturmläuteten und ihr E-Mail-Postfach überlief. Sie hatte nur einen Teil dieser Flut bearbeiten können, dann aber entnervt aufgegeben. Die Hälfte davon waren Bitten um Interviews oder Teilnahmen an

Diskussionsrunden, die andere Hälfte Beschimpfungen und Verunglimpfungen. „Mafia-Nutte" war darunter noch eine der netteren gewesen.

Zu ihrer eigentlichen Arbeit war sie kaum gekommen, geschweige denn, dass sie auch nur eine Minute Zeit gehabt hätte, sich zu sammeln. Selbst in ihrer Wohnung war sie belagert worden, sodass sie kurzerhand Reißaus genommen hatte und für ein paar Tage bei Petra, einer ehemaligen Kommilitonin, untergekommen war. Dazu kam noch Edgars Vermutung, dass das BKA sie nun vermutlich rund um die Uhr und lückenlos observieren würde. Sollten sie ruhig. Die Beamten waren sicherlich gestresst und ein Ausflug wie dieser würde auch ihnen guttun. Vielleicht käme sie sogar mit einem von ihnen ins Gespräch. Sie blickte sich um. Falls sie ihr gefolgt waren, müsste man einen von denen doch langsam mal sehen, doch in dieser Umgebung gab es einen eindeutigen Mangel an Männern im Lodenmantel, sie sie auffällig unauffällig observierten, wie man das in Thrillern so gern gezeigt bekam. Die einzigen Menschen in Sichtweite waren ein Pärchen mit Hund auf einem Weg auf der anderen Seite der großen Wiese direkt vor dem herzoglichen Gebäude und ein junger Mann, der auf einer Bank fünfzig Meter weiter saß. Der hatte da allerdings schon gesessen, als Inga angekommen war. Egal, mochten sie sie doch beobachten, auf welche Weise auch immer. Sie würden nur ihre Zeit verschwenden.

Inga marschierte los in Richtung Süden. Der Plan war, einem Pfad in der Nähe bis zur Almwirtschaft Siebenhütten zu folgen und dann entlang dem Hofbauernweißbach genannten Bach bis in die *Kleine Wolfsschlucht* vorzudringen. Und dann die Seele baumeln lassen.

„Entschuldigen Sie bitte." Der junge Mann auf der Bank war aufgestanden und verbeugte sich leicht vor ihr. Er trug einen langen, anthrazit-farbenen Mantel und war … Asiate. *Sollte das …?* Ach, Unsinn! Wenn sie jetzt anfinge, hinter jedem Asiaten Li zu vermuten, dann wäre sie auf einem Pfad angelangt, den sie selbst verabscheute. Außerdem war dieser Kerl sehr jung, jünger als sie, wahrscheinlich, zwischen zwanzig und dreißig, schätzte sie. „Ja?"

„Es ist mir etwas peinlich", begann der Junge zögernd. „Ein Kollege und ich, wir wollten uns hier treffen, zu einer Wanderung zur österreichischen Grenze, aber er ist nicht gekommen. Und ich habe heute Morgen erst bemerkt, dass mein Handy völlig entladen ist, also habe ich es zuhause gelassen. Und jetzt kann ich ihn weder anrufen noch mich hier orientieren."

„Zur österreichischen Grenze?", fragte Inga. „In diesen Schuhen?" Der Asiate trug Sneakers … und zuckte mit den Schultern. „Ich habe nicht viel Erfahrung in solchen Dingen, es wäre mein erster Trip in die Berge gewesen. Aber allein traue ich mich nicht. Ich habe auch keine Karte bei mir."

Inga lächelte. „Hier, benutzen Sie mein Handy und rufen Sie ihren Kollegen an!"

„Oh, herzlichen Dank, aber es würde nichts nützen, ich kenne seine Nummer nicht auswendig."

„Er wird sicher noch kommen."

„Nein, ich glaube nicht. Ich warte schon seit über einer Stunde auf ihn. Und er ist sehr pünktlich und sehr korrekt, immer! Er hat mich sicher bereits irgendwie zu kontaktieren versucht, aber ohne Handy erhalte ich seine Nachricht halt nicht."

Inga zuckte die Schultern und lächelte. „Dann weiß ich aber auch nicht, wie ich Ihnen helfen könnte."

„Erlauben Sie mir, dass ich mit Ihnen mitgehe? Wo ich doch schon mal da bin …"

Der Augenaufschlag, den er machte, erinnerte Inga an irgendeine Zeichentrickfigur – eine Katze – aus ihrer Kindheit und sie lachte unwillkürlich auf. „Also, wenn ich ehrlich bin, wollte ich schon ganz gern allein laufen. Ich brauche einfach ein wenig Ruhe und muss meine Gedanken wieder auf die Reihe bekommen und meine Seelenbalance wiederfinden."

„Oh, ich will Sie gar nicht stören. Ich würde mich auch ein paar Schritte hinter Ihnen halten und kein Wort sagen. Beachten Sie mich gar nicht! Ach, bitte! Ich schwöre Ihnen, dass Sie vor mir nicht das Geringste zu befürchten haben. Aber ich kann ein bisschen WingTsun. Wenn also irgendwelche Leute mit üblen Absichten oder Wölfe kommen, kann ich Sie beschützen!"

Inga lachte laut auf. „Nein, ich fürchte mich nicht vor Wölfen. Und Männer mit bösen Absichten suchen sich ihre Opfer meistens auch in lohnenderen Gefilden als hier. Und wenn Sie mir gegenüber solche hegen würden, würden Sie mich wohl eher aus dem Hinterhalt überfallen. Na gut, kommen Sie mit, aber ich will wirklich keine Konversation."

„Ich danke Ihnen! Gehen Sie einfach voran, ich folge Ihnen in einigem Abstand."

Schmunzelnd lief Inga los. Vielleicht hatte solch ein unverhoffter Begleiter ja auch etwas Gutes. Nicht, dass sie fürchtete, hier allen Ernstes vom BKA oder von Paparazzi bedrängt zu werden, aber falls Kimmich oder einer seiner Kollegen die Abgeschiedenheit dieses Ortes tatsächlich nutzen wollten, um Druck auf sie auszuüben, hätte sie wenigstens einen Zeugen. Und auf aufdringliche Paparazzi konnte ein bisschen Kung Fu-Show vielleicht auch abschreckend wirken. *Blödsinn!* Sie war eine einfache Frau auf einem einfachen Spazierweg, nicht der Nabel der Welt! Keine Sau interessierte sich für sie. Das war ja gerade das Problem. Sie war 32 und ihr Vater, der, von ihrer Mutter geschieden, mittlerweile wieder in der Türkei lebte, war schon schier verzweifelt, weil sie noch immer nicht verheiratet war und keine Kinder hatte. Noch nicht mal einen festen Freund gab es.

„Baba, zum Heiraten gehören immer zwei!", sagte sie ihm regelmäßig einmal im Monat.

„Komm hierher nach Istanbul!", antwortete er daraufhin ebenso stereotyp in aller Ernsthaftigkeit. „Ich verspreche dir, in spätestens drei Wochen bist du verheiratet und du darfst dir aus mindestens fünf Kandidaten den besten auswählen."

„Nein, Baba, so leid es mir tut, ein solches Vorgehen deckt sich nicht mit meiner Einstellung. Ich bin halt eine Romantikerin."

„Bah, Romantik! Was soll das sein? Das Leben ist nicht romantisch, es ist einfach nur. Wir müssen uns durchbeißen, ständig und ohne Unterlass, und wir brauchen Gefährten dabei, auf die wir uns verlassen können. Wer allein ist, ist verlassen. Der hält nicht lange durch. Außerdem, denke an deine biologische Uhr, die tickt nämlich, auch ständig und ohne Unterlass!" Und so weiter und so fort. Jeden Monat dieselbe alte Leier, mit einer Hartnäckigkeit, wie nur um ihre Töchter besorgte Eltern sie aufbringen können.

Obwohl, einen Freund hätte sie dann doch gern gehabt, eine starke Schulter zum Anschmiegen, jemanden, der zuhören konnte, jemanden, dem man alles, wirklich alles, anvertrauen konnte, jemand, mit dem man die süßen und die bitteren Seiten des Lebens teilen konnte und außerdem, Sex nur mit einem Vibrator war auf Dauer auch nicht so prickelnd. Und wenn dann der Blick in die Augen des Partners als Sahnehäubchen des Ganzen noch das gewisse Kribbeln in der Magengrube auslöste … ach jaaa! Aber irgendwie hatte es nie gepasst. Eroberungen hatte es durchaus nicht wenige gegeben. Aber viele der Kandidaten waren nur an dem einen interessiert gewesen. Und die, die mehr von ihr wollten als nur eine schnelle Nummer, hatten sich mit der Zeit als nicht wirklich kompatibel herausgestellt. Da waren die, deren alter, patriarchalischer Traum von der eigenen Karriere an der Seite einer Frau, die ebenfalls Geld heimbrachte, die sich nebenbei aber bitte noch um Haushalt und Kinder zu kümmern hatte, noch nicht mal das Schlimmste gewesen. Auch hinter dem süßesten Lächeln konnten sich Sadismus und Brutalität so geschickt verbergen wie schwarze Gewitterwolken hinter einer wild-romantischen Bergkulisse. Und Männern mit gut definierten Muskeln konnte sie durchaus etwas abgewinnen. Aber eine Fokussierung ausschließlich auf Muskeln war ihr dann doch zu wenig. Ein Mann, einfühlsam, liebevoll, ein guter Zuhörer und Liebhaber, ein schönes und vor allem ehrliches Lächeln, Humor und Zugewandtheit, war das wirklich schon zu viel verlangt? Ihre längste Beziehung bisher hatte immerhin zwei Jahre gedauert. Und war dann am Stress der Bachelor-Prüfungen gescheitert. Ernesto hatte er geheißen. Ein feuriger Latino aus Costa Rica, der wusste, wie man Frauen begeisterte, aber dessen

Begeisterung sich schließlich auch auf andere Frauen erstreckt hatte und der die Zeit, in der sie büffeln hatte müssen, für neue amouröse Abenteuer genutzt hatte. Ja, sicher, sie hatte ihn etwas vernachlässigt, aber was hätte sie denn tun sollen? Auf ihr Studium pfeifen, drei Jahre Pauken in den Wind schießen? Um eine vielleicht ohnehin fragile Beziehung zu retten?

Ein Schild zeigte ihr an, dass sie sich auf dem richtigen Weg befand. Worüber sie sich in beruflicher Hinsicht nicht ganz so sicher war. Diese ganze Sache mit diesem Interview war völlig außer Kontrolle geraten. Zugegeben, es war von vornherein nie unter Kontrolle gewesen, schon gar nicht unter ihrer. Aber, was sich nun zusammenbraute, war ein Sturm, den sie, wenn überhaupt, dann doch lieber aus sicherer Entfernung beobachtet hätte, anstatt mitten in seinem Zentrum zu stehen. Und da waren die ganzen Verbal-Attacken auf sie noch nicht mal das Schlimmste. Man musste quasi mit allem rechnen, ständig. Das Boulevardblatt *ICON* hatte erst gestern eine Hetzkampagne gegen „die Gutmenschen von der *Depesche*" losgetreten, die „sich völlig unkritisch vom größten Erzverbrecher dieses Jahrhunderts instrumentalisieren ließen". Edgar hatte getobt deswegen und saß jetzt wahrscheinlich gerade mit einem Anwalt zusammen, um die Chancen einer Klage gegen diese sogenannte „Zeitung" zu eruieren. Auf der anderen Seite wurden schon Demonstrationen und Kundgebungen organisiert, in denen Amnestie für Li gefordert wurde. Nicht, dass über solche Veranstaltungen in den Leitmedien – ihr eigenes eingeschlossen - groß berichtet wurde, aber sie wusste davon, weil sie von verschiedenen Organisationen als Sprecherin angefragt worden war. Gerade jetzt könnte sie in der Altstadt von Würzburg vor wahrscheinlich nicht mehr als zwei Dutzend Leuten sprechen, aber sie hatte, nach Konsultation mit Jove, gar nicht erst zugesagt. „Als Journalisten sind wir gehalten, neutral zu berichten, nicht, uns auf eine Seite zu schlagen", hatte er gesagt. Neutral! Als ob nicht jeder Journalist auch einen Standpunkt hätte, den er mehr oder weniger subtil in seine Artikel einfließen ließ!

Aber vor allem gefiel ihr nicht, dass sie nun die Hauptverantwortliche in der Sache war. Nicht, weil Edgar rausgekickt worden war, eine Tatsache, die sich mit seinem Ego kaum versöhnen ließ. Edgar spielte sein eigenes Spiel und Li hatte ihn durchschaut. So etwas kommt vor. Immerhin, und das rechnete sie Edgar hoch an, auch wenn es vielleicht nicht ganz so uneigennützig gewesen war, hatte er ihr noch während der Rückreise jede Unterstützung zugesagt, die er geben könne. Und er hatte ihr Tipps gegeben, wie sie selbst aus dieser Wendung Kapital für sich schlagen könnte ... beispielsweise, um eine Festanstellung für sich bei der *Depesche* herauszuschlagen ... oder die Exklusiv-Artikel einfach an den Meistbietenden zu versteigern und so ihre Einkommenssituation deutlich aufzubessern. Aber das war nicht ihr Stil, solche Kämpfe ums Materielle empfand sie einfach nur als unwürdig und extrem lästig. Und Jove hatte das Honorar für die Li betreffenden Artikel ohnehin von sich aus verdreifacht. Nicht, dass sie das auf ihrem Konto spüren würde, wahrscheinlich eher das Gegenteil, schließlich kam sie kaum noch zum Nachdenken – eine essenzielle Voraussetzung dafür, überhaupt etwas Sinnvolles schreiben zu können.

Aber dennoch. Sie war keine Investigativ-Journalistin, weit weg davon. Sie wusste, wie man *wissenschaftlich* recherchiert, aber nicht *kriminalistisch*. Und jetzt federführend und ganz allein Interviews mit Li zu führen, ohne auf Notizen zurückgreifen zu können und ohne die Möglichkeit, die Antworten festzuhalten, puh! Sie wusste noch nicht mal, was sie eigentlich fragen sollte. Na gut, das würde sich vielleicht ergeben. Es gab einen Grund, warum Li mit ihr arbeiten wollte. Er wollte nicht Edgars Expertise, sondern ihre. Das bedeutete, dass sie nur auf ihre eigenen Stärken zu setzen brauchte, um etwas Sinnvolles abliefern zu können: Ihr psychologischer Hintergrund war sicher entscheidend. Sie sollte den Menschen hinter der Maske erforschen und zeichnen und der Welt ein Bild davon präsentieren. Das würde sie wohl schaffen, auch ohne sein Gesicht sehen zu können. Die Frage war wohl eher: Was, wenn die Welt dieses Bild nicht sehen wollte? Oder: Was, wenn dieses Bild, das sie zeichnen würde, Li nicht gefiel? Dann wäre die Artikelserie wohl schnell am Ende angelangt und *sie* wäre dann wohl die Frau, die es gründlich vermasselt hätte. Oder noch schlimmer: Was, wenn dieses Bild ihr selbst nicht gefiel? Bisher war sie angetan von Lis Wesen, war überzeugt, dass er eher der Kategorie „Opfer" als „Täter" zuzurechnen sei, dass sein Fall besondere Beachtung und Evaluierung verdiente. Doch was, wenn sie sich irrte? Auch die allerbesten Psychiater konnten auf Psychopathen, oftmals auch Meister der Manipulation, hereinfallen und, wenn sie die Verantwortung dafür trug, wegen einer Fehleinschätzung einen Psychopathen auf die Öffentlichkeit losgelassen zu haben … undenkbar!

Wie man es drehte und wendete: Die Sache barg eine Riesen-Chance. Für Li, für die Gesellschaft, aber auch für sie selbst. Aber auch ein gewaltiges Risiko! Und an ihr lag es, ob sich das eine oder das andere bewahrheiten würde, allein an ihr. Wenn wenigstens nur sie selbst die Konsequenzen ihrer Entscheidungen und Einschätzungen zu tragen hätte, doch nicht einmal sie konnte zum jetzigen Zeitpunkt die ganze Tragweite ihrer bisherigen und kommenden Arbeit abschätzen. Wie schön wäre es, jetzt einen Menschen an ihrer Seite zu haben, mit dem sie darüber offen und vertrauensvoll sprechen konnte. Petra, vielleicht? Intellektuell, ja, aber nein, viel zu beschäftigt! Man konnte mit ihr nicht mal zwei Sätze wechseln, bevor irgendetwas anderes – und sei es eines ihrer Kinder oder Haustiere – ihre volle Aufmerksamkeit einforderte. Auch kein Lebensentwurf, der ihr erstrebenswert erschien.

„Entschuldigen Sie!"

Der Asiate war nähergekommen und lief nun an ihrer Seite. „Wir werden beobachtet. Wollte es nur erwähnen."

„Was? Wer beobachtet uns?"

„Links von der großen Hütte vor uns, auf der Anhöhe zwischen den Bäumen, steht ein Mann, der uns mit einem Fernglas beobachtet, seit wir aus dem Wald herausgekommen sind."

„Vielleicht erwartet er jemanden Bestimmten und sieht nach, ob wir das sind. Aber ehrlich, mir ist das egal, solange er mich nicht belästigt. Aber ich habe gar nicht gemerkt, dass wir schon an der Almwirtschaft angekommen sind. Schade, dass die Hütte noch geschlossen ist, sieht eigentlich ganz gemütlich aus, wie sie sich in die Baumgruppe einkuschelt."

„Einkuschelt?"

„Im übertragenen Sinne. Hinter der Hütte gibt es eine Brücke, da müssen wir über den Bach und dann geht es ein Stück durch den Wald hinauf, bis wir auf den nächsten Bach, die Felsweißbach, treffen, ein Zufluss der Hofbauernweißbach. Den entlang geht es dann in die Wolfsschlucht und das wäre dann auch der Weg, der später steil nach oben zur österreichischen Grenze führt. Aber so weit wollte ich heute nicht gehen."

Der Asiate lächelte. „Kein Problem. Ich genieße einfach den Weg, auch ohne steile Anstiege. Ich halte dann mal wieder Abstand."

Inga lächelte zurück. „Nicht nötig. Wenn ich ehrlich bin, irritiert es mich viel mehr, wenn ich ständig Ihre Schritte hinter mir höre, dann fühle ich mich irgendwie verfolgt."

„Ich mache, wie Sie es wollen. Ich bin schon dankbar, dass Sie mich in Ihrer Gegenwart dulden. Soll ich vorangehen?"

„Nein, nein, ist schon gut. Leben Sie schon lange in Deutschland?"

„Fast mein ganzes Leben. Ich bin aus Taiwan hierhergekommen, als ich neun war."

„Wirklich? Aus der Art, wie Sie Ihre Höflichkeit ausdrücken, also beispielsweise diese Verbeugung oder dieses leicht unterwürfige Verhalten, hätte ich vermutet, dass Sie in Asien sozialisiert wurden."

Der Junge lachte. „Das kann man so sagen. Außer in der Schule – und das war eine internationale Schule, keine deutsche – musste ich immer zuhause sein und habe dort wohl ‚unterwürfiges Verhalten' erlernt. Ja, mein Vater war sehr streng in solchen Dingen und meine Mutter, ja, sie eigentlich auch. Aber ich denke, Sie missverstehen diese Gesten. Mit ‚Unterwürfigkeit' haben sie nicht das Geringste zu tun, warum Europäer das gerne so sehen, verstehe ich allerdings auch nicht."

„Ja, Sie haben recht, das war eine ungeschickte Wortwahl von mir, beruhend auf einer spontanen Assoziation. Wie heißen Sie eigentlich?"

„Ich heiße Zhū Baihu. Zhū ist der Familienname und der wird im Chinesischen immer zuerst genannt. Die Familie ist bei uns alles, der Einzelne nichts und das wird auch im Namen ausgedrückt."

„Ah ja, sagen Sie mal … kennen wir uns? Sie erinnern mich an jemanden." Inga musste einfach diesen Schuss ins Blaue abgeben. Vielleicht …

„Nein, ich denke nicht. Ihr Europäer seht für uns zwar alle gleich aus … nein, nein, nur ein Scherz, ich vergesse in der Tat selten ein Gesicht. Ich arbeite in einem chinesischen Restaurant, im *Lotusblüte*, aber nur sehr, sehr selten helfe ich als Kellner aus, meistens arbeite ich als Koch, also hinter den Kulissen. Aber auch da … nein, wenn Sie da eine Kundin gewesen wären, wären Sie mir in jedem Fall aufgefallen. Sie sehen sehr … hübsch aus."

Inga lachte laut auf. „Oh, ein Kavalier. Danke! Aber es stimmt, das Restaurant Lotusblüte kenne ich tatsächlich nicht."

Es ging nun merklich, aber immerhin nicht übermäßig steil bergauf. „Wenn Sie schon so lange hier sind, warum sind Sie dann noch nie in die Berge gegangen? Da haben Sie ja glatt das Beste an Bayern verpasst!"

Baihu zuckte mit den Achseln. „Die Familie ist alles. Und meine Familie hat nicht viel davon gehalten, in die Berge zu gehen. Sie sind sehr fleißig, meine Eltern, immer arbeiten sie an irgendetwas, mal beruflich, mal helfen sie Verwandten hier oder in Taiwan oder sie organisieren Treffen und Feiern. Ich hatte niemanden, der mit mir gegangen wäre."

„Keine Freundin?"

Baihu lächelte, sagte dann aber zu Ingas Überraschung: „Nein. Und Sie? Ach Unsinn, wo habe ich meinen Kopf? Wenn Sie einen Mann hätten, dann wäre der jetzt mit Ihnen hier."

„Nein, nicht unbedingt. Auch wenn man in einer Beziehung lebt, ist es nie falsch, sich selbst Freiräume zu schaffen, in die man sich zurückziehen kann und der Partner täte gut daran, diese zu respektieren."

„Wirklich?"

„Aber sicher doch. Wir sind doch Individuen, jeder Mensch tickt irgendwie anders, hat andere Gedanken, Bedürfnisse, Erfahrungen, Visionen. Sehen Sie das nicht so?"

„Wie gesagt: In unserem Kulturkreis ist der Einzelne nichts. Individualität hat keine Bedeutung, ebenso wenig Privatsphäre. Der Mensch ist ein Gesellschaftstier, er braucht die Gemeinschaft, ohne sie geht er ein. Er ist nur glücklich und stark, wenn die Gemeinschaft, in der er lebt, glücklich und stark ist und die Gemeinschaft ist stark, wenn jeder sich und seine Bedürfnisse ihr unterordnet. Deshalb verstehen wir auch einige eurer merkwürdigen ‚Menschenrechte' nicht, weil die das Individuum zwar angeblich schützen und stärken sollen, es in Wahrheit aber schwächen, weil sie die Gesellschaft als Ganzes schwächen."

„Da lässt sich aber jetzt darüber streiten."

„Möglich. Aber sehen Sie sich die Welt an: Überall dort, wo der angebliche Individualismus hochgehalten wird, bricht die Gesellschaft auseinander, ist gespalten, streitet sich, wird dekadent, sie verliert ihre Bestimmung und ihr Ziel aus den Augen und wird schwach. Es geht nur noch um egoistische Triebbefriedigung, um das Recht, der persönlichen Gier freien Lauf lassen zu dürfen, um eine vermeintliche Selbstfindung und all das mündet letztlich in eine große innere Leere. Denn der Mensch braucht keine Dinge, braucht keinen Konsum, jedenfalls nicht so viel und nicht in dieser Priorität wie es hier zelebriert wird. Der Mensch braucht – abgesehen vom Lebensnotwendigen – Liebe, Anerkennung, Respekt und eine Richtschnur, an der er sich orientieren kann. Dann ist er glücklich. Und all das bekommt man nur von Anderen, also aus der Gemeinschaft. In China und Taiwan haben wir ein großes Ziel vor Augen und ich denke, wir werden es erreichen, weil wir als

Gesellschaft stark und vereint sind, viel stärker als alle westlichen Gesellschaften. In weniger als hundert Jahren ist China von einem Volk von sich überwiegend selbst versorgenden Bauern zur Wirtschaftsweltmacht Nummer eins geworden."

„Sie sind ja ein Philosoph", lachte Inga. „Aber Sie übersehen dennoch den inneren Widerspruch: Wer Wirtschaftsweltmacht Nummer eins ist, hat sich doch schon bedingungslos auf das Spiel um Wachstum und Konsum eingelassen. Und wenn das ganze Leben sich um Produktion und Konsum dreht, befindet man sich bereits in einem Hamsterrad, aus dem ein Ausbruch je schwieriger ist, desto stärker man in dieses wirtschaftliche Netzwerk eingebunden ist."

Baihu lächelte. „Nein, das ist kein Widerspruch. Aber um das zu erklären, müsste ich jetzt sehr viel sprechen, über die Ziele der kommunistischen Partei …"

„Kommunistisch? Also von hier aus sieht es eher so aus, als ob China ein staatskapitalistisches Land wäre. Ein Etikett lässt leider allzu oft nicht wirklich auf den Inhalt schließen."

Baihu lachte. „Das Etikett? Sie meinen den Aufkleber auf der Konservenbüchse?"

„Ja, zum Beispiel."

„Sie sind lustig. Aber ja, das ist ein schönes Bild. Aber worauf klebt Ihrer Ansicht nach das Etikett? Auf dem Ziel, das China verfolgt? Oder auf den Maßnahmen, die es ergreift, um dieses Ziel zu erreichen?"

„Müssen nicht die Maßnahmen in Übereinstimmung mit den eigenen Werten und Zielen getroffen werden?"

„Warum? Wenn ein Ziel nur über eine bestimmte Maßnahme erreicht werden kann, dann sollte die Maßnahme auch dann ergriffen werden, wenn sie mit den Werten des Ziels nicht konform geht, solange sie nur dorthin führt. Das Ergebnis ist, worauf es ankommt. Sehen Sie, die Menschheit ist an einem kritischen Punkt angelangt. Wenn wir – und zwar alle Menschen – unsere Art zu leben, nicht sehr schnell sehr drastisch verändern, existieren wir spätestens in einem Jahrhundert nicht mehr, jedenfalls nicht als Zivilisation."

„Das hört man im Moment allerdings von verschiedenen Seiten."

„Ja. Aber von den westlichen Zivilisationen ist ein Umsteuern nicht zu erwarten. Sie hatten fünfzig Jahre lang, seit das Problem, wissenschaftlich fundiert, an die Öffentlichkeit getragen wurde, nicht reagiert, nicht wesentlich, jedenfalls. Und sie reagieren jetzt überwiegend mit Kosmetik, mit Greenwashing. China dagegen will umsteuern, hat damit sogar schon begonnen. Dafür benötigt es aber Macht. Die Amerikaner lösen ihre Probleme mit militärischer Macht. Besser gesagt, sie denken, dass sie das könnten und tun es wieder und immer wieder. Aber es funktioniert nicht, alles, was sie hinterlassen, sind ‚failed states', überall auf der Welt und daraus resultierend Hass und Abneigung. Wir sehen das als einen Irrweg an, wir konzentrieren uns daher auf wirtschaftliche Macht. Wir halten das für weitaus zivilisierter."

„Und … warum erzählen Sie mir das alles?"

„Ach, nur so. Sie haben die Individualität erwähnt und ich habe nur … aber das ist nicht so wichtig. Machen Sie gern solche Wanderungen?"

„Wenn ich Zeit dazu habe. Früher häufiger als jetzt. Ich hatte in Hamburg eine Schulfreundin, die ist in den Ferien leidenschaftlich gern in die Berge gefahren und dort gewandert, Hohe Tatra, Skandinavien, Dolomiten, alles Mögliche. Und bei ein paar Touren hat sich mich mitgenommen. Für mich hat die Natur etwas … Befreiendes. Wenn man einfach lebt, auf das Wesentliche konzentriert, die frische Luft, die einem um die Nase weht, nachts der Sternenhimmel, die Natur, Regen, Sonnenschein, 24 Stunden lang, dann werden all die Alltagsprobleme klein und unbedeutend, der Geist kann sich auf das zurückbesinnen, was wirklich wichtig ist."

„Das klingt sehr schön. Erinnert mich an den Grund, warum viele von uns meditieren."

„Das habe ich nie gelernt. Aber es klingt faszinierend. Und Sie? Warum wollten Sie das heute machen?"

„Ah! Ich habe Geschichten gelesen von vor hundertfünfzig Jahren, von Schmugglern, die auf solchen Wegen unterwegs waren und den Abenteuern, die sie erlebt haben. Ich wollte mal sehen, wie diese Wege und die Landschaften in Wahrheit aussehen. Reine Neugierde. Hören Sie mal, da vorne landet ein Hubschrauber."

„Kann schon sein, der Wald ist gleich zu Ende und da vorne kommt wieder eine Almwiese. Wahrscheinlich trainiert die Berg-wacht, damit sie in der Saison dann fit ist. Wir werden's wohl gleich sehen."

Inga atmete tief ein. Sie hatte früh gelernt, dass die richtige Atmung der Schlüssel zum Durchhalten bei einer Bergtour ist und hatte das so sehr verinnerlicht, dass sie auch auf technisch einfachen Wegen instinktiv möglichst viel Sauerstoff in ihre Lungen pumpte. Schon lichteten sich die Bäume, rechterhand stand eine Almhütte und der Weg zog sich daran vorbei weiter über eine sehr wellige Wiese. Tatsächlich war dort in einer Mulde, etwa fünfzig Meter vom Weg entfernt, ein Hubschrauber gelandet, doch es war keiner der Berg-wacht, er war vielmehr weiß, hatte ein grünes Hinterteil, und eine Beschriftung: POLIZEI. Der Rotor lief noch immer. Der Weg selbst war von mehreren dunklen Gestalten blockiert, vermutlich von der Besatzung des Helikopters.

Inga stutzte. Sollte das etwa ...

„Gemma, gemma weida!", rief eine Stimme von hinten. Das war der Mann, der sie an der Siebenhütten-Alm beobachtet hatte, das Fernglas hatte er noch immer um den Hals hängen.

„Was wollen Sie denn? Überholen Sie doch, wenn Sie es so eilig haben", erwiderte Inga einen Hauch unwirsch.

„Routinemäßige Personenkontrolle. Landeskriminalamt Bayern. Da vorn, schaun S', in Richtung Hubi, da daadat mer uns gern amoi Ihre Babiere o'schaugn."

„Babiere?"

„Papiere, vo mia aus nachad! Ois na, gemma zua!"

„Haben Sie den jetzt verstanden?", fragte Baihu. „Ich muss gestehen, dass ich mich mit dem Dialekt der hiesigen Eingeborenen nie so richtig befasst habe."

Inga lachte. „Naja, geht so. In München kommt man auch nicht übermäßig oft in Kontakt mit diesem, ähm, Sprachduktus. Aber ich glaube, die wollen unsere Papiere sehen."

„Aha." Baihu wirkte weder beeindruckt noch nervös. Eher neugierig, erwartungsvoll. Bis zu der Gruppe am Weg waren es weniger als hundert Meter, die sie nicht gerade in Eilschritt zurücklegten. Als sie näherkamen, bemerkte Inga, dass einige der Beamten ihre Dienstwaffe gezogen hatten und sie mit beiden Händen, auf den Boden gerichtet, festhielten.

„Ach, die Frau Erdem, sieh an, was für ein Zufall", sagte der einzige Mann in Zivil der Gruppe. Inga hatte schon aus der Ferne befürchtet, dass er es war.

„Zufall? Ach Herr, ähm, … *Ansiedl*, stimmt's?", rief sie laut, um den Triebwerkslärm des Hubschraubers zu übertönen.

„Polizeihauptmeister Werner Ansiedl, korrekt. Wenn Sie mich ohnehin wiedererkennen, dann können wir uns das Ausweisprozedere ja dieses Mal wohl sparen", rief der zurück.

„Schön, dass Sie das so sehen. Auf Wiedersehen, dann!"

Inga drängte sich durch die verdutzten Beamten durch, als ob das die normalste Sache der Welt wäre.

„Hey, Moment mal, bleiben Sie gefälligst stehen!"

Inga atmetet tief durch und drehte sich um. „Was jetzt? Prozedere ersparen? Oder doch nicht? Ich kooperiere immer mit der Polizei, aber Sie müssen sich halt entscheiden, was Sie wollen."

„Hören Sie mal, junge Frau, ich schätze es nicht, wenn man sich über Polizisten lustig macht. Ein wenig mehr Respekt vor Staatsbeamten hat noch niemandem geschadet."

„Respekt wird nicht verlangt, der will erworben sein, und das gilt auch für Beamte. Also, was habe ich jetzt wieder verbrochen, dass man mir jetzt schon mit Hubschraubereinsatz und gezückten Waffen folgt?"

„Wir wollen gar nichts von Ihnen, Frau Erdem. Wir interessieren uns viel mehr für Ihren Begleiter. Wie gut kennen Sie sich?"

„So gut, wie man sich eben kennt, wenn man sich vor …" Irina blickte auf ihre Uhr. „… genau 29 Minuten zum ersten Mal begegnet ist."

„Und Sie sind sich da absolut sicher, dass Sie sich heute zum ersten Mal begegnet sind?"

„Das Wort ‚absolut' hat in den wenigsten Fällen eine Daseinsberechtigung. Sagen wir lieber: ziemlich sicher."

„Und doch kam er Ihnen, wie sagten Sie, bekannt vor? Ich gestehe, dass ich verwirrt bin. Lösen Sie diese Verwirrung auf, bitte!"

„Ich bedaure, das kann ich nicht, denn weder kenne ich Ihre wirren Gedanken, noch, wie diese zu Ihnen gekommen sind. Wenn ich Ihnen helfen soll, müssen Sie schon konkreter ausführen, was genau Sie warum verwirrt."

Ansiedl stieß mit einem bitteren Lächeln die Luft aus und blickte wissend zu dem Kollegen, der rechts neben ihm stand. „Ihnen ist schon klar, dass Sie sich verdächtig machen, wenn Sie hier Spielchen spielen, anstatt eine klare Auskunft zu geben, oder? Na gut, Sie!" Ansiedl reckte sein Kinn zu Baihu. „Ausweis, bitte!"

Baihu griff in die Innenseite seines anthrazit-grauen Mantels und sofort zuckten die Waffen der Beamten nach oben und nahmen ihn ins Visier. Der junge Mann erschrak, nahm vorsichtig die Hand wieder heraus und reckte sie demonstrativ nach oben. Fragend blickte er Ansiedl an. Der atmete tief durch und befahl den Kollegen, die Waffen zu senken. „Und jetzt holen Sie bitte Ihren Ausweis, aber machen Sie langsam, bitte! Wie Sie sehen, sind meine Kollegen etwas nervös."

Baihu wiederholte das Manöver und nahm eine Brieftasche heraus. Er öffnete sie, zog schließlich ein Kärtchen heraus und reichte es Ansiedl.

„Das ist ja ein deutscher Personalausweis."

„Ja. Und?"

„Hm. Sie sagten, Sie kämen aus Taiwan."

„Nein. Ich habe bislang nur zwei Worte mit Ihnen gesprochen. ‚Ja' und ‚und'. Aber es ist richtig, ich komme ursprünglich aus Taiwan. Sie haben sicher den Ort Taipeh unter ‚Geburtsort' gelesen und dachten wohl, ich hätte es gesagt."

„Hmm", brummte Ansiedl und reichte den Ausweis einem Kollegen. „Überprüfen!" Der trottete hinüber zum Hubschrauber, kletterte auf die Rückbank und schloss die Tür hinter sich.

„Was genau machen Sie hier?", setzte Ansiedl die Befragung fort.

„Ich wollte mich hier mit einem Arbeitskollegen treffen und eine Wanderung bis zur österreichischen Grenze machen. Aber er ist nicht gekommen. Diese Dame hier hat mich dann dankenswerterweise ein Stück mitgenommen, denn ich war nie zuvor in den Alpen, deshalb habe ich mich alleine nicht getraut. Wir wollen bis zur Wolfsschlucht."

„Mit einem Kollegen, also?"

„Ein Koch aus einem Restaurant in München."

„Geben Sie meinem Kollegen hier bitte den Namen und alle Kontaktdaten Ihres Kollegen, aber unterstehen Sie sich, chinesische Schriftzeichen zu verwenden!"

Der Angesprochene reichte Baihu ein Klemmbrett mit einem Formular und der Asiate begann, es auszufüllen. Mittlerweile kam der Kollege mit Baihus Ausweis zurück und nickte Ansiedl mit zusammengekniffenen Lippen zu. Der nahm das Dokument mit hochgezogenen Augenbrauen entgegen und gab es schließlich Baihu zurück.

„Ihr Alias ist nicht rein zufällig … Li?"

„Nein. Rein zufällig nicht. Sie haben meinen Namen gesehen und meinen Ausweis überprüft. Ich bin Zhū Baihu."

Ein anderer Beamter schoss Fotos von Inga und Baihu.

„Keine anderen Aliase?"

„Nein. Wir Köche arbeiten normalerweise nicht mit Künstlernamen."

„Sie sind auch nicht zufällig Mitglied einer kriminellen Vereinigung oder gar ihr Anführer?"

„Was sagen Sie da? Sie sehen jemanden, der wie ein Chinese aussieht und schon verdächtigen Sie ihn, zu den Triaden zu gehören? Sie wissen aber schon, wie man so etwas nennt?"

„Vorsichtig, junger Mann! Überlegen Sie besser gut, was Sie jetzt sagen."

Inga legte Baidu die Hand auf die Schulter. „Herr Zhū, Sie müssen Geduld mit dem Polizeihauptmeister haben. Er ist ganz versessen nach einem ganz bestimmten Asiaten und er hätte Sie sicher nicht verdächtigt, wenn Sie nicht zufällig mit mir zusammen gewesen wären. Er gilt unter Kollegen als etwas übereifrig. Ich erkläre es Ihnen später."

„Ach ja? Wer sagt denn so etwas? Kimmich etwa? Na, der braucht gerade reden! Na gut, für jetzt wollen wir es gut sein lassen. Aber ich warne Sie, junger Mann! Wir haben es hier nicht so gerne, wenn chinesische Aktivisten pro-chinesische Propaganda verbreiten und die Politik Chinas rechtfertigen. Ich werde in jedem Fall eine Aktennotiz an den Verfassungsschutz schicken und wissen Sie auch, warum? Weil Ihr Gerede vom Kollektivismus gegen das Grundgesetz verstößt, deshalb. Sie werden künftig ziemlich sicher als Verdachtsfall für verfassungsfeindliche Umtriebe geführt werden, aber das haben Sie sich selbst zuzuschreiben."

„Also doch!", rief Inga. „Sie haben uns die ganze Zeit über abgehört! Das ist in meinen Augen ein eindeutiger Verfassungsbruch und ich kenne mehr als einen Kollegen, der sich über ein solches Geständnis mehr als freut." Der Mann mit dem Fernglas hielt grinsend eine handtellergroße Drohne in der Hand.

„Sie müssen sich trotzdem verhört haben", sagte der junge Mann lächelnd. „Ich habe kein einziges Wort über Politik gesprochen und schon gar nicht Chinas Politik verteidigt. Politik ist ein schmutziges Geschäft, in China ebenso wie hier. Ich habe lediglich auf die Unterschiede in den Paradigmen, die der westlichen und der fernöstlichen Politik zugrunde liegen, hingewiesen. Das sind Fakten, die Sie auch in der Wikipedia nachlesen können und Fakten können wohl kaum verfassungsfeindlich sein."

„Das werden Andere überprüfen. Und Sie, Frau Erdem, seien Sie künftig besser vorsichtig! Wenn Sie wieder versuchen, uns auszumanövrieren, so wie neulich mit Ihrem Flug nach Zürich, dann werden Sie es zu bereuen haben. Ich hoffe, wir haben uns verstanden. Okay, Leute, Abflug!"

Erst, als der Hubschrauber abgehoben hatte und der Rotorenlärm abflaute, sprachen sie, weiterschlendernd, wieder miteinander.

„So etwas Verrücktes habe ich noch nie erlebt", sagte Baihu kopfschüttelnd. „So richtig abgefahren. Die haben doch einen Schuss, diese Polizisten. Sehe ich denn so gefährlich aus, dass man mich gleich mit der Waffe bedrohen muss?"

„Nicht Schuss. Schiss! Die haben Sie in der Tat für einen extrem gefährlichen Mann gehalten. Haben Sie die Erleichterung auf einigen der Gesichter bemerkt, als Ansiedl den Befehl zum Abflug gegeben hat?"

„Ich verstehe nicht, fürchte ich."

„Ach, das hat nur mit meinem Beruf zu tun. Ich arbeite als Journalistin und habe neulich ein Interview geführt mit einem Mann, den das BKA als extrem gefährlich einstuft. Danach hat genau dieser Polizist mit einem Sondereinsatzkommando meine Wohnung gestürmt."

„Nicht wahr! Ist es hier also auch nicht so weit her mit der Pressefreiheit, die man offiziell so gerne hochhält?"

„Ach doch, eigentlich schon, relativ gesehen, jedenfalls. Ich darf schreiben, was immer ich will, beziehungsweise für richtig halte. Ob es veröffentlicht wird, hängt aber nicht von irgendwelchen Zensurstellen, sondern von der Chefredaktion ab."

„Also eher von den Interessen wichtiger Anzeigenkunden, richtig? Und wen haben Sie da interviewt?"

„Darüber möchte ich hier und jetzt nicht sprechen, ich bin ja gerade hergekommen, um den Kopf wieder davon freizubekommen. Dass mir das nach dem Auftritt der Polizei soeben noch gelingt, kann ich mir allerdings nicht vorstellen."

„Also ist der Mann wirklich so gefährlich?"

„Das hängt von Ihrer Definition des Worts ‚Gefahr' ab. Nein, ich halte ihn für nicht gefährlicher als Sie oder mich. Aber er verfügt über sehr viel Macht und viele Menschen sehen so etwas per se als bedrohlich an."

„Ah, ich verstehe."

„Wirklich? Schön für Sie. Ich bin mir über die ganze Sache leider noch nicht so ganz im Klaren …"

„Wenn Sie möchten, können wir gern darüber sprechen. Ich bin ein guter Zuhörer."

Inga lächelte, antwortete aber nicht, sondern beschleunigte ihre Schritte.

Lange Zeit gingen sie schweigend nebeneinander und erreichten schließlich die Abzweigung zur kleinen Wolfsschlucht, das Ziel von Ingas Wanderung. „Von hier sind es nur noch rund 250 Meter bis zu dem kleinen Wasserfall und der Weg geht ab dort nicht mehr weiter. Ich werde dort eine Pause einlegen und ein bisschen was essen und trinken. Wenn Sie noch weiterwandern möchten, dann geht es hier rechts weiter und Sie kommen dann bald in die sogenannte *Große Wolfsschlucht*. Sehen Sie, auf dem Schild hier steht, dass es noch fünfzehn Minuten sind, bis Sie dort sind. Aber nach ein paar hundert Metern geht es dann deutlich steiler nach oben, dann würde ich an Ihrer Stelle wieder umkehren."

„Das mache ich. Ich danke Ihnen nochmal ganz herzlich für die nette Erfahrung. Wenn Sie Lust auf ein Wiedersehen haben, wissen Sie ja, wo Sie mich finden! Auf Wiedersehen!"

„Ich fand es auch sehr nett. Tschau!"

10 – Frégate Island

Ein Traum. Ein Traum? Na, *real* war *das hier* jedenfalls nicht, nicht so wirklich. Gerade noch hatte Inga sich mit einer Tasse Rooibos-Tee, etwas süßem Gebäck und einer Wolldecke in ihren Lieblingssessel gekuschelt, um sich den Feierabend mit dem letzten Roman von Isabel Allende zu versüßen und jetzt, keine 16 Stunden später, wurden ihre Füße von dem kristallklaren und warmen Wasser des Indischen Ozeans umspült. Inga schüttelte den Kopf und beobachtete, wie das Wasser zurückwich und dabei den Sand unter ihren Fersen mitnahm. Die Sonne hatte den Zenit bereits überschritten, zuhause war es jetzt zwei Uhr Nachmittag. Hier war es zwei Stunden später, hatte man ihr gesagt, hier auf den Seychellen. Sie lachte laut auf aus reiner Freude am Leben und welch unglaubliche Überraschungen es manchmal bereithielt.

Gestern Abend hatte sie kaum eine Stunde lang gelesen, als ein Steppke all seine Leidenschaft an ihrer Türklingel abgearbeitet und ihr nach dem Öffnen einen Zettel überreicht hatte, auf dem handschriftlich in Druckschrift geschrieben stand: „Nehmen Sie ein Taxi zum Flughafen, Terminal 1C. Jetzt!"

Zwecklos, den Jungen zu fragen, wer ihm das Papier gegeben hatte, er war in dem Moment das Treppenhaus hinuntergerast, in dem sie das Papier genommen hatte. Inga hatte gestöhnt, war in ihre Sportschuhe und in ihre Regenjacke geschlüpft, denn das Wetter

177

draußen war unangenehm nass gewesen, und sich zum Taxistand an der Münchner Freiheit begeben. Eine halbe Stunde später hatte sie tropfend in der Abflughalle von Terminal 1 gestanden und hilflos um sich geblickt. Eine junge Dame mit französischem Akzent hatte sie nur Sekunden nach ihrer Ankunft angesprochen: „Madame, Sie 'aben das 'ier aus Verse'en liegen gelassen!"

Erstaunt hatte sie sich eine schmale Ledermappe geben lassen, während die Frau ihren Weg fortsetzte, als wäre nichts gewesen. Irritiert hatte Inga sich umgeblickt, aber niemand schien sie zu beachten. Sie hatte die Mappe geöffnet und als erstes … sich selbst erblickt! Obenauf hatte ein geöffneter französischer Reisepass gelegen, erkennbar an der großen Beschriftung „République française" und darunter – kleiner – „Passeport". Das Passbild war ihres, keine Frage, aber der Name lautete auf „Ségolène Fourier" aus Nizza. Außerdem hatten eine Sonnenbrille und ein ausgedrucktes Ticket der Fluggesellschaft *Emirates* darin gelegen, ausgestellt auf den Namen Ségolène Fourier nach … Dubai. Business Class. Abflug heute, um 23:30 Uhr. Also in eineinhalb Stunden. Meine Güte! Wenn Kimmich das mitbekam, wäre die Hölle los. Doch was konnte sie schon machen, sie hatte lediglich ihren Hausschlüssel und ihren Geldbeutel eingesteckt, ihr Handy lag, am Ladekabel angeschlossen, zuhause, in der Küche. Und selbst, wenn sie es dabeigehabt *hätte* … Ne, nach der Erfahrung mit der Polizei in den Bergen …

Dubai! Wirklich? Also, das Interview musste Li ja sehr wichtig sein, wenn er einen solchen Aufwand betrieb …

Inga hatte den Sicherheitscheck anstandslos passiert und sich zu dem auf dem Ticket angegebenen Gate begeben. Nicht ganz eine Stunde später war ein halbes Dutzend Polizisten in blauen Overalls gekommen und sie hatten die Papiere aller Passagiere an diesem Gate kontrolliert. Ihr falscher Pass war zu ihrer großen Überraschung (und Erleichterung!) nicht als gefälscht aufgefallen. Einer der Polizisten hatte etwas Unverständliches in sein Funkgerät gesagt, dann hatten die Beamten die Ausweiskontrolle beim Nachbargate fortgesetzt, während bei ihrem das Boarding begonnen hatte. Ihr Platz befand sich in der Business Class und Inga war dank des geräumigen und bequemen Sitzes kurz nach dem Start weggenickt.

Noch bizarrer hatte sich die Situation in Dubai sechs Stunden später entwickelt. Und das nicht wegen ihrer Regenjacke im Wüstenstaat! Eine Hostess der Fluggesellschaft hatte sie beim Verlassen des Gates abgefangen und ihr eine neue Mappe mit einem neuen Pass und einem neuen Ticket überreicht. Bevor sie die Chance hatte, sich die Papiere näher anzusehen, hatte die Hostess sie hinter sich her in den Transitbereich gezogen. Nur ein rudimentäres Englisch sprechend, hatte sie sie zu einem vornehmen Duty-Free-Schuhgeschäft geführt und Inga aufgefordert, sich ein paar Schuhe auszusuchen. Doch Inga hatte sich, den Sinn darin nicht sehend, geweigert und schließlich hatte die Hostess selbst ein Paar, das dem ihren ähnlich war, ausgesucht und sie aufgefordert, sie anzuprobieren. Kaum hatte Inga ihre eigenen Schuhe ausgezogen, hatte die Frau diese auch schon an sich genommen und in einer Tüte verstaut. Inga war nichts anderes übriggeblieben, als die neuen Schuhe gleich anzubehalten. Was hätte sie auch tun sollen? In einem Land, in dem Frauen wenig galten und sie niemanden kannte, mit zwei gefälschten Pässen in der Tasche den Aufstand proben? Die Hostess hatte das neue Paar Schuhe schließlich bezahlt und sie dann zu einem Gate geführt. Jetzt erst hatte Inga Zeit gefunden, sich den Pass (dieses Mal war sie eine Russin namens Irina Markovna aus Sankt Petersburg mit US-amerikanischer Staatsangehörigkeit) und das Ticket näher anzusehen: Destination: „SEZ Mahe", wo auch immer das sein mochte, das Abflug-Gate (sie war hier offensichtlich richtig), die Abflugzeit (in etwas mehr als einer Stunde) und die Flugdauer (weitere viereinhalb Stunden). Inga hatte sich sicherheitshalber in den Arm gezwickt …

Und um das Ganze noch zu toppen, war sie am internationalen Flughafen der Seychellen beim Auschecken verhaftet worden. Jedenfalls hatte es sich so angefühlt und halb erwartet hatte sie so etwas ohnehin. Bei der heutigen, international vernetzten Elektronik wäre es ihrer Auffassung nach nur eine Frage der Zeit, bis ein gefälschter Pass aufflog. Man hatte sie durch verschiedene Gänge, von denen einige definitiv keine öffentlich zugänglichen gewesen waren, zu einem kleinen Ausgang innerhalb des Flughafengeländes gebracht, zu einem Landeplatz für Helikopter, auf dem ein sehr lauter Hubschrauber mit laufendem Triebwerk gewartet hatte. Dort hatte der Pilot den Sicherheitsbeamten ein Kuvert in die Hand gedrückt und ihr mit Gesten bedeutet, einzusteigen. Sie hatte sich den Kopfhörer aufgesetzt und schon war es losgegangen, sie war die einzige Passagierin gewesen. Über das offene Meer waren sie zu einer kleinen, fast runden Insel geflogen. Kaum zehn Minuten nach dem Start hatten sie auf dem großen „H" neben einem kleinen Yachthafen aufgesetzt und sie war ausgestiegen, während der Hubschrauber unmittelbar danach wieder abgeflogen war.

Als erstes war ihr der besondere Geruch hier aufgefallen, eine dezente Mischung aus Meeresbrise und exotischen Pflanzen. Personal mit indisch aussehenden Wurzeln hatte sie mit zusammengelegten Händen vor dem Gesicht und einer Verbeugung begrüßt und sie zu einer kleinen, aber überaus komfortabel, ja, sogar luxuriös eingerichteten Strandhütte geführt. Man wies sie auf eine Obstschale und eine Flasche Sekt im Eiskübel hin und öffnete für sie den Kleiderschrank. Die Kleider, Röcke, Bikinis und Hosen darin hatten alle ihre Größe. Auch das Badezimmer war voll eingerichtet, es fehlte an nichts. Außerdem gab es ein kabelgebundenes Telefon mit nur einer einzigen Taste, daneben eine lange Liste der Dinge, die sie darüber anfordern konnte, vom Cocktail über einen Eisbecher bis hin zu Dienstleistungen wie Pediküre oder diverse Massagen. Inga hatte sich ein weiteres Mal gezwickt, sobald sie alleine gewesen war. Sie hatte als Allererstes die Regenjacke abgelegt, den Kleiderschrank durchstöbert und sich für einen gelben Bikini und einen türkisblauen Sari entschieden, zumal eine Wickelanleitung dabei gelegen hatte. Nur raus aus den eigenen, fast 36 Stunden lang durchgehend getragenen Klamotten! Sie hatte ausgiebig geduscht, etwas Kokosmilch getrunken und jetzt stand sie hier, an einem Strand mit weißem Sand und sich in der Brise wiegenden Palmen. Hier also sollte das nächste Interview stattfinden? Ein größerer Kontrast zu den düsteren „Kommunikationsräumen" der bisherigen Sessions war kaum vorstellbar, ebenso wenig wie sie sich vorstellen konnte, dass hier jemand mit einem schwarzen Kopfüberwurf und Augenschlitzen darin herumlaufen würde. Aber sie würde einfach abwarten. Klar, sie fühlte sich unsicher und etwas desorientiert, doch war sie entschlossen, das, was kam, widerspruchslos zu akzeptieren. Es sprach nichts dagegen, sich hin und wieder auf Überraschungen einzulassen und diese hier versprach zumindest keine unangenehme zu werden.

Niemand schien sie zu beachten, niemand machte ihr Vorschriften, wohin sie zu gehen oder was sie zu tun oder zu lassen hatte. Der Traumstrand war sicher 200 Meter lang, doch bis auf ein paar vor Vergnügen quietschende Kinder hatte sie ihn für sich alleine. Die Insel war felsig und mit dichter Vegetation bewachsen und Inga hatte Lust, sie zu erforschen. Wenn sie ihre Hütte nicht barfuß verlassen hätte, wäre sie auf der Stelle losgezogen. Recht groß hatte die Insel von oben nicht ausgesehen, sie mochte einen Durchmesser zwischen vielleicht einem und eineinhalb Kilometern haben. Sie lächelte und beschloss, das nachzuholen, sobald sie passender gekleidet wäre. Fürs Erste würde sie vielleicht doch besser abwarten, was nun geschehen würde. Sie schlenderte am Strand entlang, bis eine Felsgruppe das Weiterkommen ohne geeignetes Schuhwerk schwierig bis unmöglich machte und drehte um. Auf dem Rückweg hielt sich im Schatten der Palmen, als plötzlich die Kinder kreischend auf sie zu gerannt kamen. Sie fuchtelten mit den Armen um sich und hielten die Hände über den Kopf. Als sie bei ihr angekommen waren, zogen sie sie näher zum Wasser, dann zeigten sie auf einige der Palmen, in deren Wipfeln riesige Früchte hingen.

„*Coco de mer!*", war das einzige Wort, das Inga aus dem Kauderwelsch der Kinder heraushörte und sie machten dabei eine Geste des Herunterfallens und hielten sich immer wieder die Hände über den Kopf. Inga lachte. Ja, richtig, wenn so eine Nuss beschloss, herunterzufallen, wenn sie gerade unten vorbeilief, konnte sie sich schon vorstellen, dass ihr Kopf bei einer solchen Konfrontation den Kürzeren zog. Sie gab den Kindern in aufrichtiger Dankbarkeit die Hand und kehrte zu ihrer Hütte zurück.

Sekt? Ne. Eine Tasse Tee vielleicht. Sie blickte in die Liste neben dem Telefon. Tee stand nicht darauf. Vielleicht gab es ja eine Art Café hier, wo man so etwas bekommen konnte. Sie lag richtig. Beim Erkunden der Umgebung stellte sie fest, dass es mehrere Hütten wie die Ihre gab und dass die alle zu einem Hotelkomplex gehörten. Im Zentralgebäude befand sich nicht nur die Rezeption, sondern auch ein Restaurant mit einer weitläufigen Terrasse, von der aus man einen großartigen Blick über das Meer genießen konnte. Genau das tat sie, als ein schlanker Chinese in weißer Hose und weißem Hemd, das ihm fast bis an die Knie reichte, sie ansprach. Sie bestellte eine Tasse Darjeeling (mit Zitrone bitte, keinesfalls mit Milch!) und der Kellner antwortete in geschliffenem Deutsch: „Aber gewiss doch. Kommt sofort."

Kurz darauf kam er zurück mit einem Tablett, auf dem ein Glas dampfendes Wasser, ein Tellerchen mit einem gefüllten Teesieb und einer Zitrone, ein Bierglas und eine Flasche Bier stand. *Augustiner.* Ausgerechnet! Der Kellner stellte alles mit formvollendeter Eleganz auf den Tisch – auch das Bier, goss es ins Glas und … setzte sich. Inga blickte den Mann überrascht an und stutzte. Diese Augen! Der Mann blickte sie lediglich freundlich lächelnd an, sagte aber nichts.

Faszinierende Augen! Wie man sie öfter bei Asiaten sah, tiefschwarze Augäpfel, so schwarz, dass die Pupillen darin nicht zu erkennen waren. Tiefe Augen, in denen man versinken konnte. Etwas traurige Augen.

Sie hatte diese Augen schon einmal gesehen, noch gar nicht so lange her. „Herr Li?", fragte sie unsicher.

Der Chinese lächelte noch breiter und zuckte kurz mit den Schultern.

„Keine Maske?"

„Ich mache immer wieder denselben Fehler. Ich möchte den Menschen so gerne vertrauen. Leider wurde ich immer wieder enttäuscht, deshalb bin ich vorsichtig geworden, wäge sehr genau ab, wem ich traue und wem nicht. Bei Ihnen habe ich ein gutes Gefühl, dass Sie unseren gemeinsamen Freunden gegenüber mein Aussehen nicht erwähnen. Zumal die es ohnehin kaum glauben würden, dass Sie mich unmaskiert gesehen haben."

Inga konnte den Blick kaum von dem jungen Mann abwenden. Li musste nach eigenen Angaben 33 Jahre alt sein, doch sah er jünger aus. Und er war ausgesprochen attraktiv, ein sehr schmales Gesicht mit glatter Haut ohne Anzeichen für Bartwuchs. Wenn es in seinen Haaren eine Ordnung gab, war sie jedenfalls nur angedeutet, der Hauch eines Seitenscheitels oder die im Wesentlichen in dieselbe Richtung liegenden Strähnen. Und doch wirkte die Frisur wild, ungezähmt. Inga mochte das. Sie hatte „das Monster" mehrfach in Gedanken visualisiert, doch hatte sie ein völlig anderes Äußeres erwartet, einen Mann mit rundem Gesicht, mit verhärteten Gesichtszügen, Kummerfalten, die sich frühzeitig in die Stirn gegraben hatten, so etwas halt.

„Ich bin sehr erfreut, Sie auf diese Weise kennenzulernen", sagte sie. „Aber ist diese Art, ein Interview zu organisieren, nicht ein klein wenig aufwändig?"

„Durchaus. Ich hatte ursprünglich keinerlei Intentionen, eine solche Show abzuziehen oder gar vor Ihnen zu protzen. Aber das BKA hat den Ermittlungen zu mir kürzlich eine weit höhere Priorität eingeräumt, als erwartet und Kimmichs Budget ist massiv aufgestockt worden. Vielleicht ..." Li zögerte. „... eine Konsequenz aus der Öffentlichkeitsarbeit, die wir zusammen begonnen haben. Sie haben einen kleinen Teil der Auswirkungen davon selbst miterlebt, der Hubschrauber-Einsatz, als man Sie in den Bergen überprüft hat, spricht Bände."

„Sie wissen davon?"

„Freilich. Ich lasse Sie ebenso wenig aus den Augen wie Kimmich. Anders kann ich mir den Kontakt zu Ihnen gar nicht leisten. Und dadurch ist mir auch nicht entgangen, was Kimmich mit Ihren Schuhen hat machen lassen. Mit *all* Ihren Schuhen!"

Inga blickte Li fragend an.

„Sobald Sie wieder zuhause sind, möchten Sie sich vielleicht die Absätze Ihrer Schuhe etwas näher betrachten. Dabei werden ihnen an der Ferse sehr feine, kaum sichtbare Rechtecke auffallen. Fahren Sie diese Rechteckslinien vorsichtig mit einem Teppichmesser nach und versuchen Sie, dieses Stück Leder herauszubekommen. Dahinter werden sie ein elektronisches Gerät finden. Es handelt sich dabei um einen sehr leistungsfähigen Miniatur-Akku mit einem GPS-Empfänger und einem Sender, der bei Bewegung des Schuhs die GPS-Koordinaten mit einer Reichweite von fast 50 Kilometern per Funk versendet, einmal alle 30 Sekunden, eine Woche lang, wenn es sein muss. Damit kann das BKA oder das LKA Ihren Aufenthaltsort auf etwa 15 Meter genau von Weitem feststellen, ohne dass Sie auch nur den Hauch einer Chance hätten, die Überwachungsbeamten zu bemerken."

„So haben die mich also auf dem Weg zur Wolfsschlucht gefunden."

„Nein, nicht wirklich. Die wussten von Ihrer Wandertour, weil Sie in der Redaktion abgehört worden sind und Sie das dort erwähnt hatten. Sie haben dann vorab zwei Mann in die Gegend geschickt, um Sie heimlich zu beobachten. Feuer war bei den Behörden erst auf dem Dach, als der Bericht hereinkam, dass Sie sich mit einem Asiaten unterhalten würden. Kimmich war zu weit weg, also hat er den Polizeihauptmeister Ansiedl geschickt, um den Mann zu überprüfen. Währenddessen wurden Ihre Gespräche abgehört und live zu Kimmich und Ansiedl übertragen. Übrigens sollten Sie jetzt Ihr Teesieb herausnehmen, sonst könnte Ihr Tee bitter werden."

Li trank einen großen Schluck Bier und beobachtete Inga dabei, wie sie das Teesieb aus dem Glas nahm und den Zitronensaft hineinträufelte.

„Diese Umstände haben es mir beinahe unmöglich gemacht, Sie irgendwo innerhalb der EU zu treffen. Es wäre nicht unmöglich

gewesen, aber ich wäre ein großes Risiko eingegangen. INTER-
POL habe ich ganz gut im Griff, aber EUROPOL leider nicht.
Und mit dem Sender in Ihrem Schuh wäre es sehr schwer geworden, mit Ihnen zusammenzutreffen, ohne dass die Polizei Ihnen
sehr stramm auf den Fersen gewesen wäre. Also kam ich auf die
Idee, Ihre Reise hierher zu organisieren. Damit konnte ich zwei
Fliegen mit einer Klappe schlagen: Erstens konnte ich Kimmich
ein Schnippchen schlagen und zweitens dadurch seinen Vorgesetzten signalisieren, dass ich Kimmich immer mindestens eine Nasen-
länge voraus bin. Ich hoffe damit zu erreichen, dass man ihm die
Mittel wieder kürzt und dass auf die Weise der Druck aus den Ermittlungen genommen wird. Ach ja, und falls Sie diesen Trip und
Ihren Aufenthalt hier genießen können, hätten wir damit gleich
auch eine dritte Fliege mit derselben Klappe erwischt.“

„Aber warum die falschen Pässe?“

Li lachte. „Weil Kimmich mit einer solchen Finte nicht rechnen
konnte, natürlich. Als er dank seiner Schuhsender erfahren hat,
dass Sie auf dem Weg zum Flughafen waren, ist er naturgemäß etwas nervös geworden. Aber so richtig aus den Latschen gekippt –
sagt man das so? – ist er erst, als er bemerkt hat, dass Sie den Sicherheitscheck durchquert haben, damit hatte er wohl nicht gerechnet. Also hat er, so schnell ihm das möglich war, ein paar Polizisten mobilisiert, die Sie finden sollten. Das ging aber nicht so
schnell, weil die erst einmal gebrieft werden und mit schusssiche-
ren Westen ausgestattet werden mussten. Schließlich gelte ich als
sehr gefährlich und sie wussten ja nicht, ob nicht jemand von meiner Organisation oder gar ich selbst bei Ihnen war. Zu seiner Erleichterung waren Sie – Ihrem Schuh nach – nach wie vor vor Ort.
Wenn Sie unter Ihrem Namen mit Ihren Ausweisdokumenten ge-
reist wären, hätten die Sie sofort aus dem Verkehr gezogen oder
zumindest versucht, herauszubekommen, wohin Ihre Reise gehen
soll. Doch, wie gesagt, Kimmich hatte keine Ahnung, dass Sie einen anderen als den eigenen Ausweis benutzen würden und hat die
Beamten daher nur auf Ihren Ausweis, nicht auf Ihr Aussehen gebrieft, ein Fehler seinerseits, auf den ich gehofft hatte. Mittlerweile

wird er über die Passagierlisten der *Emirates*, die Auswertung der Aufnahmen der Sicherheitskameras und nicht zuletzt die letzten Schuhpeilungen aus der *Emirates*-Maschine aber herausgefunden haben, unter welchem Namen Sie ausgereist sind. Und der zweite Grund, warum ich Ihnen einen anderen Reisepass verschafft habe, ist: Um hier einreisen zu können, brauchen Sie einen gültigen Reisepass. Der Ihre ist aber seit einem Jahr abgelaufen."

„Was? Wirklich? Woher wissen Sie das?"

„Eine einfache Datensatzabfrage im Melderegister, eine der leichtesten Übungen, wenn man in der Informationsbranche tätig ist."

„Und warum dann hinterher noch der amerikanische Pass?"

„Wenn Sie mit dem französischen weitergereist wären, hätte man sehr schnell herausbekommen, dass Sie sich jetzt auf den Seychellen befinden. Und so einfach wollte ich es den Verfolgern dann doch nicht machen. Eines Tages werden sie vielleicht dahinterkommen, dass Sie unter dem Namen von Frau Markovna weitergereist sind und wohin, aber das wird sich über Monate hinziehen. Mein Einfluss auf INTERPOL und auf die Regierung und Behörden der Seychellen ist, wie gesagt, nicht ganz unerheblich."

„Der Name Markovna sagt mir etwas …"

„Ja, die beiden Personen, deren Identitäten wir für Sie ausgeliehen haben, gibt es wirklich. Wenn ich auf existierende Personen zurückgreife, muss ich nämlich keine Fake-Eintragungen in die Melderegister vornehmen, was ein erheblicher Vorteil ist, denn solche illegalen Eintragungen können unter Umständen zurückverfolgt werden, wenn sie entdeckt werden. Frau Markovna hat als Archäologin vor ein paar Jahren mal für einen ziemlichen Wirbel gesorgt, nachdem sie ein paar sensationelle Entdeckungen in Ägypten gemacht hat[*]. Sie selbst haben vor ein paar Jahren einen Artikel über sie verfasst, erinnern Sie sich? Aber jetzt lebt sie in den USA. Nun kennen Sie den Grund dafür, dass wir uns ausgerechnet hier auf einer Seychellen-Insel treffen."

---

[*] s. Reihe „Secrets of the Ne'arin" (JustTales Verlag, Bremen)

„Schon aufwändig. Wenn ich die Kosten zusammenrechne für unsere Reisen, für das Fälschen der Pässe …"

„Ich bevorzuge da eher das Wort ‚Datenneukonfiguration'. Schließlich fälsche ich keine Daten, ich ordne sie nur neu an …"

Inga lachte. „Jedenfalls würde so etwas mein Budget bei Weitem überschreiten. Und dann ist so eine Reise ja auch nicht gerade CO_2-neutral, offen gestanden."

Li wurde schlagartig ernst. Inga erschrak. Hatte sie ihn etwa beleidigt? Falls ja, wohl nicht so doll, denn … sie lebte noch.

„Wenn Sie wollen", erklärte Li schließlich, „… können wir das heute Abend im Interview genauer besprechen. Denn da sind wir bei einem Thema, das mich sehr umtreibt, eines der Themen, wegen denen ich weitermache, immer weiter im Hamsterrad, obwohl es für mich doch sehr viel einfacher und sicherer wäre, mein Geld zu nehmen und mich zum Beispiel genau hier zur Ruhe zu setzen, Ölbilder zu malen oder mein eigenes Brot zu backen. Einstweilen nur Folgendes: Ich bin mir der Schädlichkeit gerade von Flugreisen sehr bewusst. Deshalb unternehme ich enorme Anstrengungen, meinen nicht allzu geringen klimatischen Fußabdruck, also mindestens meinen und den meiner Organisation, zu kompensieren. Und das mache ich hier auf den Seychellen, beispielsweise, die ein existenzielles Interesse daran haben, dass der Meeresspiegel nicht mehr weiter ansteigt. Dank meiner Finanzierungshilfe und Mitarbeit hat der Schutz von Natur und Klima hier Verfassungsrang erhalten und fast 60% der Landfläche des Staates sind mittlerweile geschützt. Außerdem habe ich große Aufforstungsmaßnahmen eingeleitet und dem Inselstaat geholfen, Energieeffizienz- und Nachhaltigkeitsprogramme voranzubringen. Alles, was noch zu tun bleibt, ist, den Tourismus hierher klimaneutraler zu gestalten, aber auch da sind wir hoffentlich auf einem guten Weg. Wenn alles nach Plan läuft, können die Inseln in fünf bis zehn Jahren nur noch mit Luftschiffen angeflogen oder mit klimaneutralen Booten auf dem Seeweg erreicht werden, langsamer zwar als Airliner, aber dafür zu einhundert Prozent klimaneutral."

„Sie erstaunen mich immer mehr. Ein Drogenbaron, der Klimaneutralität anstrebt, das gibt schon mal eine fette Schlagzeile, denke ich."

Li schüttelte lächelnd den Kopf. „Ich denke nicht, dass wir etwas für intelligente Wesen Selbstverständliches so hoch aufhängen sollten. Wegen all dieser Aktivitäten fühle ich hier auf meiner Insel sehr sicher, jedenfalls solange es keine militärische Invasion gibt."

„*Ihre* Insel? Die gehört Ihnen?"

„Sie gehört einer Firma, die wiederum über ein für Außenstehende ziemlich undurchsichtiges Netzwerk diverser Beteiligungen letztlich mir gehört, ja."

„Sie nutzen die Klaviatur des Kapitalismus scheinbar mühelos für Ihre Zwecke."

„Natürlich. Es wäre theoretisch sehr einfach für die westlichen Staaten, Gauner – wie mich – zu stoppen, indem sie nämlich Finanztransparenz fördern. Aber das ist gar nicht gewünscht, Steueroasen gibt es mit voller Absicht und fast überall auf der Welt, damit die großen Kapitaleigner nicht zum Meistbietenden abwandern, wenn die ihre Steuerquote als zu hoch ansehen. Neoliberale Politiker scheinen wirklich zu denken, dass es gut für alle sei, wenn die, die schon sehr viel haben, noch mehr oder am besten gleich alles bekommen und als Oligarchie mehr oder weniger die gesamte Wirtschaft beherrschen. Dank Steueroasen können solche Leute selbst entscheiden, und zwar unkontrolliert von jeglicher Staatsmacht, welche sogenannte ‚Steuerlast' für sie gerade noch stemmbar ist. Oder aber: Wir haben es hier mit einem Punkt zu tun, an dem die Seilschaften sich gegenüber der Fassade durchgesetzt haben. Einerlei, welche Variante Sie bevorzugen: Ich wäre dämlich, wenn ich diese vorhandene Infrastruktur nicht für meine Zwecke nutzen würde. Aber das können wir heute Abend ausführlicher besprechen. Passt Ihnen ein gemeinsames Abendessen um acht und danach das Interview mit Open End?"

„Ähm, mein Terminkalender für heute hat noch genau Platz für *einen* Termin. Also ja, gerne."

Li stand lächelnd auf. „Dann also um acht in Ihrer Hütte. Erlauben Sie mir bitte, für das Essen zu sorgen. Mögen Sie Fisch?"

„Ich *liebe* Fisch, vor allem, wenn er so frisch ist wie hier."

„Sehr gut. Dann sehen wir uns später."

Er reichte ihr die Hand. „Ach, noch etwas. Morgen früh muss ich leider dringend wieder abreisen. Sie sollten noch bleiben, mindestens noch einen Tag. Aber ich überlasse es ganz Ihnen, ob sie noch zwei Tage oder zwei Monate – oder länger – bleiben wollen."

„Oh, das ist lieb. Aber, ich glaube, mein Chef wäre nicht so glücklich, wenn ich ohne Rücksprache ein paar Wochen Urlaub …"

„Vergessen Sie Ihren Chef! Sie reisen *dann* ab, wenn *ich* Ihnen die Verkehrsmittel dafür zur Verfügung stelle, nicht früher und nicht später. Und das können *Sie* – offiziell! – gar nicht beeinflussen. Was ist es, das *Sie* wollen?"

„Hmmm, also eine Woche hier wäre schon ganz schön …"

„Dann arrangiere ich alles für Ihre Abreise in einer Woche. Nur um eines muss ich Sie dringend ersuchen: Sie dürfen hier machen, was immer sie wollen, und übrigens können Sie an den gekennzeichneten Stränden auch unbesorgt schwimmen, da diese gegen Haie, Quallen und anderes potenziell gefährliches Getier gesichert sind. Doch bitte nutzen Sie die öffentlichen Terminals auf der Insel auf keinen Fall, um sich in einen Ihrer E-Mail-Accounts oder auf einer Seite einzuloggen, wo Sie ein User-Konto unterhalten, also soziale Medien oder so etwas. Die Früchte vom Baum der Erkenntnis sind leider verboten und Sie kennen sicher die Konsequenz der Zuwiderhandlung: Die Vertreibung aus dem Paradies! Bis später!"

11 – Strandhütte

Inga atmete schwer. Sie hatte definitiv zu viel gegessen, beinahe zu viel, um sich noch wohlzufühlen. Li hatte sie geradezu dazu genötigt, von allem zu probieren und in der Tat hatte jedes Gericht besser geschmeckt als das vorherige. Kurz vor Acht hatte eine Entourage angefangen, den Tisch in ihrer Hütte zu decken und hatte eine Unmenge kleiner Getränke und Schüsselchen auf einem Nebentisch aufgetragen, in denen sich jeweils eine Spezialität des Landes befand. Einige Gerichte, vor allem gebratener Fisch, wurden zudem auf schüsselförmig zurechtgebogenen Bananenblättern serviert. Inga war normalerweise kein allzu großer Fan von indischem Essen; das meiste davon empfand sie als entweder zu ölig oder zu scharf beziehungsweise zu stark gewürzt. Aber das Essen hier war eine völlig andere Kategorie als das vom Inder um die Ecke, obwohl die Basis unverkennbar dieselbe war. Neben dem gebratenen Fisch gab es diverse Currys und Chutneys (bei weitem nicht so extrem süß, wie das Zeug, das sie von zuhause kannte), kreolischen Reis und Palmherz-Salat, Fleischgerichte (die Inga aber nicht probierte, weil sie Fleisch mied). Als Vorspeise gab es diverse Samoussas, Teigtaschen mit vegetarischer und Fleischfüllung, die aber für Ingas Geschmack ein bisschen zu intensiv gewürzt waren und zum Dessert tropische Früchte aller Art auf Kokosmilch-Eiscreme.

Der Esstisch war hübsch dekoriert worden mit feinstem Geschirr und Besteck, mit einer blauen Tischdecke mit wunderhübschen, bunten Ornamenten, auf die rosafarbene Blütenblätter gestreut worden waren. Es gab Kerzen und Blümchen und verschiedene Gläser für Wasser, Weine oder Säfte. Inga konnte sich nicht erinnern, dass sie jemals vornehmer oder schöner gespeist hätte. Schon wieder ein Kontrast, denn das Frühstück, das sie in Zürich erhalten hatten, war zwar gut und reichlich, aber im Vergleich hierzu eher eine nüchterne Sache gewesen.

Während des Essens hatten sie sich überwiegend über das Land unterhalten und darüber, warum Li sich hier engagiert hatte und, als das Dessert serviert worden war, hatte Li sich nach Edgar erkundigt. Sie hatte entgegnet, dass Edgar seinen erzwungenen Rückzug scheinbar relativ gelassen akzeptiert hätte und ihr nach wie vor mit Rat und Tat zur Seite stünde. Li hatte ihr daraufhin mit einem Augenzwinkern eröffnet, dass er so etwas erwartet hätte. Edgar würde auf sie stehen und wollte sich vor ihr keine Blöße geben. Inga hatte gelacht und den Kopf geschüttelt.

Schließlich hatte Li das Mahl – viel zu spät – für beendet erklärt und dem Personal den Befehl gegeben, alles abzuräumen und sie allein zu lassen. Inga hatte daraufhin vorgeschlagen, das Interview auf der Terrasse zu führen, doch Li wollte davon nichts wissen; je weniger Ohren mithören konnten, desto besser. Er erhob sich und drückte hinter einem Vorhang einen Knopf, den sie noch gar nicht bemerkt hatte und vor allen Fenstern wurden elektrische Jalousien heruntergelassen.

„Ich fürchte, jetzt müssen Sie mir vertrauen", sagte Li lächelnd.

„Ich bin sowieso in Ihrer Hand. Wenn ich Ihnen nicht vertrauen würde, wäre ich gar nicht erst hier, nicht einmal auf Flummis ausdrücklichen Befehl hin."

„Oh, das haben Sie nett gesagt. Na dann, gehen wir es an. Stellen Sie Ihre Fragen, ich werde sie gerne beantworten, es sei denn, meine Antworten würden meine Sicherheit oder die meiner Organisation gefährden."

„Danke. Also gut. Sie sprechen immer wieder von ‚Ihrer Organisation' beziehungsweise ‚Firma'. Ist es *eine* Organisation oder sind es unterschiedliche Organisationen, deren Leitung jeweils bei Ihnen als dem verbindenden Element liegt?"

„Etwas von beidem, denke ich. Ich betrachte sie als eine Einheit. Allerdings bin ich nahezu der Einzige, der all ihre Zweige kennt und sie zusammenhalten kann. Es gibt da noch jemanden, einen Vertrauten und Freund, ja fast einen Bruder, der viele Jahre lang mit mir durch dick und dünn gegangen ist, dessen Loyalität ohne jeden Zweifel erhaben ist, der fast alles über mich weiß und alles in meiner Abwesenheit so regelt, dass ich es selbst nicht besser machen könnte. Doch muss ich Sie bitten, bezüglich dieser Person keine Fragen zu stellen, ich würde sie auch nicht beantworten. Ansonsten arbeitet jeder bei mir auf einer sogenannten ‚Need-to-Know-Basis‘, bedeutet, jede oder jeder weiß nur Bescheid über den Bereich, in dem sie oder er konkret arbeitet. Das dient einerseits dem Schutz meiner Kolleginnen und Kollegen, andererseits dem der Organisation.“

„Wenn ich das richtig verstehe, dann würde ein Problem in einem Teil Ihrer Organisation, beispielsweise mit der Polizei oder dem Zoll, die anderen Teile nicht tangieren können.“

„Das ist in etwa die Idee dahinter, ja. Probleme gibt es immer, nicht alle Fährnisse des Lebens lassen sich voraussehen oder -planen.“

„Hat Ihre Organisation eigentlich einen Namen?“

„Aber sicher. Allerdings wird dieser nur vom inneren Zirkel verwendet, alle anderen sprechen nur von der ‚Firma‘.“

„Bedeutet, Sie können mir diesen Namen nicht nennen.“

„Ich denke soeben noch darüber nach. Eigentlich … doch. Es ist ein Name derselben Kategorie wie mein eigener, Li Xiǎolóng. Bedeutet, er taucht auf keinem Dokument, in keinem File, in keiner Datenbank auf und ist damit ein Geistername. Wenn Sie ihn kennen, können Sie die Leute oder das, was sie tun, dahinter noch nicht greifen. Also gut, meine Organisation heißt *Jiātíng*.“

„*Jiātíng*. Hat das Wort eine Bedeutung?“

„Natürlich. Es bedeutet ‚Familie‘. Denn das ist die Organisation für mich und für viele meiner Mitarbeiter, eine große Familie, die zusammenhält, durch dick und dünn, wo man sich gegenseitig nach Kräften unterstützt und versucht, stark gegenüber einer feindseligen Außenwelt zu sein und zu bleiben. Es bedeutet vor allem ein Gefühl der Zusammengehörigkeit. Viele meiner Mitarbeiter und Mitarbeiterinnen sind Ausgestoßene aus der Gesellschaft. Viele, wenn auch nicht alle, haben jedenfalls hier bei uns ihre neue Heimat, ihre Familie gefunden, unabhängig von Hautfarbe, Religion, Sexualität und so weiter.“

„Das hört sich schön an. Wenn nur das kriminelle Betätigungsfeld nicht wäre, was mich zur nächsten Frage führt: Ihre Organisation – *Jiātíng* – gilt als die gefährlichste kriminelle Vereinigung in Europa. In welchen Bereichen sind Sie aktiv?"

„Das, was die Menschen sehen, ist oftmals nur eine Fata Morgana und entspricht nicht unbedingt der Realität. Wenn wir schon mit Superlativen arbeiten müssen, was mir offen gestanden wenig behagt, dann wäre treffender vielleicht: die *mächtigste* kriminelle Vereinigung in Europa, denn durch unser Informationsgeschäft wissen wir ziemlich viel über ziemlich viele Personen. Das gibt uns damit auch ziemlich viel Macht. Viele Menschen erachten Macht als gefährlich, sicherlich nicht zu Unrecht, das hängt davon ab, wie sie gebraucht oder *miss*braucht wird. Aber gefährlich im herkömmlichen Sinn, also dass wir Menschen bedrohen oder sie, wenn sie uns im Weg stehen, mal so eben massakrieren, in dem Sinne, dass wir schieren Terror ausüben wie manch ein arabischer Familien-Clan oder sizilianischer Schutzgelderpresser: Nein! Das entspricht nicht den Tatsachen. Wir vermeiden Gewalt, wo immer das möglich ist. Niemand muss um sein Leben oder um seine körperliche Unversehrtheit bangen, solange er – oder sie – uns nicht unmittelbar angreift. Wir setzen auf Kooperation, nicht Konfrontation, das ist auf lange Sicht weitaus effektiver. Denn Konfrontation sät Hass. Immer! Und Hass schafft Feinde. Und Feinde wollen dich vernichten und … sie *können* es auch, vor allem, wenn es *zu* viele sind und erst recht, falls sie sich gegen dich zusammentun."

„Sie haben also keine Feinde?"

„Oh doch. Aber das ist nichts Persönliches, jedenfalls nicht in den meisten Fällen. Beim BKA zum Beispiel. Die machen nur ihren Job, sie hassen uns nicht. Natürlich gibt es Ausnahmen: Der verheiratete Politiker, dem wir Fotos von ihm im Adamskostüm zusammen mit einer Geliebten, die seine Tochter sein könnte, als Warnung zuschicken, wird kaum unser Freund sein. Dennoch ist er ein Verbündeter, wenn auch zwangsweise. Das ist besser für uns und besser für ihn."

„Das könnte man als Erpressung bezeichnen. In welchen anderen Bereichen ist Ihre Organisation aktiv?"

„Aktuell wären das der Schmuggel und der Vertrieb von Drogen, das ganze Spektrum, von Marihuana über Kokain bis hin zu Crystal Meth oder Heroin. Dann kaufe und verkaufe ich Waffen. Das ist ein Geschäft, das mir ebenfalls ein gewisses Maß an Macht und Einfluss bringt, denn ich bin in der Position, zu entscheiden, wer von mir Waffen bekommen soll und wer nicht. Entscheidend im Sinne einer politischen Tragweite ist das allerdings in den seltensten Fällen, es gibt weitaus größere und wichtigere Player in diesem Geschäft. Ihre Bundesregierung ist, ganz nebenbei gesagt, ein weitaus größerer krimineller Waffen-Dealer als ich. Der wesentliche Unterschied ist der, dass die über den Apparat verfügen, ihre eigenen Geschäfte legalisieren zu können. Darauf bin ich ein klein wenig neidisch, das bekenne ich ganz ehrlich. Ein weiteres Geschäftsfeld ist Glücksspiel, sowohl legales als auch nicht so legales. Wer gerne mal diskret eine Runde Poker spielen möchte, hat hierzulande ein Problem. Natürlich könnte die- oder derjenige in einem staatlich konzessionierten Kasino spielen, aber das ist halt nun mal öffentlich, und viele Spieler scheuen die Öffentlichkeit – verständlich, denn es gibt Arbeitgeber, die schnell mal einen Herzanfall bekämen, wenn sie erführen, dass ihr Chefbuchhalter ein passionierter Glücksspieler ist. Ich biete diesen Leuten – gegen eine gewisse Gebühr – ein sicheres Refugium, in dem sie ungestört unter ihresgleichen ihrer Leidenschaft frönen können."

„Dass Sie damit gegen das Gesetz verstoßen, ist Ihnen egal?"

„Nein. Das heißt, ich will ehrlich sein. Im Fall der Glücksspieler ist es mir egal, jeder sollte das Recht haben, nach seiner Fasson glücklich zu werden. Und ich sorge dafür, dass seine Probleme nicht aus dem Spielzimmer herauskommen. Wenn ein Spieler alles verzockt hat, dann ist nur der mitgebrachte Einsatz weg, aber er hat keine Möglichkeit, anderes Eigentum außerhalb des Raums, wie sein Haus oder sein Auto oder seinen Hund zu verpfänden. Wenn er also die zweitausend Euro verpulvert hat, die er dabeihatte, ist das ein Risiko, das er ganz bewusst eingegangen ist. Da rede ich ihm nicht rein, also ja: Das Gesetz ist mir in diesem Fall ziemlich egal in dem Sinne, dass ich kein schlechtes Gewissen dabei entwickle. Ich verstoße zwar gegen Regeln, die aber für mich ohnehin nicht gelten, weil ich eben außerhalb dieser Gesellschaft stehe und keines ihrer Mitglieder bin. Wäre ich ein Teil dieser Gesellschaft, wären mir diese Regeln selbstverständlich nicht egal, denn auch mir ist bewusst, dass Regeln nötig und wichtig sind, um das Zusammenleben reibungslos zu organisieren. Bei Waffen ist das teilweise ähnlich. Ich überlege mir ziemlich gut, wem ich Waffen zu welchem Preis ab- oder verkaufe. Und ich verkaufe sie meistens an Gruppierungen, die sich verteidigen wollen oder müssen, die aber auf den offiziellen Märkten nur sehr schwer oder gar nicht an Waffen herankommen; Minderheiten, wie die Uiguren beispielsweise, die keinen Zugang zu den regulären Märkten bekommen, weil Regierungen sich mit dem Thema nicht befassen oder keinen Konflikt mit einer Weltmacht riskieren möchten. Auch hier habe ich wenige Skrupel, muss ich sagen. Meine Tätigkeit ist in solchen Fällen fast mehr eine humanitäre Hilfeleistung als ein Geschäft – was es natürlich nicht legalisiert. Bei Drogen ist das anders. Drogen sind Gift und mir ist bewusst, dass ich dazu beitrage, Menschen zu vergiften."

„Sie führen nicht an, dass es das gute Recht dieser Menschen sei, sich zu vergiften?"

„Nein. Das wäre zynisch. Die meisten Drogen erzeugen eine körperliche Abhängigkeit und nur die Wenigsten finden die Kraft, sich aus einer solchen Sucht zu befreien. Ich bin auch nicht sonderlich stolz auf dieses Geschäftsfeld. Doch es war das Geschäft, in das ich eingestiegen bin, als ich noch keine andere Möglichkeit gesehen habe, irgendwie auf legale Weise zu überleben. Damals hatte ich nur diese beiden Alternativen. Es hieß: ‚Entweder, du machst das, oder du gehst vor die Hunde.' Und letzteres kam für mich nicht infrage."

„Wie ist das jetzt? Können Sie den Drogenhandel jetzt nicht dichtmachen, wo Sie in einem weiteren Geschäftsfeld, dem Handel mit Informationen, scheinbar so erfolgreich sind?"

„Ja … und nein. Auch der Handel mit Informationen ist ja nicht durchwegs legal. Der Umgang mit Informationen ist selten legal. Selbst das, was Polizei und Geheimdienste an Daten abgreifen und verarbeiten, ist zu einem erheblichen Teil nicht von nationalen oder internationalen Datenschutzrichtlinien, Gesetzen oder Verfassungen abgedeckt. Von den sogenannten ‚sozialen Medien‘ will ich gar nicht erst anfangen. Die Politik ist sich des Dilemmas schon bewusst, deshalb versuchen gerade die konservativen Parteien ständig, die Befugnisse dieser Akteure Zug um Zug zu erweitern und damit die Rechte der Bürger dementsprechend einzuschränken. Ich als rein privater Anbieter habe diese politische Rückendeckung der Geheimdienste und großen Major Players wie Google oder Facebook natürlich nicht. Ich muss mir stets bewusst sein, dass plötzlich ein anderer Raubvogel aus heiterem Himmel auf mich herabstößt und mein Geschäft vernichtet oder übernimmt. Dann brauche ich für diese Eventualität Mittel, um dennoch überleben zu können, deshalb wären der Drogenhandel und die anderen Geschäftsfelder durchaus noch wichtige Standbeine. Aber … unter gewissen Bedingungen wäre ich bereit, mich von den illegalen Aktivitäten zu trennen.“

„Welche Bedingungen wären das?“

„Die Chance zu erhalten, mein Leben und Überleben mit legalen Mitteln zu fristen, natürlich. Diese Chance hatte ich bisher nie. Durch die, ähm, Eigenheit, dass extreme emotionale Zustände zum Tod von Menschen führen, gelte ich für die allermeisten Menschen als gefährlich. Sie denken, man müsse mich wegsperren. Leben lassen, okay, aber für immer in isolierter Sicherungsverwahrung. Das ist aber kein Leben, das ist lebenslange Folter! Andere haben noch finsterere Pläne und meine eigene Lebensgeschichte ist ein hervorragendes Beispiel dafür: Sie wollen sich meine sogenannte ‚Fähigkeit‘ zunutze machen und mich zur gehorsamen Waffe umbauen – was mich noch weitaus gefährlicher machen würde, als ich jetzt potenziell bin. Weitaus! Auch das, jederzeit auf Befehl töten zu müssen, kann man nicht gerade als ein erstrebenswertes Leben ansehen. Nein, ich will einfach in Ruhe gelassen werden. Meine Emotionen weiß ich mittlerweile ganz gut zu beherrschen, das habe ich bewiesen. Es gibt Ausnahmesituationen, wenn mein Leben unmittelbar bedroht ist. Dann kicken diese extremen Emotionen ein, ohne dass ich sie bremsen könnte. Wer könnte in einer solchen Situation schon cool bleiben?"

„Das wären dann Situationen der Notwehr."

„Kann man so sagen, ja."

„Wenn Sie solchen Notwehr-Situationen also nicht ausgesetzt wären, könnten Sie garantieren, dass in Ihrer Gegenwart niemand zu Schaden käme?"

„Garantieren? Nein. Ich bin ein Mensch, keine gefühllose, technische Konstante. Selbst eine Maschine kann eine Fehlfunktion haben. Der umsichtigste Autofahrer kann Menschen zu Tode fahren, wenn er am Steuer einen Herzinfarkt erleidet. Es passiert höchst selten, aber es passiert. Es gibt schlichtweg keine Lebensplanung, die alle Eventualitäten berücksichtigen kann. Die Wahrscheinlichkeit, dass es passiert, ist allerdings so gering, dass man sie wohl vernachlässigen darf."

„Wenn ich das richtig verstanden habe, liegt es an der Gesellschaft selbst, ob Sie Ihr Leben in der Illegalität weiterführen oder nicht, denn Sie haben momentan gar keine andere Wahl als so zu leben oder gar nicht. Hätten Sie diese Wahl, würden Sie der Gesellschaft dagegen zusagen, sich nur noch legal zu betätigen?"

„So ist es. Das Recht auf Leben ist absolut, es ist unveräußerlich. Ich werde mein Leben und das der mir Anvertrauten immer verteidigen und das ist, wie gesagt, mein Recht. Wenn ich es eines Tages nicht mehr verteidigen müsste, würde ich mein Waffenarsenal auch nicht mehr benötigen, dann könnte ich abrüsten."

„Eines verstehe ich dabei nicht. Sie scheinen Geld wie Heu zu haben. Warum nehmen Sie nicht einfach das, was Sie für den Rest Ihres Lebens benötigen, setzen sich inkognito an einem Ort Ihrer Wahl zur Ruhe und genießen das Leben? Auch dann könnten Sie all Ihre illegalen Aktivitäten beenden."

Li hob die Hand zum Einspruch. „Das kommt darauf an, wie Sie Geld definieren. Ich habe Vermögen wie Heu: Immobilien, Firmen, Flugzeuge, Infrastruktur, also millionenschwere Fonds, die beispielsweise allein dazu verwendet werden, Schmiergelder zahlen zu können oder Rechenzentren und so weiter. Bargeld, flüssige Mittel, habe ich relativ wenig. Fast alles, was hereinkommt, wird reinvestiert, um die Maschinerie zu ölen und zukunftssicher zu halten. Sicher habe ich Mittel zur Hand, um bedenkenlos verreisen zu können, so wie jetzt. Aber mal schnell drei Millionen auf ein privates Konto zu schichten, stellt selbst für mich, der ich auf ein Vermögen im Bereich mehrerer hundert Millionen zurückgreifen kann, eine gewisse Herausforderung dar. Jeder Inhaber einer Firma kennt diesen Aspekt und kann ihn bestätigen. Die Mittel sind ja überwiegend gebunden. Und was einen ‚Ruhestand' anbelangt: Das kommt aus zwei Gründen nicht infrage. Erstens: Ich denke, dass ich eine Aufgabe habe, dass es unverzeihlich wäre, diesen Planeten zu verlassen, bevor ich nicht etwas erreicht habe, das ihn zu einem besseren Ort macht, als er es vor meiner Geburt war. Diese Aufgabe geht vielleicht nie zu Ende, doch genau das ist mein Ziel. Zweitens würde man mich gar nicht ‚ruhestehen' lassen. Man würde mich jagen, aus Furcht, aus Rache, um mich ‚zur Rechenschaft zu ziehen' oder, wie gesagt, um mich für eigene, dunkle Zwecke zu manipulieren. Ohne meinen Apparat, wo auf dieser Welt könnte ich mich jemals sicher fühlen? Selbst wenn ich in der einsamsten Trapperhütte in Alaska leben würde, irgendwann käme jemand vorbei und dann bestünde die Gefahr, dass derjenige das den Behörden meldet und dass die mich besuchen kommen und Nachforschungen anstellen. Nein, ohne gesellschaftliche Garantien kann ich mir Ruhestand nicht erlauben."

„Und hier? Sie haben im Vorgespräch gesagt, dass Sie ein sehr gutes Verhältnis zur Regierung …"

Li legte sich den Zeigefinger auf den Mund und schüttelte den Kopf. Inga stutzte. „… ähm … einer gewissen Inselgruppe haben. Sicherlich könnten Sie doch hier ein Auskommen finden, wo Sie doch für diese Regierung so viel getan haben?"

„So einfach ist das nicht. Um mich hier engagieren zu können, habe ich mir die Korruptionsanfälligkeit einiger Regierungsmitglieder und Behörden zunutze gemacht. Ich kann auf ihre Kooperationsbereitschaft zählen, solange Geld ins Land und teilweise auf ihre Konten fließt. Aber was denken Sie, was geschehen würde, wenn dieser Geldfluss versiegt, weil ich mich aus dem Geschäft zurückziehe? Dann würden wohl andere Player – Feinde womöglich – die Korrumpierbarkeit der Behörden für sich nutzen und das womöglich gegen mich."

„Also deshalb haben Sie sich Deutschland ausgesucht, um in einem Land ein Teil der Gesellschaft werden zu können, in dem Alltagskorruption vergleichsweise selten vorkommt?"

Li lächelte. „Kann man vielleicht so sagen. Deutschland hat in gewisser Weise einen Vorsprung vor anderen Gesellschaften. Das liegt unter anderem an seiner Kulturgeschichte. Die Aufklärung begann in Frankreich und in Deutschland, Deutschland galt lange gar als das Land der Dichter und Denker, es war der Ausgangspunkt einer Zivilisationsentwicklung, die zwar noch lange nicht abgeschlossen ist, und die sicherlich ihre Rückschläge erdulden musste und immer noch muss – man denke an die Nazi-Zeit oder heute an die AfD – aber Deutschland ist dennoch in zivilisatorischer Hinsicht den Weg mit am konsequentesten gegangen, im weltweiten Vergleich. Und es hat – *noch!* – ein rechtsstaatliches System, wie es selten geworden ist, denn Demokratien werden weltweit abgebaut und demontiert. Auch in Deutschland, übrigens. Aber Sie dürfen dort noch immer öffentlich Ihre Meinung sagen, ohne befürchten zu müssen, dass Sie am nächsten Tag von einem Schlägertrupp krankenhausreif geschlagen werden, wie das in sehr vielen anderen Teilen der Welt der Fall ist. Nun gibt es Länder, die ähnliche Fortschritte gemacht haben wie Deutschland, man denke an Frankreich oder viele der skandinavischen Länder. Einige von denen wären mir wahrscheinlich noch sympathischer, doch Dänisch habe ich nie gelernt. Deutsch hingegen schon."

Inga biss auf ihren Lippen herum. Da war diese eine Sache, die sie unbedingt eruieren wollte, aber … die war so *delikat*. Sollte sie?

Aber einfach mit der Tür ins Haus fallen? Nein! Unpassend! Sie musste das Gespräch unauffällig dorthin lenken, doch wie? Sie atmete tief ein. „Sie sagten vorhin, dass Ihre Aufgabe auf diesem Planeten noch nicht erledigt sei, vielleicht auch niemals erledigt werden könne. Worin sehen Sie Ihre Aufgabe konkret?"

„Es gibt eine Menge Baustellen auf diesem Planeten. Bereits 1972 hat das M.I.T., also das weltweit führende wissenschaftliche Institut, herausgearbeitet, dass die Menschheit sich auf einem Kurs in ihren Untergang befindet."

„Sie sprechen von der Klimakrise?"

Li lachte kalt auf. „Die Klimakrise ist nur ein vergleichsweise kleiner Teil der gewaltigen Probleme. Die Vernichtung unserer natürlichen Ressourcen wie beispielsweise des Amazonas-Regenwaldes ist ein weiterer. Das Artensterben, gegen das das Ende der Dinosaurier vor sechzig Millionen Jahren im Vergleich zu dem, was heute geschieht, ein beinahe unbedeutendes Ereignis gewesen ist, wäre noch so ein Teil. Dass wir unseren Müll nicht in eine Kreislaufwirtschaft einbringen, sondern ihn billigstmöglich ‚entsorgen' und ihn auf die Weise wieder gesundheitsschädlich in unsere eigenen Lebensgrundlagen einschleusen, kann ebenfalls zu einer existenziellen Krise führen. Und alles das nehmen wir in Kauf, und nur, damit wir ein angeblich alternativloses Wirtschaftssystem am Laufen halten können, welches ohne ‚Wachstum' nicht überlebensfähig wäre. Als ob wir es darauf anlegen, dass das Wirtschaftssystem selbst dann überleben soll, wenn es uns Menschen längst nicht mehr gibt. Wachstum um jeden Preis! Welch ein Irrsinn!"

„Sie kämpfen also gegen ‚das System'?"

„Nein. Nicht in erster Linie, jedenfalls. Jedes System wird und wurde von Menschen gemacht. Menschen haben es errichtet, Menschen können es auch wieder einreißen und etwas Anderes an seine Stelle setzen. Ein System ist immer nur ein Teil der Lösung, der Umgang von Menschen miteinander ist eine weitaus essenziellere Komponente. Wenn Sie dieses Problem nicht in den Griff bekommen, hilft Ihnen kein System dieser Welt weiter, denn jedes von

Menschen gestaltete System kann den egoistischen Bedürfnissen von Leuten mit Macht unterworfen werden."

„Was wäre dann Ihr Ansatz? Menschen die Macht wegzunehmen?"

„Das würde nicht funktionieren. Macht ist ein notwendiger Organisationsbestandteil, um überhaupt Dinge geregelt zu bekommen. Nein, wir müssen am Missbrauch von Macht aus egoistischen Gründen wie Neid, Gier, Profilneurosen et cetera ansetzen. Wenn wir es schaffen, es hinzubekommen, dass der Missbrauch von Macht die härtesten gesellschaftlichen Sanktionen nach sich zieht, anstatt, so wie jetzt, zu mehr Ansehen und Wohlstand zu führen, würde er unattraktiv werden, weil Machtmissbrauch sich dann nicht mehr rentiert, vielmehr, im Gegenteil, zu einem gesellschaftlichen Abstieg führt. Momentan sind solche moralischen Rahmenbedingungen aber in keiner Zivilisation auf diesem Planeten gewährleistet, jedenfalls nicht mehrheitlich durchsetzbar. Als ehrenwert und erfolgreich gilt heute doch der, der viel hat, ganz egal, wie er zu seinem Reichtum gekommen ist. Macht verführt also, selbst der ehrenwerteste Charakter läuft Gefahr, ihren Verlockungen früher oder später zu erliegen! Nur, wenn wir es irgendwie hinbekommen, dass diese Verführung unwirksam bleibt, haben wir als Menschheit noch eine Chance. Und wir brauchen für die Lösung der globalen Probleme zwingend eine globale Zusammenarbeit. Doch wir erleben momentan das Gegenteil davon, die Menschheit driftet immer weiter auseinander in mehrere gigantische, diametral entgegengesetzte Machtblöcke. Voller Enthusiasmus haben wir alte Feindbilder wie ,den Russen' für uns wiederentdeckt und sprechen der Eskalation das Wort, ohne zu bedenken, dass globale Kriege heute, bei dem Waffenarsenal, das die Großmächte gebunkert haben, nicht führbar geworden sind, denn keine Partei kann einen solchen Krieg gewinnen. Wie genau könnte ein ,Sieg' denn definiert werden, wenn am Ende eines solchen globalen Konflikts kein Leben auf diesem Planeten mehr möglich sein wird?"

„Ist dieser Schuh nicht etwas groß, um ihn sich anzuziehen, selbst für einen so mächtigen Mann wie Sie?"

„Wenn Sie so denken, haben Sie resigniert und den Hasardeuren das Ruder somit allein überlassen. Ich dagegen gedenke mitzumischen, solange ich kann. Vielleicht finde ich genug Mitstreiter, sodass wir eines Tages gemeinsam in der Lage sein werden, das Ruder herumzureißen."

Inga schwieg in Gedanken versunken. Jetzt hatte sie Li fast da, wo sie ihn haben wollte. Jetzt nur ja keinen Fehler machen! Sie zwickte sich ins Ohrläppchen. „Alles, was Sie sagen, hat in meinen Ohren einen zutiefst empathischen, einen der Menschheit zugewandten Charakter. Wenn ich all das, was Sie mir in den letzten Minuten erzählt haben, Revue passieren lasse, komme ich nicht umhin, in Ihnen eine Art Visionär zu sehen, einen Mann, der für das Überleben der Menschheit, der für das Gute und gegen kleingeistigen Eigennutz und Egoismus streitet. Eine jede Gesellschaft sollte froh sein, Menschen wie Sie in Ihrer Mitte zu haben."

„Vielleicht sollte das mein Platz sein, doch ist er es nicht und kann es auch nicht sein, nicht, solange die Gesellschaft mich fürchtet, jedenfalls."

„Dann sollten wir daran arbeiten, der Gesellschaft die Furcht vor Ihnen zu nehmen. Richtig?"

„Wie könnte das denn gelingen?"

„Indem wir der Gesellschaft nicht die Gefahr zeigen, die von Ihnen ausgeht, sondern auf welche Weise sie von Ihnen profitieren könnte, womöglich? Wenn die Gesellschaft Sie als einen von ihnen ansieht."

„Von mir profitieren?! Woran konkret denken Sie?"

„Ich habe da eine Art … Theorie. Sie sagen, dass eventuell Gefahr von Ihnen ausgeht, wenn Sie extremen Gefühlen ausgesetzt sind."

„Nicht *eventuell*. Real! Extreme Gefühle führen zum Tod der Menschen in meiner unmittelbaren Umgebung. Das ist eine Erkenntnis, die sich auch in Laboruntersuchungen leider immer wieder bestätigt hat."

„Sehen Sie, das sehe ich anders. Obwohl – besser gesagt: weil – ich Ihre Berichte darüber mehrfach gelesen habe."

„Aha? Jetzt haben Sie mich neugierig gemacht."

Inga schluckte. Jetzt kam es drauf an! „Nicht extreme Gefühle haben bisher Katastrophen ausgelöst. Sondern extreme *negative* Gefühle. Wir wissen nicht, was extreme *positive* Gefühle mit den Menschen in Ihrer Umgebung machen."

„*Positive* Gefühle?"

„Ja. Liebe, Zuneigung, Zärtlichkeit, Freude, Innigkeit, Lust, all das haben Sie, Ihren eigenen Worten nach, stets versucht zu unterdrücken aus Furcht, Menschen, die Ihnen solche Gefühle entgegenbringen oder die solche Gefühle in Ihnen auslösen, zu verletzen. Ich habe darüber lange und intensiv nachgedacht. Ich glaube nicht, dass das geschehen wird, es liefe der Natur absolut entgegen. Natürlich habe ich keinen empirischen Beweis, aber es ist nach meinem Verständnis völlig unplausibel, dass Liebe etwas so Schreckliches wie den Tod anderer Menschen auslösen sollte. Hass, Zorn, Wut, ja, dass das in Ihrer Umgebung Schaden anrichten kann, das ist nachvollziehbar und entbehrt nicht einer gewissen Logik oder Konsequenz. Aber eine negative Konsequenz aus einem positiven Gefühl, das erscheint mir absolut widernatürlich. Im Gegenteil, womöglich sind Sie eine Art Katalysator oder Verstärker Ihrer Gefühle. Negative Gefühle werden verstärkt, positive aber auch, mit entsprechend positiver Wirkung. Vielleicht – ich fantasiere jetzt mal ins Blaue hinein! – könnten Sie sogar einen Krebspatienten heilen, wenn Sie in seiner Nähe lieben. Stellen Sie sich nur das Potenzial vor! Eine ganze Menge Menschen würde *alles* tun, um Ihnen nahe zu sein. Außerdem könnten starke positive Gefühle in Ihnen mit hoher Wahrscheinlichkeit dazu beitragen, dass Sie Ihre negativen Gefühle deutlich leichter unter Kontrolle halten können."

„Hm! Das mag ja sein. Aber ich bin nicht bereit, das Risiko eines – wie nannten Sie das? – ‚empirischen Beweises' einzugehen. Ich habe schon zu viele Tote gesehen in meinem Leben."

Inga stand auf, nahm ihren Stuhl und setzte sich direkt neben Li, der seinen Stuhl in ihre Richtung drehte. „*Ich* bin bereit, dieses Risiko einzugehen."

Li starrte Inga entgeistert an. *Jetzt!*, dachte sie. Das ist das erste Mal, dass er die Kontrolle verliert. Jetzt kommt es darauf an, wie gut er mit Kontrollverlust umgehen kann.

„Haben Sie keine Angst!", sagte sie. „Es gibt nichts zu fürchten. Vielleicht geben Sie gleich für einen kurzen Augenblick die Kontrolle aus der Hand, doch haben Sie dabei nicht das Geringste zu verlieren."

„Ach?", stöhnte er. „Ich weiß ja nicht, was genau Sie vorhaben, aber Sie könnten dabei Ihr Leben verlieren. Das … das könnte ich nicht ertragen. Dafür habe ich Sie zu gern!"

„Oh, beste Voraussetzungen, würde ich sagen. Wenn Sie mich nicht mögen würden, wäre mein Experiment nahezu aussichtslos. Gut, dann ist es jetzt Ihre Aufgabe, dafür zu sorgen, dass ich mein Leben nicht verliere. Es ist nicht sehr schwer, schon gar nicht für jemanden, der gelernt hat, seine Gefühle zu kontrollieren. Lassen … Sie … los! Hier und jetzt brauchen Sie die Kontrolle nicht, das verspreche ich Ihnen. Ich weiß, das ist ein Zustand, den Sie bis jetzt nur selten oder nie erfahren haben. Lassen Sie keinesfalls zu, dass sich negative Emotionen in Ihnen hochschaukeln. Mir ist bewusst, dass genau das geschehen kann, wenn Sie inneren Widerstand aufbauen, wenn Sie bewusst oder unterbewusst denken, dass Sie gegen das, was mit Ihnen geschieht, ankämpfen müssen. Das müssen Sie nicht. Wenn Sie positive Gefühle zulassen, können Sie im besten Fall etwas über sich selbst lernen, etwas, das Ihr Leben verändern wird und nicht zum Schlechteren. Im allerschlimmsten Fall passiert gar nichts. Sie werden nicht bedroht, weder körperlich noch seelisch. Sie können nichts verlieren. Und wenn Sie sich wider Erwarten doch bedroht fühlen, sagen Sie einfach ‚Stopp!' und wir unterbrechen oder hören ganz auf, das liegt bei Ihnen."

„Was haben Sie vor?"

„Herr Li, kennen Sie den Begriff ‚Hospitalismus'?"

„Nein. Aber er hört sich nicht gut an."

„Hospitalismus ist auch nicht gut. Eine extreme Form des Hospitalismus ist das sogenannte Kasper-Hauser-Syndrom. Kasper Hauser war ein Kind, das ..."

„Ja, die Geschichte kenne ich. Er wuchs im 19. Jahrhundert in der Gegend um Nürnberg auf, ohne Bezugspersonen in einer dunklen Kammer bei Wasser und Brot, und er hatte schwere geistige Defizite, als er gefunden wurde."

„Ja. Anhand Ihrer Biografie sollte man eigentlich denken, dass man auch bei Ihnen Hospitalismus diagnostizieren könnte, doch erstaunlicherweise zeigen sich dafür keinerlei Symptome. Im Gegenteil, Sie scheinen sich sogar schneller und besser entwickelt zu haben als die Kinder, die mit einem normalen Maß an Zuwendung aufgewachsen sind und das ist, gelinde gesagt, in höchstem Maße erstaunlich. Gleichwohl, wir wissen nicht, wo Ihr Potenzial gelegen hätte, wären Sie unter normalen Umständen, also innerhalb einer liebevollen Familie, aufgewachsen. Was wir aber wissen, ist, dass Zuwendung, Zärtlichkeit und Liebe lebensnotwendig sind. Nicht nur für Menschen, auch für Tiere, übrigens! Was ich herausfinden möchte, ist, wie Sie auf körperliche Zuwendung reagieren."

„Was soll ich tun?"

„Gar nichts. Das heißt, doch, machen Sie den Oberkörper frei. Und lassen Sie geschehen, was geschieht, akzeptieren Sie es als, tja, eine Art Geschenk, das Sie ohne schlechtes Gewissen und ohne irgendwelche Schulden zu begründen, annehmen dürfen. Wir starten ganz langsam und sehr vorsichtig."

„Ich soll mein Shirt ausziehen?"

„Ich bin absolut sicher, dass sich nichts darunter verbirgt, wofür Sie sich schämen müssten oder was mich in Verlegenheit bringen würde. Wenn es Ihnen hilft, Ihre Unsicherheit zu überwinden, lege ich meinen Sari auch ab."

„Ist das eine Art Psychotherapie?"

„Nein. Wie gesagt, ich bin nicht in der Psychoanalyse oder -therapie tätig. Nennen wir es *professionelle Intuition*. Und jetzt, könnten Sie für ein paar Minuten nur dann etwas sagen, wenn Sie gefragt werden?"

Li starrte Inga entgeistert an. Er löste den weißen Gürtel, der über seinem Hemd zusammengebunden war und ließ es über seine Schultern zu Boden gleiten. Inga blickte Li dabei bewusst durchgehend in die Augen, ohne den nackten Männeroberkörper vor ihr zu beachten. Ihr Blick schien ihn nervös zu machen, doch hielt er ihm stand. *Ob ich für ihn gerade die Rolle des Tigers einnehme?*

Sie griff nach seiner rechten Hand, zog sie zu sich und legte sie sich aufs Bein. Dabei musste er sich in ihre Richtung beugen. Bei der ersten Berührung mit ihrem Sari schien die Hand wegzucken zu wollen, doch beherrschte Li sich und ließ es geschehen. Sie wartete, gab ihm Gelegenheit, sich an den Körperkontakt zu gewöhnen. Als er schließlich unbeholfen lächelte, fing sie an, ihm sanft über den leicht behaarten Unterarm zu streichen. Die Härchen richteten sich sofort auf, als ob ihre Hand elektrisch aufgeladen wäre. Sanft streichelte sie den Unterarm eine Weile, um sich schließlich dem Oberarm zuzuwenden. Erst jetzt genehmigte sie sich einen Blick auf den schlanken, völlig haarlosen Oberkörper des jungen Mannes. Keine Bodybuilder-Figur und auch keine Pölsterchen, in die man sich an kalten Winternächten hineinkuscheln konnte, aber es war ein sehr schöner, klar definierter Körper.

„Fühlen Sie sich unwohl?", fragte Inga.

Li schüttelte den Kopf. „Unwohl nicht. Unsicher schon."

Inga lächelte. „Das ist völlig normal. Wir kennen uns eigentlich zu wenig für so ein Experiment, Sie wissen nicht, ob und inwieweit Sie mir vertrauen können. Aber ich hoffe, wir können dieses Handicap überwinden. Fühlen Sie sich denn gut?"

„Es ist sehr schön. Angenehm."

„Fühlen Sie das Bedürfnis, mich zu schlagen oder aus diesem Raum wegzulaufen?"

„Aber nein! Im …"

„Was? Sprechen Sie Ihren Satz ruhig zu Ende!"

„Im Gegenteil. Es gefällt mir sehr. Das könnte die ganze Nacht so gehen."

„Wir *haben* die ganze Nacht …"

Langsam griff Inga auch nach Lis linker Hand und wiederholte das Streichelritual. In regelmäßigen Abständen versicherte sie sich, dass Li mit der Situation klarkam. Nun streichelte sie beide Arme parallel und wandte sich schließlich Lis Oberkörper zu. Schon als ihre Finger sich von den Schultern hinab zur Brust bewegten, fühlte sie Zuckungen. Sie hielt Augenkontakt, um sicherzugehen, dass es sich dabei um Reaktionen eines sensiblen Organismus auf extrem angenehme oder gar lustvolle Berührungen handelte und nicht um ängstliche Ausweichreaktionen. Doch, wie sie feststellen musste, dieser intensive Augenkontakt barg seine Risiken – für sie selbst! Etwas geschah in ihr, etwas Aufregendes, Lustvolles, etwas ganz und gar Unprofessionelles! Als ihre Finger mehr oder weniger absichtlich eine von Lis Brustwarzen streiften, japste er auf und … sie mit ihm. Jedenfalls innerlich. Es war unglaublich, sie schien genau das zu fühlen, von dem sie annahm, dass Li es fühlen würde, als wenn jemand *ihre* Brust streicheln würde. Doch Lis Hände lagen noch genau da, wo sie sie hingelegt hatte. Ihr Atem ging schwerer und sie konnte nicht umhin, zu beobachten, dass er eins zu eins mit Lis Atem synchronisiert zu sein schien. Das hier konnte außer Kontrolle geraten! Sollte sie abbrechen? Gemäß ihrem Berufsethos musste sie das sogar, jetzt sofort! Andererseits: Eine solche Chance kam nie wieder, würde, selbst von einer anderen Person ausgeführt, wahrscheinlich zu exakt denselben Effekten führen. Vielleicht war es an der Zeit, ihrem eigenen Rat zu folgen, loszulassen, die Kontrolle für einen kurzen Augenblick fahren zu lassen und zusehen und erleben, was sich daraus entwickelte. Es konnte nichts bedeuten … oder einfach alles!

Keinen Zentimeter seiner Haut ließ sie aus, mal streichelte sie so sanft, dass sie seine Haut kaum berührte, dann wieder setzte sie ihre Fingernägel ein. Schließlich nahm sie seine beiden Hände auf und küsste sie.

„Warte!" Inga stand auf und wickelte ihren Sari ab. Li sah ihr höchst fasziniert dabei zu und sie fühlte in sich drinnen, wie seine – oder ihre? – Lust beinahe zu einer beklemmenden Atemlosigkeit führte. Sie löste den Clip des Bikinis und ließ auch ihn zu Boden fallen. Eine Zeitlang ließ Inga ihn den Anblick genießen, dann setzte sie sich wieder ihm gegenüber. Wieder nahm sie seine rechte Hand, küsste sie und legte sie auf ihre linke Brust. Er ließ es widerstandslos geschehen. Sein Atem ging mit einem Mal heftiger und der ihre folgte ohne Verzögerung nach. Sein sanftes Kneten ihrer Brust war alles, was es bedurfte, um die Kontrolle endgültig zu verlieren. Sie fühlte, wie ihre Brustwarzen sich steinhart aufrichteten und wie sich in ihrem Unterleib die Hitze staute. Was hatte sie schon zu verlieren?

Einfach *alles!* Na und?

„Sag mal", flüstere sie, unfähig, das Zittern in ihrer Stimme zu verhindern. „Gibt es hier eigentlich Massageöl?"

12 – München

Inga blinzelte in die Sonne und rekelte sich genüsslich im Bett. Oh, wie sie es genoss, auszuschlafen und den ganzen Tag über machen zu können, was sie wollte. Das Leben war herrlich. Diese Tage auf den Seychellen, vor allem diese eine Nacht, würde sie nie, nie, nie vergessen. Sie hatte schon viel guten Sex gehabt in ihrem Leben … oder sie hatte bis dato jedenfalls geglaubt, guten Sex gehabt zu haben, aber die Ekstasen, die sie mit Li erlebt hatte, waren der absolute Hammer gewesen. Selbst Tage danach hatten die in ihrem Körper noch nachgeklungen. Auch Li war ziemlich offensichtlich sehr glücklich gewesen, nicht nur körperlich. Auch die Erkenntnis, dass seine starken positiven Gefühle in keiner Weise für andere

Menschen schädlich waren, hatten eine enorme Last von seinem Herzen genommen; so hatte er es beim Abschied im Morgengrauen jedenfalls formuliert. Seitdem hatte sie ihn entgegen jeder Hoffnung zwar nicht wiedergesehen, doch jeder Gedanke an Li löste eine Hitzewallung in ihr aus. Verliebt? Unter normalen Umständen wäre Inga sich sicher gewesen. Doch bei einem derart außergewöhnlichen Mann wie Li waren Zweifel durchaus angebracht. Nach wie vor hatte sie das Gefühl, dass das, was sie in jener Nacht gefühlt hatte, weniger ihre eigenen sensorischen Erfahrungen gewesen waren als vielmehr eine Art Projektion von Lis Gefühlen – wenn so etwas überhaupt möglich war. Aber andererseits: War es denn nicht ebenso unmöglich, dass jemand nur durch seine Angst den Tod einer anderen Person auslösen konnte? Vor wenigen Wochen noch hätte sie das kategorisch (und lachend) ausgeschlossen. Liebe allerdings kam aus einem selbst ... oder? Eigentlich war Liebe nach wie vor ein großes Mysterium. Gottseidank! Man wusste zwar, welche chemischen Reaktionen im Körper abliefen, wenn ein Mensch Bauchkribbeln bekam, wenn ihm eine ganz spezielle Person in die Augen blickte. Aber welcher Mechanismus dafür sorgte, dass das bei genau einer ganz bestimmten Person ausgelöst wurde und nicht bei anderen, selbst, wenn die ihr nach objektiven Kriterien wie Äußeres, Denkweise, Figur, Bewegungen, Lächeln et cetera nahezu glichen, das blieb nach wie vor ein ungelöstes Rätsel. Verliebt? Spielte eine solch akademische Frage denn überhaupt eine Rolle? Ja, durchaus! Wenn sie verliebt war, könnte die Ekstase sich sehr schnell in eine tiefe Depression wandeln, wenn sie Li nicht wiedersehen konnte. Ohne den geliebten Menschen war die Welt normalerweise trist und grau. Aber, obwohl sie Li seit zwölf Tagen nicht gesehen hatte, fühlte sie weder Traurigkeit darüber noch eine innere Leere. Im Gegenteil! Dieser Zustand war somit sogar noch weitaus besser als verliebt im klassischen Sinn zu sein.

Selbst als dieser selbstgefällige Ansiedl-Polizist sie vor drei Tagen unmittelbar nach ihrer Ankunft aus Dubai noch am Flughafen „verhaftet" hatte, hatte dies ihre gute Laune nicht verderben können. Zumal die Sache sich für ihn als ein Spießrutenlauf entwickelt

hatte, denn das hatte er unter dem Blitzlichtgewitter und einer Unmenge Fragen zahlreicher Journalisten-Kollegen, die einen Tipp
erhalten hatten, wann und wo sie ankommen würde, tun müssen.
Gut, die beiden Fake-Pässe hätte Inga zwar gern als Souvenirs behalten, aber immerhin hatten die Anwälte Ihrer Zeitung dafür gesorgt, dass sie innerhalb von vier Stunden wieder auf freiem Fuß
war.

Der kommende Morgen hatte eine weitere Überraschung auf Lager gehabt. In der Lieferung frischer Semmeln aus ihrer Lieblings-
bäckerei hatte sich ein USB-Stick befunden. Auf diesem war ein
sehr persönlicher Brief von Xiǎolóng – sie waren im Lauf jener
Nacht zum „Du" übergegangen und hatten den Anlass genutzt,
um Bruderschaft zu trinken, mit allen Konsequenzen – und, zu
ihrer nicht geringen Überraschung, eine Transkription des Interviews, jedenfalls bis zu der Stelle, an der es intim geworden war. Li
hatte das Gespräch aufgezeichnet und während seiner Reise nach
Deutschland transkribiert. Das würde ihr die Arbeit massiv erleich-
tern, da sie nun in der Lage war, wörtliche Zitate anzubringen. Und
in der Tat hatte sich der erste von zwei Artikeln über das Interview
auf Frégate Island quasi von selbst geschrieben. Den Schauplatz
des Interviews hatte sie auf Bitte von Xiǎolóng hin in ihrem Text
allerdings Richtung Mauritius verlegt, auf eine Insel, deren genauen
Namen sie offiziell nicht kannte.

Der Artikel war eingeschlagen wie eine Bombe. Viele andere Medien hatten ihn aufgegriffen, Li wurde plötzlich in zahlreichen
Kommentaren und BLOGS als Mensch gesehen und nicht mehr
vorwiegend als „das Monster" gezeichnet, das es um jeden Preis
unschädlich zu machen galt. Hätte nicht der Ukraine-Krieg den
überwiegenden Teil der allgemeinen Aufmerksamkeit auf sich gezogen, wer weiß, wie sich die Diskussion dann entwickelt hätte.
Der Krieg … generell hatte Krieg einen unglaublichen Einfluss auf
das öffentliche Meinungsbild. Millionen Menschen, die sich vorher
als Pazifisten bezeichnet hatten oder hätten, waren zu blutrünsti-
gen Kriegstreibern mutiert, sie nahmen Putins Angriff auf die Ukraine offensichtlich persönlich. Das alte Feindbild, „der Russe",

hatte man schneller wieder ausgegraben, als ein Priester Amen sagen konnte, und der Hass und die Kriegseuphorie gemahnten Inga an die Zeit vor dem Ersten Weltkrieg. Hatten die Menschen denn gar nichts gelernt aus ihrer Geschichte? Allen voran die Politiker der Partei, die ursprünglich aus der Friedensbewegung heraus entstanden war? Aber diese Entwicklung kam nicht wirklich überraschend für Inga. Ein Großteil der Bevölkerung war unter neoliberalen Vorzeichen aufgewachsen, unglaublich viele hatten als Kleinkinder von den Eltern schon zu hören bekommen, wie besonders, wie einzigartig sie seien, dass sie alles erreichen konnten, alles haben, was sie sich wünschten, sie müssten es nur stark genug wollen. Diese Kinder glaubten natürlich, was die Eltern ihnen erzählt hatten, warum auch nicht? Eine Generation von Egomanen, ganz so, wie das neoliberale Leitbild es vorsah ... Sie wollten, dass Putin ungeachtet der Vorgeschichte in der Ukraine für sein Verbrechen des Angriffs bezahlte, sie wollten es ganz doll, also durfte keinesfalls verhandelt werden und er musste plattgemacht werden, und kostete es auch die Existenz jeglichen Lebens auf einem ganzen Planeten ...

Und doch gab es Hoffnungsschimmer, Menschen, die nicht mit Hass, sondern mit Liebe argumentierten, die Diplomatie und Verhandlungen anmahnten, Menschlichkeit einforderten. Es waren gar nicht mal so wenige Stimmen, die so sprachen, allerdings fanden die meisten von ihnen kein Sprachrohr, weil man dieses lieber den Kriegstreibern vor den Mund hielt. So, wie immer in der Geschichte, halt.

Auch die überwiegend positive Rezension des zweiten, respektive dritten Li-Interviews war solch ein Hoffnungsschimmer gewesen. Und damit fing schließlich alles an, Entwicklungen zum Guten begannen stets mit einem Schimmer Hoffnung ...

Inga schlug die Bettdecke zurück, stand auf und reckte ihre Arme in Richtung Zimmerdecke. Noch im Nachthemd lief sie in die Küche, goss Wasser aus dem Wasserfilter in den Kocher und schaltete ihn ein. Genüsslich zerbröselte sie ein paar getrocknete Darjeeling-Blätter (First Flush, natürlich) ins Teesieb und aktivierte ihr Handy.

Dann lief sie ins Wohnzimmer und pickte eine Schallplatte der Band *Snarky Puppy* aus ihrer nicht allzu üppigen Vinyl-Sammlung: *Live at the Royal Albert Hall*. Genau das Richtige, um entspannt und etwas funky in den Tag zu starten. Der Tonarm senkte sich auf die Rille und … das Telefon! War ja klar! Sie zog an dem Hebel, der den Tonarm wieder nach oben brachte und lief zurück in die Küche. Auf dem Display stand Edgars Name. Sie wischte mit dem Zeigefinger darüber und hatte nicht mal Zeit für ein „Hallo!".

„Bist du eigentlich völlig übergeschnappt?", schrie Edgar mit einer Aufregung in der Stimme, die völlig untypisch für ihn war. „Wie konntest du nur? Dafür wird Li dich kaltmachen! Bist du in Sicherheit?"

„Was? Wovon zum Henker redest du?"

„W…w…wovon ich rede? Spinnst du? Von deinem Artikel in der Ausgabe von heute, natürlich. Was in Dreiteufelsnamen hat dich denn da geritten?"

„Ich weiß wirklich nicht, wovon du sprichst. Ich habe keinen Artikel eingereicht, für den zweiten Teil des Interviews ist die Abgabefrist für übermorgen angesetzt."

„Er trägt deinen Namen und es ist sogar dein Bild mit dabei!"

„Mal ganz langsam. Ich verstehe das nicht. Von was für einem Artikel sprechen wir hier?"

„Also komm! Was für eine Posse spielst du hier eigentlich? Ich spreche von dem Artikel ‚Einmal Monster, immer Monster' natürlich! ‚Ein Kommentar von Inga Erdem', in der Ausgabe von heute!"

„Was? So einen Kommentar habe ich nie verfasst. Ich habe überhaupt weder zum Thema Li noch zu irgendeinem anderen Thema jemals einen Kommentar verfasst."

„Warum steht dann dein Name darüber?"

„Das bekomme ich heraus. Ich gehe nur schnell duschen, dann fahre ich in die Redaktion. Bist du da?"

„Ja klar, hat nicht jeder von uns den Luxus eines freien Tages am Montag."

„Wir sehen uns. Aber gnade dir Gott, wenn das ein Scherz ist!"

Inga beendete das Gespräch. Sie musste sich mit beiden Händen am Küchentisch festhalten. Ihr war schwindelig. Was für eine Riesen-Sauerei war hier am Laufen? Inga beschloss, auf die Dusche zu verzichten und schlüpfte ausnahmsweise in T-Shirt und Jeans und nahm im Rausgehen ein Wolljäckchen vom Bügel in der Garderobe mit. Unten am Eingang holte sie die Zeitung von heute aus ihrem Briefkasten und warf die beiden Briefe, die sie mit herausgezogen hatte, wieder hinein. Sie rannte zur Münchner Freiheit und nahm die U6 in Richtung Norden. Kaum in der U-Bahn suchte sie den Artikel, den sie, dank des Bildes von ihr, schnell fand. Es war ein aktuelles Bild, vom letzten Mittwoch, aufgenommen am Flughafen bei ihrer Rückkehr aus Dubai. Die Bildunterschrift lautete „Inga Erdem, die *Depesche*-Journalistin, die den Massenmörder Li, auch ‚das Monster' genannt, interviewte". Daneben der Artikel, den Edgar erwähnt hatte. In der Tat, gleich unter der Überschrift stand, dass es sich um einen Kommentar von ihr handelte. Der Inhalt war die übelste Hetze, die Inga sich vorstellen konnte. Li sei ein Manipulator erster Güte, der die besten Voraussetzungen mitbrächte, um einen würdigen James-Bond-Gegenspieler darzustellen, der die Weltherrschaft an sich reißen wolle. Er hielte ganze Regierungen in seiner Gewalt, könne im Prinzip nach dem Grundsatz „teile und herrsche" machen, was immer er wollte, ohne sich um Gesetze oder Verfassungen zu kümmern. Er sei eine Gefahr für die Gesellschaft und ihre Lebensweise, eine weitaus schlimmere Gefahr sogar als die Klimakrise, ein Verbrecher ohne Moral, ohne Skrupel und ohne Pardon. Niemand könne sich sicher fühlen, solange dieser Mann am Leben sei, Demokratie und Freiheit, die Grundfesten jeglicher westlichen Zivilisation, stünden angesichts dieser Bedrohung auf dem Spiel. Und so weiter und so fort …

Inga wurde es heiß. Mein Gott. Wenn Xiǎolóng das las, was mochte er von ihr denken!? Er wäre maßlos enttäuscht, keine Frage. Würde er sie umbringen? Puh, ausschließen konnte man es nicht, wer sich ungerechtfertigterweise mit einer solchen Hetze konfrontiert sah, würde in jedem Fall zu extremen negativen Gefühlen neigen.

Inga schreckte aus ihren Gedanken. Oj! Hier musste sie ja raus! Rasch sprang sie von ihrem Sitz auf, verließ die U-Bahn und hastete in Richtung Redaktion.

Die Menschen, die sie kannten, hätten sie in den folgenden Minuten sicher nicht wiedererkannt. Wie eine Furie stürmte sie in das Büro der Chefredakteure, in dem Jove gerade mit einem Unbekannten sprechend in der Sitzecke saß. „Ich verlange eine Erklärung!", spuckte sie aus.

„Ähm, anklopfen? Warten, bis man dran ist? Ein bisschen Respekt?" Jove blickte Inga entgeistert an.

„Respekt?", rief sie laut. „Nach dem, was ihr abgezogen habt? Nicht wirklich, oder?"

„Inga, bitte! Du siehst doch, dass ich in einer Besprechung bin. Komm in zehn Minuten wieder."

„Oh nein, das könnte dir so passen. Die Sache wird hier und jetzt geklärt. Vorher wirst du mich nicht mehr los, das schwöre ich dir. Er …" Sie deutete auf den Mann, der Jove gegenübersaß, „… kann von mir aus gern zuhören. Kann gern jeder erfahren, was in diesem Haus so alles abgeht."

Jove verdrehte sichtlich genervt die Augen und wandte sich an seinen Gesprächspartner: „Herr Nielssen, würden Sie uns bitte einen Moment lang allein lassen. Es tut mir sehr leid, aber Sie sehen ja selbst. Es wird sicher nicht lange dauern."

Der Gast erhob sich, lächelnd Verständnis heuchelnd und verließ den Raum, nicht ohne Inga mit einem verächtlichen Blick zu strafen. Unter anderen Umständen hätte sie das verletzt, doch jetzt war ihr eine solche Geste scheißegal.

„Und? Worum handelt es sich?", fragte Jove mit geheuchelter Unschuldsmiene.

„Hör bloß auf, hier das Unschuldslamm zu markieren. Dafür tragt ihr, du und Flu… Ludmilla, die Verantwortung!"

„Ich weiß immer noch nicht, wovon du sprichst."

„Hiervon, natürlich!" Inga knallte die Zeitung auf den Beistelltisch der Sitzgruppe, die Seite mit dem „Kommentar" obenauf liegend.

„Ah, *das*. Habe mir schon gedacht, dass du davon nicht begeistert sein wirst, aber als eine seriöse Zeitung sind wir nun mal der Meinungsvielfalt verpflichtet und auch gehalten, anderen Meinungen als den deinen ein Forum einzuräumen."

„Ach komm, darum geht es nicht. Wenn es dir wirklich um eine Diskussion gegangen wäre, hättest du mich angerufen, mich von diesem Kommentar informiert und mir Gelegenheit zu geben, dazu Stellung zu nehmen."

„Entschuldige bitte, aber du hattest bereits klar und deutlich Stellung bezogen, in dem ersten Artikel mit dem Interview von Li. Das hier war eine Replik."

„Eine Replik. Von mir gegen mich selbst? Dein Ernst?"

„Wieso von dir?"

„So habt ihr das dargestellt! Hier steht's, schwarz auf weiß: ‚Ein Kommentar von Inga Erdem'! Das ist eine Lesertäuschung der übelsten Sorte! Ihr tut so, als ob ich, diejenige, die Li verteidigt und die eine unvoreingenommene Prüfung und Diskussion in seiner Sache fordert, plötzlich meine Meinung geändert hätte und nun seine Hinrichtung fordern würde. Damit macht ihr alles kaputt, woran Edgar und ich gearbeitet haben. Ich … ich weiß nicht …"

„Aber … das ist ein Versehen! Da müssen die Setzer etwas verwechselt haben. Davon habe ich nichts gewusst, das sehe ich jetzt zum ersten Mal."

„Wer hat diesen Dreck geschrieben?"

„Das war Markus aus der Politik."

„Markus Rechmann?"

„Ja."

„Wer hat ihn damit beauftragt?"

„Wir natürlich, Ludmilla und ich. Wir wollten das Thema am Köcheln halten bis zu deinem nächsten Artrikel, deshalb habe ich in der Redaktionskonferenz gefragt, wer einen Kommentar schreiben möchte und Markus hat sich freiwillig gemeldet. Aber wir haben nicht die Richtung vorgegeben. Das tun wir nie."

„Und das Bild von mir? Das Bild, das unterstreicht, dass dieser Kommentar von mir ist? Ist das auch ein Fehler des Setzers?"

„Nein. Aber nachdem wir von Li kein Bild haben, haben wir halt eines von dir genommen."

„Und gleich mit einer passenden, vorverurteilenden Bildunterschrift versehen."

„Ja, gut, du hast recht, wir hätten ‚mutmaßlicher Massenmörder' schreiben müssen, aber dann hätte das eine Extra-Zeile erfordert. Meine Güte, du weißt doch, wie das Geschäft läuft und wie schnell immer alles gehen muss. Weißt du was? Das bringen wir selbstverständlich in Ordnung. In der morgigen Ausgabe drucken wir eine Richtigstellung. Mehr kann ich absolut nicht für dich tun. Wir können ja wohl schlecht die Zeitung zurückrufen, so wie eine verschimmelte Marmelade."

„Eine Richtigstellung, toll! Du weißt doch genau, dass Richtigstellungen kaum gelesen werden. Vor allem werden sie nie angeführt, wenn jemand aus so einem ‚Kommentar' zitiert. Dieser Mist ist jetzt draußen, Giovanni! Eine Richtigstellung interessiert keine Sau. Und Li wird mich jetzt wohl umbringen wollen! Ihr und eure ‚Fehler', das ist so dermaßen verantwortungslos. Ich ... ich weiß noch nicht, was ich jetzt tun werde. Aber das Vertrauen ist erschüttert. Vielleicht werde ich nie wieder für euch schreiben."

Inga stürmte aus dem Büro und knallte die Tür hinter sich zu. Alle Blicke richteten sich auf sie, wie sie den Flur weiterstürmte, auf der Suche nach dem Büro der Politik-Redaktion. Rechmann war der stellvertretende Redaktionsleiter, festangestellt und somit normalerweise im Haus. Auch bei ihm stürmte sie ohne Anklopfen ins Zimmer. Da saß er, selbstgefällig, ein dicker, alter, weißer Mann, dem im Alter nur noch sein Bierbauch und der Zynismus geblieben waren. Stirnrunzelnd blickte er sie an. „Ah, die Frau Kollegin Erdem. Welch seltene Ehre.“

Inga stützte sich mit den Fäusten auf Rechmanns Schreibtisch und beugte sich vor. „Wessen Idee war das? Ihre?“

„Was? Der Kommentar? Warum denn so empfindlich?“

„Dieser Kommentar strotzt vor Dummheit, Verallgemeinerung, Unterstellung und Ignoranz. Das alles sind Eigenschaften, die mich nicht kalt lassen, sorry. Aber so einen Dreck dann auch noch *mir* anzuhängen, das ist jenseits von Gut und Böse.“

Rechmann stand langsam auf. Das überhebliche Grinsen in seinem Gesicht war weggewischt. „Nu mal ganz langsam, Lady. Wir alle machen das, was für die Zeitung das Beste ist. Weil nur das sicherstellt, dass wir alle auch morgen noch einen Job haben. Wenn Flummi zu mir sagt: ‚Ich hätte gern einen Kommentar, lass mal so richtig krachen‘, dann liefere ich. Ich übernehme nämlich Verantwortung für diese Zeitung und lasse mich nicht, wie gewisse andere Kolleginnen, von Gefühlsduseleien leiten.“

„Warum unter meinem Namen?“, schrie Inga.

„Nicht meine Entscheidung! Ich tue, was getan werden muss. Punkt! Und jetzt raus aus meinem Büro! Aber pronto!“

„Also hat das jemand so entschieden?“

„Ich sagte *raus!* Oder muss ich erst den Sicherheitsdienst rufen?“

Inga schlug mit der Faust auf den Tisch. „Das wird noch ein Nachspiel haben.“

Sie verließ auch dieses Büro mit einem erhöhten Geräuschpegel und atmete tief durch. Edgar! Sie musste zu Edgar. Der stand zwar normalerweise auf niemandes Seite als seiner eigenen, doch war er bisher nie gegen sie aufgetreten. Und wenn es stimmte, was Xiǎolóng über ihn gesagt hatte, dass Edgar auf sie stand, war auch nicht zu erwarten, dass er in dieses Komplott verwickelt war. Im Gegenteil, so wie er heute früh geklungen hatte, hatte er von der ganzen Sache nichts gewusst, er hatte tatsächlich geglaubt, dass sie den Kommentar geschrieben hätte. Oder … verstellte er sich nur? Er musste doch in dieser Redaktionskonferenz gewesen sein und davon etwas mitbekommen haben! Konnte man denn gar niemandem trauen? Zielstrebig ging sie im Treppenhaus ein Stockwerk tiefer in den dritten und dieses Mal klopfte sie an.

„Come in!", hörte sie die vertraute Stimme rufen und sie trat ein. Edgar saß vor einem mindestens DIN A2 großen Blatt Papier, auf dem eine Menge von beschrifteten Kreisen und Kästchen abgebildet waren, die mittels Kurven oder Linien miteinander verbunden waren.

„Woran arbeitest du?", fragte Inga. „Mafia?"

„Beinahe", antwortete Edgar. „FIFA."

Inga setzte sich ihm gegenüber. „Edgar. Das ist jetzt sehr wichtig. Was weißt du über diese Sache?"

„Du meinst, diese Sache mit dem Kommentar?"

„Ja."

„Nicht mehr als du. Ich habe ihn heute früh um halb sieben gelesen und mich gefragt, ob du lebensmüde oder völlig verblödet bist."

„Jove hat gesagt, er und Flummi hätten diesen Kommentar gestern in der Redaktionskonferenz angeregt. Warst du da?"

„Ja sicher, ich war ja einer der diensthabenden Redakteure. Aber von einem Kommentar zu Li war in der Konferenz nicht die Rede."

„Kann es sein, dass du das nur nicht mitbekommen hast?"

„Naja, stimmt schon, dass ich, wenn mein Scheiß durch ist, schon mal in Gedanken bei meinen nächsten Schritten bin, aber das heißt ja nicht, dass ich geistig völlig abwesend gewesen wäre. Bei bestimmten Stichworten reagiert das Gehirn trotzdem und meine internen Filter arbeiten für gewöhnlich sehr zuverlässig. Ich betrachte das Thema Li schon immer noch ein bisschen als mein eigenes und wenn einer der Chefs einen Kommentar zum Thema angefordert hätte, dann hätte ich mich sofort gemeldet. Aber das war nicht der Fall. Sicher nicht."

„Also wurde Rechmann direkt beauftragt."

„Rechmann? Der aus der Politik? Was hat der damit zu tun?"

„Der Kommentar ist in Wahrheit von ihm. Aber er war wohl einverstanden damit, dass er unter meinem Namen erscheint."

„Du weißt schon, was du da sagst, oder, Inga?"

„Ja, ich denke schon. Hier ist ein ziemlich schmutziges Komplott am Laufen."

„Das kann ich mir irgendwie nicht vorstellen. Komm, wir sind *Die Depesche*, nicht *ICON*. Das wäre eine gezielte Manipulation der öffentlichen Meinung."

„Das sehe ich auch so. Wer könnte da dahinterstecken?"

„Du meinst, wer ein Motiv hat?"

„Ja. Ich glaube auch nicht, dass Flummi oder Jove so etwas Übles nur wegen der Auflage machen würden, aber etwas – oder jemand – steckt dahinter. Sonst würde Jove mich nicht anlügen. Das hat er aber getan."

„Eine schwerwiegende Behauptung."

„Keine Behauptung! Fakt! Jove sagte, dass mein Name nur wegen eines Fehlers beim Satz dort aufgetaucht sei. Rechmann dagegen hat quasi bestätigt, dass der Kommentar von vornherein unter meinem Namen erscheinen *sollte*. Dann die Sache, dass Rechmann sich in der Redaktionskonferenz freiwillig gemeldet hätte, Rechmann hat das genauso wenig bestätigt wie du. Natürlich ist das ein Komplott! Leider weiß ich nur nicht, wer dahintersteckt oder warum. Ich weiß nur, dass Xiǎolóng damit massiv in Misskredit gebracht wird und dass das wohl die Absicht hinter dem Ganzen ist."

„Xiǎolóng?"

„Li Xiǎolóng. Das ist sein Name, schon vergessen?"

„Ah, ihr seid also schon beim ‚Du' angelangt." Edgars Stimme wirkte eine Nuance frostiger. „Es gab schon Spekulationen darüber, warum du eine Woche lang spurlos wie vom Erdboden verschwunden warst."

Ingas Stimme passte sich der vorherrschenden Temperatur an. „Du kennst die Geschichte. Ich bin über Dubai nach Mauritius geflogen, dann irgendwohin auf eine kleine Insel gebracht worden und dort haben wir das Interview gemacht. Einen Abend lang. Danach habe ich Li nicht mehr wiedergesehen, er war abgereist, in dem einzigen Hubschrauber, den es auf der Insel gab. Und als der zurückkam, um mich abzuholen, war fast eine Woche vergangen. In Afrika gehen die Uhren halt ein klein bisschen langsamer."

Edgar nickte. „Ja, schon gut, es steht mir nicht zu, dir zu sagen, wie du deine Arbeit zu machen hast. Pass bloß auf, dass du Li nicht zu nahekommst, der Mann ist, rein objektiv gesehen, gefährlich. Jedenfalls waren wir alle hier extrem nervös und haben uns weiß der Kuckuck was ausgemalt, als du dich nach drei Tagen noch immer nicht zurückgemeldet hattest. Schließlich kam jener anonyme Anruf, der deine Rückkehr ankündigte und dass die Polizei vorhätte, dich noch am Flughafen zu verhaften. Ein gefundenes Fressen für die gesamte Münchner Presse! Ich war übrigens derjenige, der dafür gesorgt hat, dass unsere Anwälte für eine Nachtschicht bereitstanden, um dich rauszuhauen, falls es dich interessiert."

Inga lächelte. „Danke dir!"

Edgar lächelte zurück. „Keine Ursache. Wenn *wir* schon nicht zusammenhalten, wer dann?"

„Wir sind der Antwort, wer da dahintersteckt, aber leider noch keinen Zentimeter nähergekommen."

„Wenn ich in einer solchen Situation bei einer Recherche nicht weiterkomme, dann frage ich mich, wer eigentlich einen derlei maßgeblichen Einfluss auf eine Person oder Institution ausüben kann. Und da habe ich normalerweise drei mögliche Alternativen zum Überprüfen: Erstens: Geldgeber. *Wess' Brot ich ess', dess' Lied ich sing'*, heißt es im Volksmund überaus zutreffend. Zweitens: Behörden, der Staat, mit anderen Worten. Drittens: Sonstige: Familienangehörige, kriminelle Erpresser, und so weiter. Also, ,drittens' können wir schon mal ausschließen. Sicher wäre *ein* Chefredakteur womöglich mal anfällig für solcherlei Einflüsterungen, aber dass ein Erpresser etwas gegen *beide*, Flummi *und* Jove, in der Hand hätte, erscheint mir dann doch sehr unwahrscheinlich. ,Erstens' kann man wohl auch ausschließen. Unsere Anteilseigner wollen Auflage, schon richtig, aber sie wollen gerade auch eine hohe Glaubwürdigkeit. Sie würden kaum so viel Geld für diese Glaubwürdigkeit zahlen, um sie dann mit einem selbstgemachten Skandal in den Keller zu treten. Nein, das ergibt keinen Sinn. Auch wichtige Anzeigenkunden, da fällt mir jetzt keiner ein, der so viel Geld bei uns lässt, dass die Chefredaktion sich seinetwegen so sehr verbiegen würde. Bleibt nach dem Ausschlussprinzip nur noch ,zweitens'".

„Das BKA?"

„Ja. Kimmich und seine hübsche äthiopische Assistentin waren ziemlich oft hier in letzter Zeit, mindestens zweimal in der Woche, in der du unterwegs warst, aber auch am Tag, nachdem dein erster Artikel zum Interview auf Mauritius erschienen ist. Nur … ich kann mir einfach nicht ausmalen, welches Druckmittel die gegen die Zeitung oder gegen die Chefredaktion in der Hand hätten, um sie sich gefügig zu machen. Als sicher kann nur gelten, dass die bei ihren Besprechungen ganz bestimmt keine Küchenrezepte ausgetauscht haben. Was besprochen wurde, weiß keiner von uns, der Flurfunk schweigt sich diesbezüglich ebenso aus wie Jove oder Flummi selbst."

„Mal angenommen, du hast recht. Warum sollte das BKA das wollen? Was haben die davon, die öffentliche Meinung gegen Xiǎ… Li zu manipulieren?"

Edgar kratzte sich am Kopf. „Ja, genau das ist die Millionen-Frage, nicht wahr?" Er rollte das Blatt Papier, das vor ihm auf dem Schreibtisch lag, zusammen und steckte es in eine Schublade. „Ich denke, die FIFA muss warten. Ist zwar blöd, wegen der WM in Katar in diesem Jahr und so, aber diese Story ist definitiv heißer. Was auch immer dahinter steckt, es ist nichts Gutes. Und wenn der Staat anfängt, Medien zu manipulieren, ist in jedem Fall Feuer am Dach! Ich klemme mich mal dahinter und sehe zu, was ich herausbekomme."

„Ah, und du denkst, dass Flummi und Jove dich einen Artikel veröffentlichen lassen, bei dem die *Depesche* selbst im Zentrum eines Skandals steht?"

„Nein. Diese beiden eher nicht, da hast du nicht ganz unrecht. Aber, was kaum jemand weiß und was ich dich auch unbedingt bitten muss, streng vertraulich zu behandeln, ist das Folgende: Ich schreibe gelegentlich auch unter Pseudonym, vor allem, wenn mir ein Thema wichtig erscheint und Redaktion oder Chefredaktion davon nichts wissen wollen. Und diese Artikel erscheinen dann halt anderswo."

„Ich muss mit Li sprechen. Irgendwie muss ich ihn erreichen."

„Das halte ich für keine sonderlich gute Idee. Er könnte einen Wutausbruch bekommen."

„Xiǎolóng ist nicht so. Er hat seine Gefühle im Griff. Außerdem weiß er, dass ich so etwas niemals schreiben würde. Er muss wissen, dass hier jemand ein dunkles Spiel betreibt."

„Mach dir mal nicht ins Hemd, meine Güte! Der Kerl ist schon groß. Er weiß sicher längst, wer da dahintersteckt und was sein Motiv ist. Du kannst da wirklich nicht das Geringste ausrichten. Alles, was du kannst, ist, dich in Gefahr zu bringen. Ist es das wert?"

Inga kniff die Lippen zusammen und nickte, eher wie einer der alten Wackeldackel aus den Siebzigern als aus Zustimmung. „Ja", entgegnete sie schließlich.

13 – Grünwalder Villa

Bing.

Inga hatte sich soeben in der Cafeteria niedergelassen, um etwas zur Ruhe zu kommen und nachzudenken. Sie wollte ihre Essenskarte aus dem Geldbeutel holen, um sich einen Tee zu holen, doch sie hatte keinen Geldbeutel dabei. Zu aufgekratzt und zu eilig war sie von zuhause aufgebrochen, um sich mit Edgar zu treffen, doch der hatte sie gebeten, noch eine halbe Stunde totzuschlagen, während er ein Telefonat mit einem Informanten führte. Wie abwesend holte sie ihr Handy aus der Hosentasche, um die SMS zu lesen, die da gerade hereingekommen war. Sie tippte das Messenger-Icon an und dort stand unter einer ausländischen Mobilfunknummer zu lesen: *Wir müssen reden. Jetzt! Steigen Sie in das Taxi, das exakt um 11:16 Uhr an der Ecke Medienallee-Rivastraße vorbeikommt!*

„*Sie??* Oh Mann, wenn Xiǎolóng wieder zum „Sie" zurückgekehrt war, dann war er wohl wirklich angepisst! Inga checkte die Uhrzeit oben auf der Kopfzeile ihres Displays. 11:03 Uhr. Mist. Warum musste es eigentlich immer so knapp sein? Sie stand auf, hängte sich ihr Jäckchen über und lief los. Zehn Minuten später befand sie sich an der angegebenen Kreuzung. In der Tat hielt auf die Sekunde pünktlich ein Taxi zielgenau vor ihr, ein E-Auto von Tesla, wie sie beim Einsteigen bemerkte. Sie stieg auf der Beifahrerseite ein. Der Fahrer fragte gar nicht erst, wohin, sondern fädelte sich unverzüglich in den laufenden Verkehr ein, ohne ein Wort zu sagen oder das Taxameter zu starten.

„Ich habe ein Problem", begann daher Inga. „Ich bin vorhin so überstürzt von zuhause aufgebrochen, dass ich versehentlich meinen Geldbeutel vergessen habe."

Der Taxifahrer zuckte nur kurz mit der Schulter. „Die Fahrt ist schon bezahlt, keine Sorge, gnä' Frau."

„Wohin geht es denn genau?", wollte sie wissen. Doch der Fahrer schwieg. Das war wohl ein Teil des Arrangements mit seinen vermutlich auch ihm unbekannten Auftraggebern. Stattdessen sagte er etwas in sein Funkgerät in einer Sprache, die sie nicht einmal identifizieren konnte, nicht romanisch, aber auch nicht slawisch, jedenfalls. Und bekam prompt eine Antwort in derselben Sprache. Es ging eher gemächlich nach Süden, dann bog das Taxi beim Arabellahaus auf den Mittleren Ring in Richtung Autobahn Salzburg ab. Es ging eine Zeitlang durch den Tunnel, dann fuhr das Taxi rechts raus und der Fahrer blickte auffällig oft in den Spiegel. Er schien zufrieden zu sein, der Ton, mit dem er in sein Funkgerät sprach, blieb jedenfalls entspannt. Er bog nach links ab, gleich wieder links und zurück auf den Mittleren Ring in die entgegengesetzte Richtung. Wahrscheinlich hatte er die Anweisung, zu versuchen, eventuelle Verfolger abzuschütteln. Er blieb eine ganze Weile auf dem Ring, vorbei am BMW-Haus und am Olympiapark und weiter auf die Landshuter Allee. Als sie die Donnersberger Brücke passiert hatten, wurden die Funksprüche etwas hektischer. Das einzige Wort, das Inga identifizieren konnte, war „Garmisch". Okay, auch recht.

Weiter ging es, an der Lindauer Autobahn vorbei, hinein in den Luise-Kiesselbach-Tunnel, schließlich sagte der Fahrer zu ihr: „Bereiten Sie sich darauf vor, gleich umzusteigen! Mir wurde gesagt, dass gleich hinter der Abzweigung zur Autobahn nach Garmisch-Partenkirchen ein Wagen auf Sie warten würde. Das muss dann wirklich sehr schnell gehen. Raus, rüber rennen, rein, alles klar?"

„Ähm … hier, im Tunnel?"

„Ja klar, hier. Keine Überwachung durch Satelliten und Drohnen hier im Tunnel!"

Inga schluckte. „O…kay." Sie waren fast da, also schnallte sie sich ab, was das Auto mit einem nervigen Piepen quittierte.

Sie näherten sich der Ausfahrt zur Garmischer Autobahn und in der Tat setzte vor ihnen soeben eine schwarze Limousine den Warnblinker, fuhr auf den Seitenstreifen und blieb stehen. Ihr Taxifahrer sagte noch etwas in sein Funkgerät, dann tat er es der Limousine gleich und blieb direkt hinter dieser stehen. „Los, raus jetzt! Alles Gute!"

Inga öffnete die Tür, sprang aus dem Wagen. Sie rannte vor und die Hecktür des schwarzen Autos wurde von innen aufgestoßen. Sie sprang hinein. Eine Frau saß auf der Rückbank, schwarze Jeans, weißes T-Shirt und mit einer riesigen Sonnenbrille. „Geben Sie mir Ihr Handy, rasch! Und Ihre Schuhe!" Inga gehorchte, während das Taxi, mit dem sie gekommen war, soeben an ihnen vorbeirauschte. Auch ihr Fahrzeug setzte sich in Bewegung. Die Frau gab Ingas Schuhe nach vorne, zerlegte das Handy und nahm SIM-Karte und Akku raus. Die Einzelteile steckte sie in eine Metallbox und lächelte. „Blei! Das ortet niemand mehr."

„Die Schuhe sind sauber, keine Sender drin", sagte der Mann auf dem Beifahrersitz und gab Inga ihre Sneakers zurück. Es waren die, die sie in Dubai bekommen hatte. Schließlich tastete die Frau Inga ab, sowohl mit den Händen als auch mit einem Metalldetektor. „Okay, gib durch, dass die Zielperson sauber ist und dass wir reinkommen." Und an Inga gewandt, sagte sie: „Der Huángdì scheint Ihnen zu vertrauen. Er hat gesagt, dass wir auf eine Kopfabdeckung verzichten sollen. Gleichwohl, seien Sie gewarnt! Wenn Sie irgendjemandem davon erzählen, wo wir jetzt hinfahren, und sei es nur Ihrer Katze, dann erfahre ich davon und kümmere mich persönlich um Sie. Nur, damit wir uns nicht missverstehen."

Inga atmete tief ein und wieder aus. „Machen Sie sich da mal keine Sorgen", sagte sie. „Ich habe keine Katze. Und auch keinen Mann, nebenbei gesagt."

Die Frau kicherte. Dann drehte sie sich um und blickte angespannt aus dem Rückfenster. Das tat sie auch, als die Limousine kurz vor dem Sechziger-Stadion vom Ring abfuhr und kurze Zeit später auf die Grünwalder Straße nach Süden abbog. „Gut!", sagte sie. „Ich kann zumindest keinen potenziellen Verfolger sehen. Gib das durch!"

In gemütlichem Tempo ging es immer geradeaus, vorbei am Klinikum Harlaching und an der Bavaria Filmstadt. Kurz darauf bog die Limousine nach rechts ab. Ein Tor rollte auf und das Fahrzeug fuhr hinein. Inga bemerkte diverse Überwachungskameras und, dass das Tor sich unmittelbar hinter ihnen wieder schloss. Es rumpelte, als sie bergab in eine Tiefgarage fuhren, in der verschiedene Fahrzeuge standen, darunter ein Sportwagen, ein Geländewagen und sogar ein Kleinwagen. Der Fahrer fuhr in eine freie Nische und sie stiegen aus. Die Frau führte Inga am Arm haltend zu einem Lift, der sie in das zweite Obergeschoss brachte. Dort stiegen sie an einem Flur aus, der geschmackvoll im chinesischen Stil dekoriert war.

„Hier, die Tür links! Den Raum kennen Sie ja schon. Man sieht sich … wenn Sie Glück haben …". Die letzten Worte der Frau waren geflüstert und nicht gerade geeignet, um Inga zu entspannen. Es war stockdunkel und ihre Augen mussten sich an die karge Beleuchtung erst einmal gewöhnen, als die Tür zufiel.

„Setzen Sie sich!", forderte eine Stimme aus dem Dunkel sie auf. *Sie?*

Inga beschloss, nicht darauf einzugehen. Wenn Li sie hier siezen würde, würde er vermutlich seine Gründe haben.

„Herr Li, diesen Kommentar habe ich nicht geschrieben. Das ist ein Komplott gegen Sie und auch gegen mich. Ich habe …"

„Beruhigen Sie sich bitte." Erst jetzt, als die Augen anfingen, sich an die Dunkelheit anzupassen, bemerkte sie die dunkle Gestalt hinter dem Schreibtisch, eine unheimliche schwarze Kontur vor schwarzem Hintergrund. Wie die ersten Male trug sie eine Kopfabdeckung, die lediglich Schlitze für die Augen freiließ. Warum machte er das? Sie wusste doch schon, wie er aussah! War der Li auf Frégate Island am Ende gar nicht der richtige Li gewesen? Dabei war sie so sicher gewesen wegen der auf sie überschwappenden Gefühle. Das ergab doch alles keinen Sinn!

„Sehr gut. Ich weiß, dass Sie nichts damit zu tun haben. Ich sagte Ihnen doch, dass ich Ihre Redaktion abhöre. Und so habe ich auch heute zumindest Ihr Gespräch mit Herrn Huber mitverfolgen können. Und ich wusste auch, dass das BKA darin verwickelt war, aber warum und wie, das hat sich mir noch nicht ganz erschlossen. Unser gemeinsamer Freund Kimmich scheint eine neue Strategie zu verfolgen, die er mit seinem Team aber nicht abgesprochen hat.

Vielleicht ahnt er, dass es in seiner Abteilung einen Maulwurf gibt. Wir arbeiten mit Hochdruck daran, herauszubekommen, was er vorhat, doch sehr weit sind wir damit noch nicht gekommen. Deshalb ist höchste Vorsicht angesagt."

„In der Sache kann ich Ihnen leider auch nicht weiterhelfen. Aber ich werde Himmel und Hölle in Bewegung setzen, dass dieser Skandal publik gemacht wird, die missbräuchliche Benutzung meines Namens und natürlich auch, dass das BKA irgendwie Druck auf die *Depesche* ausübt."

„Vorsicht! Das sollten Sie nur bringen, wenn Sie es auch beweisen können, sonst schlägt die Sache auf Sie zurück und dann hätten Sie nicht nur einen Schuss vergeudet, Sie würden wahrscheinlich auch gar keine Chance mehr für einen zweiten bekommen. Ich kann Ihnen da gern helfen. Sobald wir etwas in der Hand haben, bekommen Sie und Herr Huber das Material. Bis dahin reicht mir Ihre persönliche Klarstellung, dass dieser Kommentar nicht von Ihnen stammt."

„Da fällt mir jetzt wirklich ein Stein vom Herzen, dass Sie mir glauben. Ich dachte schon halb, das wäre heute mein letzter Tag auf Erden."

„Na, na! So wenig Vertrauen, Frau Erdem? Ich sage Ihnen, was wir nun tun: Wir werden uns für eine ganze Weile nicht mehr sehen, es wird auch keinerlei Kontakte mehr geben, weder in der einen noch in der anderen Form. Wenn im kommenden halben Jahr irgendwer Sie kontaktiert und meinen Namen oder den von *Jiātíng* benutzt, bin das *nicht* ich! Beachten Sie das gar nicht! Sollte ich kompromittierendes Material über Kimmich finden, bekommen Sie es über anonyme Kanäle, wahrscheinlich über Ihre Anlaufstelle im Darknet. Wenn … was war das?" Li sprang auf. Diffuse, Unheil verkündende Geräusche drangen durch die Wände, gedämpfte Schreie, Schüsse womöglich. „*Oh, gāisǐ da!!* Hinlegen! Auf den Boden, sofort!"

Inga gehorchte. In diesem Moment flog die Tür auf, starke Lichtkegel zersplitterten die Finsternis und gedämpfte Schüsse wurden abgegeben. „Nicht schießen!", kreischte Inga. „Wir sind unbewaffnet!" Zwei weitere Schüsse wurden abgefeuert und auf der anderen Seite des Schreibtischs fiel etwas Schweres zu Boden. Inga konnte nicht atmen. Sie wollte um ihr Leben flehen, doch ihre Stimme versagte. Etwas Schweres setzte sich auf ihren Rücken und ihr wurde der Lauf einer Waffe an den Kopf gehalten. „B-b-bitte!", schluchzte sie. Immer wieder streifte sie ein Lichtkegel, doch durch die Tränen hindurch konnte Inga nichts erkennen. Eine Stimme im Raum sagte „Gesichert!" und das Gewicht auf ihrem Rücken verschwand. Das Licht im Raum wurde hochgedimmt und Kimmich kam samt seiner Assistentin herein. „Gute Arbeit, Jungs!", sagte er. „Das war ein Einsatz wie im Bilderbuch. Dann wollen wir doch mal sehen, ob wir recht hatten. Zwei Männer schleiften eine dunkle Gestalt hinter dem Schreibtisch hervor.

„Er wollte gerade abhauen, dort hinter dem Vorhang ist eine Tür", sagte einer der Beamten und deutete hinter den Schreibtisch.

„Drei Mann nachsehen, wo die hinführt. Seien Sie vorsichtig, wir haben vielleicht noch nicht alle von diesen Bastarden erwischt. So, und jetzt wollen wir doch mal sehen, wer du bist." Kimmich bückte sich, packte die Kopfumhüllung und zog sie ab. Inga japste. Das war … das bleiche, ins Leere starrende Gesicht von Zhū Baihu, dem Mann, der sie auf ihrer Wanderung zur Wolfsschlucht angesprochen hatte. Was zum Teufel war hier los?

„Ja, er kommt Ihnen bekannt vor, nicht wahr? Ich hatte schon in dem Augenblick, als ich gehört habe, dass ein Asiate Sie in Wildbad Kreuth angesprochen hätte, den Verdacht, dass das dieser Li sein könnte. Deshalb habe ich ihn durch mein zweites Team, eines, das Li nicht unterwandert hat, nebenbei gesagt, beobachten lassen. Hat eine Zeit gedauert, aber schließlich hat er mich hierhergeführt. Wir haben das Anwesen jetzt zwei Wochen lang rund um die Uhr überwacht und alles darüber in Erfahrung gebracht, doch erst als Sie hier eingetroffen sind, war das der letzte Beweis, den wir gebraucht haben und ich habe den Zugriff befohlen."

Inga fühlte eine unbändige Wut in sich aufsteigen. „Das war kein Zugriff, das war eine *Hinrichtung.*" Das letzte Wort schrie sie. „Wir waren unbewaffnet."

„Also erstens, liebe Frau Erdem, konnten wir diesbezüglich nicht sicher sein. Seine Leute, jedenfalls, waren bewaffnet, zumindest die meisten von ihnen. Zweitens wissen Sie genauso gut wie ich, dass Li gar keine Waffe braucht, um zu töten. Falls es Ihnen entgangen ist, habe ich Ihnen damit das Leben gerettet, denn wenn Li nur einen Hauch schneller begriffen hätte, was los ist, dann wären Sie und meine Leute jetzt nicht mehr am Leben. Sie sollten mir dankbar sein, dass ich Ihnen das Leben gerettet habe. Kommen Sie, sie schwanken ja. Setzen Sie sich hier aufs Sofa, am besten legen Sie sich hin und legen die Füße hoch. Sie haben wahrscheinlich einen Schock erlitten. Und drittens, um das ein für alle Male klarzustellen: Dieser Li ist – *war* – ganz offiziell als Terrorist eingestuft und das rechtfertigt in den allermeisten Fällen den Waffeneinsatz ohne Vorwarnung. Also bitte, seien Sie etwas vorsichtiger mit Ihren Äußerungen! Hier wurde niemand ‚hingerichtet'. Wir haben unseren Job gemacht, das ist alles. Apropos, es wird Zeit, ein Versprechen einzulösen." Kimmich holte sein Handy aus der Manteltasche und schaltete es ein. „Mist, kein Empfang hier. Ich gehe mal nach unten. Jungs, ihr nehmt alles mit, was nicht niet- und nagelfest ist. Und klopft die Wände ab, lasst kein Brett auf dem anderen. Li war dafür bekannt, geheime Gänge und Depots anzulegen, für alle Fälle. Würde mich nicht im Geringsten wundern, wenn es hier irgendwo einen geheimen Fluchtweg runter zur Isar oder sonst wohin gäbe."

Inga stand vorsichtig auf und folgte Kimmich. Auf keinen Fall wollte sie sich länger als nötig in dem Raum aufhalten, in dem Baihus Leiche lag. Warum nur war sie noch am Leben? Und wer war nun der richtige Li? Baihu? Oder der andere von den Seychellen? Sie stieg zu Kimmich in den Aufzug und fuhr mit ihm hinunter ins Erdgeschoss. Hier ging es zu wie im Tollhaus. Überall liefen Polizisten und Polizistinnen herum, ein Hubschrauber kreiste über dem Anwesen.

„Ah, endlich Empfang. Ey, kleinen Moment, Frau Erdem, nicht weggehen, bitte, ich muss nur mal kurz telefonieren." Er zwinkerte und fügte mit Verschwörer-Miene hinzu: „Mit Ihrem Boss!"

Er tippte auf seinem Handy herum und wartete einige Sekunden. Inga konnte nur hören, was Kimmich sagte: „Giovanni Marineri? … Ja? … Ja! Sie haben Ihren Teil der Abmachung geliefert, alles hat geklappt wie erwartet. Jetzt liefere ich meinen … Ja, ja, sie ist hier und ja, sie lebt. Sie ist etwas durch den Wind, aber unverletzt geblieben … Ja! Dank Ihrer Mitarbeit haben wir den letzten Beweis bekommen, dass dieser Zhū Baihu tatsächlich das ‚Monster' ist … Nein, keine Verluste auf unserer Seite, Sie können schreiben, dass der Einsatz perfekt vorbereitet und bilderbuchmäßig abgelaufen ist und dass wir den Fall jetzt als abgeschlossen betrachten, vom Papierkram mal abgesehen. Bevor Lis Sicherheitsleute wussten, was es geschlagen hat, waren die bereits ausgeschaltet. Wie geplant, konnten wir Li in seinem Spezialraum überraschen, sodass er gar keine Zeit mehr gefunden hat, seine ‚Geheimwaffe' gegen uns einzusetzen … Ja … Ja, das können Sie so schreiben. Aber natürlich. Ich halte mein Wort, sechs Monate lang bekommen Sie alle Infos von meiner Abteilung mit einem halben Tag Vorlauf vor allen anderen Medien … Ja, okay, war nett, mit Ihnen Geschäfte zu machen. Was? … Die Adresse? Na gut, weil Sie es sind: Es handelt sich um die Anwesen in der Dr.-Moritz-Straße 71 bis 75 in Grünwald … Okay. Dann bis bald! Auf Wiederhören!"

Kimmich rief ein paar Befehle, darunter, dass endlich jemand dem Hubschrauber sagen solle, dass er abrücken könne. Dann wandte er sich wieder Inga zu. „Es tut mir wirklich leid, dass wir Sie so ausnutzen mussten, aber wir hatten leider keine andere Wahl. Mit Terroristen verhandeln wir nicht, niemals. Was Sie vorhatten, war von vorneherein zum Scheitern verurteilt! Dadurch, dass Li Sie kontaktiert und hierhergebracht hat, hat sich die Beweiskette unwiderlegbar geschlossen. Wenn es irgendwie anders gelaufen wäre, wäre mir das auch lieber gewesen, aber, wie gesagt. Sehen Sie es mal so, Ihre Beteiligung an der Überführung von Li wird Ihrer Karriere sicher einen mächtigen Schub geben. Aber jetzt lasse ich

Sie erstmal in Ruhe. Sehen Sie die Kollegin da vorne, da an der Einfahrt?"

Inga nickte teilnahmslos.

„Die ist vom psychologischen Dienst und soll sich erstmal intensiv um Sie kümmern, damit da kein Trauma zurückbleibt. Sie wissen ja selbst, solche Sachen soll man keinesfalls unterschätzen. Und, ähm, morgen, spätestens übermorgen, werden wir beide noch mal ein hoffentlich abschließendes Gespräch miteinander führen. Verreisen Sie also bitte nicht, okay? Bleiben Sie zuhause, ruhen Sie sich aus, Ihr Arbeitgeber weiß Bescheid und wird Sie finanziell nicht hängen lassen. Also, wir sehen uns!"

Damit kehrte er ins Gebäude zurück.

Inga stand noch eine Weile bewegungsunfähig in der Landschaft, während um sie herum ein geschäftiges Treiben herrschte, und blinzelte in die Sonne. Sie versuchte es, doch war sie zu keinem einzigen sinnvollen Gedanken in der Lage. Schließlich trottete sie los, an der „Kollegin" an der Einfahrt vorbei und nach links. Auf der Herfahrt hatte sie eine Trambahnhaltestelle gesehen, keine zweihundert Meter von hier ... Nur nach Hause, jetzt. Vielleicht ein Bad, ein schönes heißes Bad. Sie ballte die Fäuste. Mehr Tränen flossen ihre Wangen herab. Was für *Monster!* Die ... *alle!*

14 – Englischer Garten

Wie genau Inga nach Hause gekommen war, daran konnte sie sich nicht erinnern. Doch etwas war merkwürdig und dieser Umstand holte sie aus ihrer Zombiesphäre zurück. Ihre Wohnungstür war ... nicht abgeschlossen. *Ah, aber klar!* Sie atmete erleichtert auf. Sie war heute Morgen so eilig aufgebrochen, dass sie sogar ihren Geldbeutel vergessen hatte. Natürlich hatte sie auch nicht abgesperrt. Was für ein Tag, was für ein furchtbarer Tag! Sie trat ein, zog ihr Wolljäckchen aus und hängte es an die Garderobe. Vielleicht erstmal eine Tasse Tee, zum Runterkommen? Sie ging zur Küche, als sie mit einem Mal von hinten gepackt wurde. Sie wollte schreien, doch eine Hand hatte sich fest über ihren Mund gelegt und eine weitere hielt ihren linken Arm und Bauch umklammert.

„Pssst! Ganz leise, *bitte!*" flüsterte jemand in ihr Ohr. Wer war das? Was wollte er? Langsam lockerte sich die Hand um den Mund und wurde schließlich weggenommen, bis auf einen Finger, der über ihren Lippen liegen blieb. Auch die Umklammerung löste sich langsam und Inga konnte sich umdrehen. Sie wollte erneut aufschreien, doch wieder legte sich die Hand rasch auf ihren Mund.

Li Xiǎolóng legte den Zeigefinger seiner anderen Hand auf den seinen und deutete in Richtung Wohnungstür. Inga war unfähig zu gehen, sie hatte so viele Fragen … und Gefühle … Es gab in beiden zu viele Widersprüche, zu wenig, was Sinn ergab. Li legte seinen Arm um ihre Schultern und führte sie sanft aus der Wohnung. Vorsichtig geleitete er sie das Treppenhaus des Altbaus zwei Etagen nach unten, dann, auf der Straße, wandte er sich nach rechts.

„Kannst du gehen?", fragte er mit sanfter Stimme und Inga nickte. „Es tut mir alles so leid, so furchtbar leid. Ich habe es die ganze Zeit über geahnt, es war ein Fehler, ich hätte dich da nie mit hineinziehen dürfen. Komm! Kimmich hat deine Überwacher zwar inzwischen abgezogen, aber tauchen wir vorsorglich in der Menge unter!"

Schweigend und langsam, wie ein Liebespaar, das alle Zeit der Welt hat, schlenderten sie zur Münchner Freiheit, dann weiter zum Englischen Garten, um den Kleinhesseloher See herum und in den Biergarten am Seeufer. Li suchte und fand einen freien Tisch, was Ende Mai, an einem bedeckten und nicht übermäßig warmem Tag, kein Problem war und ging, nachdem er Inga dort abgesetzt hatte, Brotzeit kaufen, Bier, Kräutertee und eine große Breze mit einem Teller Obatzten. Inga konnte nichts essen, doch der warme Tee tat ihr gut, ihr war kalt. Eiskalt. Li schien das zu spüren, er legte seine Hände auf die von Inga. Inga blickte ihn nur entgeistert an und fragte: „Wer bist du?"

„Ich bin Li Xiǎolóng, immer gewesen, bei allen bisherigen Interviews und auf der Seychellen-Insel. Weiß Kimmich, dass er den Falschen erwischt hat?"

Inga schüttelte den Kopf. „Nicht von mir! Wer war der, den sie umgebracht haben?"

„Das war Zhū Baihu, mein Vertrauter, mein Freund, mein Weggefährte seit vielen Jahren. Wenn ich je so etwas wie einen kleinen Bruder gehabt habe, dann war er das."

Li lachte kurz auf, gleichzeitig wurden seine Augen feucht. „Aber er wollte immer mein großer Bruder sein, obwohl ich der Ältere von uns beiden war. Er hat immer geglaubt, mir beweisen zu müssen, dass er mehr als ein Weggefährte war, dass er für mich verantwortlich sei. Das war natürlich Bullshit, aber egal, wir hatten jedenfalls eine ziemlich enge Beziehung, wie Brüder, wie gesagt. Sein Tod ist ein enormer Schlag für mich und im Augenblick weiß ich gerade nicht so recht, wie ich ohne ihn weitermachen soll, wie ich das schaffen kann, woher ich die Kraft nehmen soll, weiter zu schwimmen und gegen die Strömung anzukämpfen, die mich gerade jetzt mit aller Gewalt nach unten ziehen will. Ich weiß es einfach nicht."

Langsam kehrten ein paar Gedanken in Ingas Kopf zurück. Da saß Li, der soeben den wahrscheinlich schlimmsten Verlust seines Lebens erlitten hatte und der vor den Scherben seines Lebens stand und wärmte ihre Hände. Weil ihr kalt war. Was für ein Mensch, was für ein großartiger Mensch! Inga kämpfte gegen den Druck in ihrem Hals und gegen die Tränen an, und legte ihre Hände in die seinen.

„Was hätte Baihu gewollt, was du jetzt machst?", fragte sie.

Li blickte sie an. „Weiter! Er hat immer gesagt, dass der Kampf nie zu Ende ist. Es wäre ein Naturgesetz. Manchmal gewinnt man eine Schlacht, manchmal verliert man eine. Doch der Krieg geht weiter, immer weiter, bis ans Ende aller Tage. Man kann nur sterben oder überleben … für einen weiteren Tag … und vielleicht noch einen

… und noch einen … bis es eines Tages für jeden von uns vorbei ist und man sich endlich ausruhen darf, für immer."

„Nicht sehr optimistisch, der gute Baihu."

Li nickte. „Vielleicht. Aber das Gegenteil von Optimismus ist nicht Pessimismus, sondern Realitätssinn."

„Warum nur hat Baihu mich auf meiner Wanderung Ende April abgepasst? Er hätte doch wissen müssen, dass das BKA mich überwacht! Das hat Kimmich überhaupt erst auf seine Fährte gebracht und damit auf die Fährte von *Jiäting*!"

„Hat er dir das gesagt?"

Inga nickte. „Er hat etwas von einem zweiten Team erwähnt, das nicht von dir infiltriert sei."

Li presste die Lippen aufeinander. „Ja, so ergibt die Sache Sinn. Ein schlauer Fuchs, dieser Kimmich. Irgendwie muss er meinen Maulwurf in seiner Abteilung gerochen haben. Und dann hat er den benutzt, um mich in falscher Sicherheit zu wiegen. Ich habe geglaubt, über jeden Schritt des BKA informiert zu sein und in Wahrheit hat er heimlich ein zweites Team aufgebaut, von dem nicht einmal das erste etwas gewusst hat. Im Gegenteil, er hat sein eigentliches Team weitermachen lassen wie immer und die haben brav und eifrig alle falschen Fährten, die ich ihnen vorgelegt habe, verfolgt und damit letztlich mich selbst auf eine falsche Fährte geführt. Genial, das muss ich neidlos anerkennen."

Li brach ein Stück von der Breze ab, nibbelte teilnahmslos daran und warf es dann den Tauben am Boden zu, die sich sofort drauf stürzten. „Wir wussten von dem zweiten Team nichts, das wurde erst in dem Moment klar, als unser Hauptquartier überraschend gestürmt wurde. Baihu war für zwei Wochen in seinem Restaurant geblieben, er hatte sich schon gedacht, dass Ansiedl jemand auf ihn ansetzen und seine Geschichte rauf und runter überprüfen würde, aber das Ausmaß der Ressourcen, die das BKA dann wohl aufgewendet haben muss, um ihn lückenlos zu überwachen, das … damit haben wir einfach nicht gerechnet und es hatte auch keinerlei

Anhaltspunkte dafür gegeben. Er hat allerdings gefühlt, dass irgendetwas nicht stimmte. Ich wollte mich mit dir treffen, doch Baihu hat darauf bestanden, mich von dir fernzuhalten. Er wollte unbedingt, so wie auch bei früheren Gelegenheiten schon des Öfteren, in meine Rolle schlüpfen. Er hat gesagt, ich könne mich immer noch mit dir treffen, aber erst, nachdem wir dieser Sache um BKA und *Depesche* erfolgreich auf den Grund gegangen wären. Und ich solle einige Zeit warten, ein halbes Jahr mindestens. Das …" Li atmete tief durch. „Das hat mich an die Grenzen meiner Geduld gebracht, denn von der Minute an, als wir uns auf Frégate Island verabschiedet hatten, konnte ich es nicht erwarten, dich wiederzusehen. Die Vorstellung, dich ein halbes Jahr lang nicht sehen zu können, war … schier unerträglich. Aber Baihu hatte meistens recht und seine Loyalität zu mir war über jeden Zweifel erhaben."

Inga schluckte. Wenn das mal keine Liebeserklärung war … „Dann hat er sich für dich geopfert."

Li nickte. „Das hat er wohl. Und das bringt mich jetzt in eine Schuldnerposition und diese Schuld abzutragen, wird nicht leicht, vielleicht unmöglich sein."

„Du schuldest niemandem etwas. Liebe ist immer selbstlos und er scheint dich sehr geliebt zu haben."

„Dann schulde ich es mir selbst!"

„Ich verstehe immer noch nicht, warum Baihu sich mir auf der Wanderung damals angeschlossen hat. Was hat er sich davon erhofft?"

„Er … hat dich geprüft. Du bist Journalistin. Also hat er dir misstraut. Er hatte den Verdacht, dass du ein weiteres dieser gefügigen Zahnrädchen im Getriebe seist, die das tun, was ‚die Anderen' von ihm erwarten, ohne Skrupel, ohne eigenes Rückgrat. Er hat mich immer davor gewarnt, dir zu vertrauen, aber dieses Misstrauen war nicht persönlich begründet, er brachte es gegenüber jedermann mit. Seine Vorsicht mag paranoid erscheinen, aber sie hat mich mehrfach vor späteren Enttäuschungen bewahrt. Also hat Baihu sich angeboten, dir auf den Zahn zu fühlen. Er hat dich in ein

Gespräch verwickelt, um etwas über deinen Charakter, deine Charakterstärke und, wenn möglich auch über deine Position mir gegenüber zu erfahren. Und du hast den Test mit Bravour bestanden. Vor allem dein Verhalten der Polizeikontrolle gegenüber hat ihn überzeugt. Danach hat er grünes Licht für das letzte Interview gegeben."

Inga brach ebenfalls ein Stück von der Breze ab, zerbröselte es und warf es unter die Tauben, die rastlos zwischen den Tischen hin und her wuselten. „Und wie genau geht es jetzt weiter?"

Li schüttelte den Kopf. „Das weiß ich noch nicht. Ich habe für so einen Fall vorgesorgt und einige Exit-Strategien, auf die ich zurückgreifen kann. Ich … könnte in die Staaten gehen oder nach Kanada. Es gibt dort Organisationsteile von *Jiātíng*, die das BKA selbst dann nicht finden wird, wenn sie es schaffen, alle Datenverschlüsselungen auf den erbeuteten Geräten zu knacken. Einige der sensibleren Daten sind ohnehin in einer Cloud gespeichert, deren Verbindungen ich sofort gekappt habe, als ich mitbekommen habe, was in Grünwald geschehen ist. In Deutschland gelte ich, ‚das Monster', jetzt als tot und das bringt durchaus gewisse Vorteile mit sich, die ich aufs Spiel setzen würde, wenn ich hierbliebe. Nein, ich muss weggehen, muss zu einem großen Teil von vorne anfangen."

„Ich weiß, ich habe das schon gefragt, aber wäre das jetzt nicht doch ein guter Zeitpunkt, dich zurückzuziehen und dein Leben zu genießen? Auf den Seychellen, zum Beispiel? Das Argument, dass man dich immer jagen wird, ist ja jetzt, wo du offiziell tot bist, nicht mehr stichhaltig."

„Führe mich nicht in Versuchung, Inga! Nein, das kann ich nicht tun. Ich habe dir schon gesagt, warum. Ich habe eine Schuld abzutragen. Weißt du, Baihu hatte einen Traum. Ich war wohl sein Mittel zum Zweck, er hat immer gedacht, dass er mit *Jiātíng* und mit mir seinem Ziel näherkommen könne als auf jedem anderen Weg. Er hat dir wohl davon erzählt."

„Mir? Also, nein, davon habe ich nichts mitbekommen. Ich war wohl zu sehr mit meinen eigenen Gedanken beschäftigt."

Li lächelte. „Baihu hatte die Vision einer vereinten Menschheit. So wie in … Star Trek, dieser Science-Fiction-Serie. Eine Menschheit unter einer Weltregierung, eine Menschheit, die keine Nationen mehr kennt, eine Menschheit, in der es keine Kriege mehr gibt, keine Verteilungskonflikte, keine Vertreibungen und keine Flüchtlinge, keine Ungerechtigkeit, keine Ausbeutung und … keine Gier, keinen Neid und keine Machtgelüste mehr. So wie in dem Song ‚Imagine' von John Lennon. Er war einer dieser Träumer, von denen Lennon sang und hoffte, dass sie mehr werden würden. Baihu dachte sich, dass nur eine vereinte Menschheit in der Lage sei, die großen Probleme, die die Existenz des Lebens auf diesem Planeten bedrohen, adäquat anzugehen und sie schließlich zu lösen."

„Ein ziemlich großer Traum. Nein, davon hat er nicht gesprochen. Wie hat er sich denn vorgestellt, dass so eine Utopie Wirklichkeit werden könnte?"

Li lachte. „Wenn ich dir das erzählen wollte, säßen wir morgen immer noch hier. Aber die Kurzfassung lautet in etwa: Das Problem sind die unterschiedlichen Wertvorstellungen in Ost und West. Kollektivismus auf der einen Seite der Weltkugel, übersteigerter Individualismus auf der anderen. Wobei, dieser Individualismus ist natürlich eine reine Farce, denn nie zuvor war hier im Westen der Anpassungsdruck an nicht selbstbestimmte gesellschaftliche Normen höher als heute. Das geht schon bei kleinen Kindern los, die in der Schule gemobbt werden, wenn sie nicht Kleidung einer bestimmten Marke tragen oder wenn sie nicht ein Smartphone besitzen, auf dem ein bestimmtes Logo prangt oder wenn sie sich anders verhalten, als eine Gruppe das erwartet. Das betrifft jeden im Alltag und ständig!"

„Ist das nicht etwas übertrieben?"

„Übertrieben? Weißt du, liebe Inga, eigentlich, warum all deine Bewerbungen um eine Festanstellung gescheitert sind?"

Inga bemerkte, wie ihr Mund offenstand und schloss ihn rasch wieder. „Nein …"

„Ich habe das, bevor ich euch kontaktiert habe, mal recherchiert und Einblick in noch vorhandene Notizen nehmen können. Weil du dich bei deinen Bewerbungsgesprächen nicht den üblichen Kleidungskonventionen unterworfen hast. Anstatt im Kostüm bist du dort in Hippiekleidern erschienen. Das ist für die meisten anspruchsvolleren Stellen ein Ausschlusskriterium."

„Ach komm, so engstirnig …"

„Das hat mit Engstirnigkeit nicht das Geringste zu tun. Künftige Arbeitgeber wollen wissen, wie du es mit der Unterordnung hältst. Wenn du dich den Kleidungskonventionen schon nicht unterwirfst, dann gehen sie davon aus, dass du auch im Unternehmen nicht vorbehaltlos das tun wirst, was von dir verlangt wird. Wenn du zu einem Bewerbungsgespräch für eine beispielsweise kaufmännische Stelle nicht im Anzug erscheinst, dann war es das, egal, welche Qualifikationen du ansonsten mitbringst. Der Anzug, das ist die Uniform des Kapitalismus. Wenn du dich dieser Uniform verweigerst, zeigst du damit, dass du dich gegen das System stellst, und wenn du gegen das System bist, kannst du ja wohl schlecht ein zuverlässiger Teil des Systems werden, dann bist du eben raus! So einfach ist das. Individualität ist gut und schön, aber bitte nur, solange sie sich im Rahmen der hier geltenden ungeschriebenen Unterwerfungsregeln bewegt. Mehr Freiheiten kannst du dir nur erlauben, wenn du reich bist, dann nennt man das üblicherweise Exzentrik."

„Hm. Warum sollte uns jemand Individualität vorspiegeln wollen?"

„Damit wir uns frei fühlen, obwohl wir es doch gar nicht sind. Aber auch, damit wir konsumieren! So viele definieren sich über die Dinge, die sie haben, über Statussymbole wie teure Autos oder Smart Watches oder die super-tolle Weihnachtsbeleuchtung am Haus, die Wohnung, die Yacht, die Kreuzfahrt und was weiß ich alles. Nimm den Menschen den Druck zum Konsum weg und das war es mit dem Kapitalismus. Ende und aus! Die Illusion insbesondere von konsumdefiniertem Individualismus wird gebraucht, sie ist wirtschaftsrelevant. Oder denke nur an die Diskussionen, die in dieser Gesellschaft heute geführt werden: *Cancel Culture*, die sogenannte kulturelle Aneignung, Musiker, denen der Auftritt verwehrt wird, weil sie Dreadlocks tragen, Kinder, denen man das *Indianer*-Spielen verbietet. Das soll Individualität sein, das Verbot, sich mit Kulturen jenseits des eigenen Tellerrands zu beschäftigen und einiges davon für sich übernehmen zu wollen? Wirklich? Die gesamte Kultur der Menschheit baut von vorne bis hinten auf kultureller Aneignung auf, die ist sogar nicht weniger als die Basis für jegliche Kultur. Kein Autor kann etwas schreiben, ohne auf das aufzubauen, was andere vor ihm geschrieben haben, kein Musiker erfindet einen wirklich neuen, eigenständigen Musikstil und wenn doch, bliebe er üblicherweise erfolglos. Alles baut auf allem auf, jeder Kulturschaffende lässt sich von dem, was er in sich aufnimmt, beeinflussen, ob er will oder nicht. *Alles* ist kulturelle Aneignung und jetzt will man das verdammen? Und genau wegen all der genannten Aspekte ist diese vermeintliche Individualität in Wahrheit keine. Und doch halten wir sie hoch, weil wir denken, dass sie uns Freiheit gibt, die Freiheit zu denken oder zu sagen, was wir wollen, die Freiheit, den Beruf auszuüben, der uns liegt, die Freiheit zu leben, wo immer wir wollen oder mit wem wir wollen, die Freiheit zu essen, was und wie viel wir wollen, die Freiheit, die Musik zu hören, die uns gefällt oder den Gott anzubeten, der uns anerzogen wurde – oder auch einen anderen. Doch all diese Freiheiten sind eine Illusion, denn ihre Grenzen werden in Wahrheit diktiert von unseren wirtschaftlichen Rahmenbedingungen. Wenn wir als Philosophen, Musiker oder Historiker keine Anstellung finden, können wir in diesem Beruf auch nicht arbeiten, egal, wie sehr wir es wollen, es sei denn, wir hätten die finanziellen Möglichkeiten, die es uns erlauben, auf das Geldverdienen zu verzichten. Wenn wir von Sozialhilfe leben, können wir uns auch die Rinderlende nicht leisten, auch, wenn wir die jetzt wirklich gern essen würden. Wir können dann auch nicht ins Konzert unserer Lieblingsband gehen, denn wir könnten uns die Eintrittspreise gar nicht leisten. Um die Freiheiten, die wir so hochhalten, in Anspruch nehmen zu können, müssen die allermeisten ins Hamsterrad steigen und – sich den Regeln unterordnend – rödeln und rödeln, um all das Geld heranzuschaffen, das wir und unsere Familienangehörigen benötigen, um uns diese sogenannten Freiheiten zu erschließen. Wir müssen uns verbiegen und anpassen, gleichzeitig müssen wir unseren Individualismus ablegen, weil wir sonst rausfliegen aus dem Hamsterrad und damit sanktioniert werden. Und diese Sanktion lautet: Verlust all der liebgewonnenen Freiheiten. Wem das alles nützt, wer von diesem System profitiert, das kannst du bei Oxfam und bei diversen anderen Quellen nachlesen."

„Ich verstehe nicht ganz, wohin uns diese Gedanken führen."

„Ganz einfach. Baihus Traum war es, die vermeintlichen Gegensätze zwischen Kollektivismus und Individualismus aufzubrechen. Anstatt zweier sich unversöhnlich gegenüberstehender Paradigmen wollte er eine Synthese aus beiden Lebensformen, denn diese wäre die Voraussetzung für eine echte Annäherung zwischen Ost und West und damit eine essenzielle Voraussetzung dafür, die Konflikte auf dem Planeten zu überwinden und die Menschheitsprobleme zu lösen."

„Eine Synthese aus zwei diametral entgegengesetzten Lebensentwürfen?"

„So entgegengesetzt sind die gar nicht, wie ich versucht habe, zu erläutern. Das wird uns hier nur vorgegaukelt, über eine Individualität, die die Gesellschaft in Wahrheit gar nicht zulässt. Das Gemeinwohl sollte obenan stehen und jedes Individuum müsste sich dem unterzuordnen. Im Westen ist das jetzt ja im Prinzip auch schon so, nur, dass das Ziel eben nicht das Gemeinwohl, sondern der Reichtum und die Macht einiger Weniger ist. Das ist in Russland oder auch China teilweise nicht viel anders, und auch dort wird wahrer Kollektivismus zugunsten des Egoismus einiger Mächtiger mit Füßen getreten, also dasselbe Problem wie im Westen, nur halt unter umgekehrten Vorzeichen. Kurz gesagt, geht es darum, dass Kollektivismus dort gelten sollte, wo er nötig ist, um bestimmte Ziele, wie das Überleben der Menschheit, zu gewährleisten. Individualismus und persönliche Freiheiten sind dazu nicht notwendigerweise ein Gegensatz, jedenfalls, solange sie nicht im Widerspruch zu einem definierten Gemeinwohl stehen. Das ist der Punkt, an dem China kompromissbereit sein muss, ebenso in der Definition dessen, wie ein gemeinsames, weltweites Gemeinwohl zu definieren wäre. Wenn der Egoismus Einzelner aber die Existenz Aller bedroht, ist Individualismus in diesem Punkt definitiv einzugrenzen. Eine Synthese ist möglich, jedenfalls hat Baihu das so gesehen. Wir können von China lernen, China kann wiederum von den USA lernen, das wäre – ganz grob gesagt – der Weg zum Ziel. Denn wenn diese beiden Großmächte erst einen gemeinsamen Kurs vorgäben, dann *müssten* alle anderen nachfolgen. Das … ist … *war* die Vision von Baihu. Und jetzt ist es die meine. Wie gesagt, ich habe eine Schuld abzutragen."

„Dazu hätte ich eine ganze Menge Fragen …", sagte Inga.

„Es wäre erstaunlich, wenn du die nicht hättest. Leider habe ich nicht alle Antworten. Dieser Traum ist, wie du selbst gesagt hast, sehr groß und es braucht eine Menge Menschen, um ihn zu träumen."

„Wie konnte Baihu hoffen, sein Ziel über eine kriminelle Vereinigung zu erreichen?"

„Nicht über eine kriminelle Vereinigung! Die war nur ein Werkzeug, eine kleine Station auf dem Weg zum Ziel. Eigentlich wegen Baihu hat sich *Jiātíng* in den letzten Jahren immer mehr auf das Geschäft mit der Information konzentriert und die anderen Geschäftsbereiche nicht weiter expandiert. Er dachte, wer über Informationen verfügt und mit ihnen handelt, verfügt mit dem Anstieg der eigenen Relevanz auch immer mehr über die Macht, diese Informationen zu filtern und zu beeinflussen, wer welche Information erhält. Informationen sind immerhin der Schlüssel zu unseren Entscheidungen, deshalb wollte er *Jiātíng* zu einem mächtigen Informationspool ausbauen, an dem weltweit niemand vorbeikäme, vergleichbar mit der heutigen Position von *aladdin*, der gigantischen Datenbank und Analyse-Software von BlackRock. Vielleicht … war er wirklich mein großer Bruder, denn letztlich habe ich gemacht, was er vorgeschlagen hat. Er hat mir gesagt, wo es lang geht, er war mein Leitstern, der meinem Leben einen neuen Sinn gegeben hat ... bis heute jedenfalls, denn jetzt ist dieser helle Stern erloschen."

„Du ... nimmst dir zu viel vor. Das kann ein Mensch nicht schaffen. Außerdem halte ich es gefährlich, wenn *ein* Mensch so viel Macht in Händen hält, wie du es vorhast, und seien seine Absichten auch noch so gut."

„Deshalb möchte ich dir anbieten, mit mir mitzukommen. Dann wären wir schon zu zweit."

„Ich soll mitkommen? Soll mein ganzes Leben hinter mir lassen? Einfach so?"

„Wenn dir das Leben, das du jetzt führst, so viel bedeutet, dann kannst du mir natürlich einen Korb geben. In dem Fall bitte ich dich nur, niemandem von diesem Gespräch zu erzählen."

„Wir würden weggehen, einfach so, ohne Kontakte zu Freunden oder Familie zu halten?"

Li nickte. „Wir können Wege finden, wie du geliebte Menschen wissen lassen kannst, dass es dir gut geht. Und ‚einfach' ist es natürlich auch nicht. Wir würden unser Aussehen etwas verändern müssen, gerade genug, dass die Gesichtserkennung der Überwachungskameras deine wahre Identität nicht mehr feststellen kann. Ich habe gefälschte Papiere. Auch für dich habe ich einen dritten Reisepass machen lassen, für alle Fälle. Schon heute könnten wir raus sein aus Deutschland."

Inga lehnte sich zurück. Sie starrte in den Himmel. Zum zweiten Mal an diesem Tag war sie unfähig, einen klaren Gedanken zu fassen. Sie beobachtete die Menschen an den anderen Tischen, die Tauben, die Vögel am Himmel, die Hummel, die die Blüten im Blumenkasten umsurrte, Li ...

„Nein!", sagte sie schließlich.

Lis Gesicht wurde traurig. „Warum denn nicht? Ohne dich schaffe ich das nicht."

„Ich will mit deinen Aktivitäten nichts zu tun haben, weder mit Drogenhandel noch mit Waffendeals noch mit Glücksspiel und schon gar nicht mit Prostitution oder sonstigem Menschenhandel."

„Aber *Jiātíng* hat sich *nie* mit Prostitution oder Menschenhandel beschäftigt."

„Was nicht ist, kann ja noch werden. Du hast ja selbst gesagt, du musstest all das Illegale tun, um nicht unterzugehen. Wenn du eines Tages wieder vor dem Untergehen stehst, wirst du in deiner Not darauf vielleicht zurückgreifen."

„Und wenn ich dir in die Hand hinein schwöre, dass ich künftig in keinem der von dir erwähnten Geschäftsfelder mehr aktiv sein werde?"

Inga presste die Lippen zusammen. Dann lächelte sie. „Du sagtest: Kanada?"

Li lächelte ebenfalls. „Ahnst du überhaupt, wie glücklich du mich gerade machst."

„Oh ja, ich kann es fühlen. Mir wird gerade so richtig warm innerlich. Kann ich vorher noch nach Hause und einen Koffer packen?"

Li schüttelte den Kopf. „Nein. Ab jetzt wird niemand in Deutschland Inga Erdem jemals wiedersehen. Niemand! Du wirst ebenso spurlos verschwunden sein, wie ich. Du wirst sehen, wir beide werden ein Dream-Team. Komm, gehen wir mein geheimes Depot plündern!"

15 – Bei Inga

Die Tür zu Ingas Wohnung flog krachend auf.

„Ups", sagte Polizeihauptmeister Ansiedl. „Ich hab nicht wirklich damit gerechnet, dass der alte Kreditkartentrick funktionieren würde, aber die Tür war tatsächlich nicht abgeschlossen. Frau Erdem! Frau Erdem?"

„Tun Sie bloß nicht so scheinheilig!", fauchte Edgar, der hinter Ansiedl die Wohnung betrat, der genau zehn Sekunden gebraucht hatte, die Tür „gewaltsam" zu öffnen. Eine Stunde lang hatte er auf die Polizei gewartet, nachdem jeder Versuch, Inga zu kontaktieren bis hin zum persönlichen Klingeln an ihrer Wohnungstür, vergeblich geblieben war. „Sie wissen doch ganz genau, dass sie nicht da ist. Oder etwa nicht, Herr ... Kimmich?"

Der Genannte war soeben samt seiner hübschen Assistentin eingetroffen. „Was ist denn hier los?", fragte der Angesprochene. „Was macht ihr alle hier?"

„Das frage ich *Sie!*" Edgar fixierte den Neuankömmling wütend. „Sie sind ja wohl hier, um eventuelle Spuren zu verwischen, Texte aufzusammeln, die Inga vielleicht noch hinterlassen hat, was?"

„Was reden Sie denn für einen Stuss! Es geht Sie zwar einen feuchten Kehricht an, aber ich bin hier für eine abschließende Befragung von Frau Erdem. Wir haben einen Termin."

„So! Haben Sie? Das will ich sehen! Zeigen Sie mir Ihren Kalender!"

„Also, das ist doch die Höhe! Ich habe Frau Erdem gestern gesagt, dass ich sie heute oder morgen besuchen würde, sie möge bitte zuhause bleiben. Die Uhrzeit habe ich offengelassen. Angesichts der vielen Abschlussarbeiten, die im Zuge dieser Operation zu erledigen sind, ist das wohl nachvollziehbar."

„Für mich ist nur nachvollziehbar, dass Inga spurlos verschwunden ist. Stimmt's, Ansiedl?", schrie er in die Wohnung hinein. Kimmich und Tsehaye drängten sich an Edgar vorbei in das Appartement. Edgar folgte ihnen und ließ sie nicht aus den Augen.

„Herr Kriminaloberrat, Frau Tsehaye, habe die Ehre!", sagte Ansiedl. „Glückwunsch zu Ihrem Riesen-Erfolg gestern. In der

Depesche von heute war schon ein riesiger Artikel, ganze Seite mit Foto. Wäre gern dabei gewesen."

„Ich hätte Sie auch gern dabeigehabt, aber jeder, der bekannterweise mit mir gearbeitet hat, war ein potenzielles Risiko für die Aktion. Dieser Li hatte irgendwo bei uns einen Maulwurf, bis jetzt weiß ich zwar nicht, wer genau, aber den Scheißkerl finde ich schon noch, das garantiere ich. Also, was haben wir?"

„Nicht viel", antwortete Ansiedl und kratzte sich am Hinterkopf. „Sie ist nicht hier, so viel steht fest. Das Bett ist kalt, sie hat diese Nacht ziemlich sicher nicht hier verbracht. In der Küche wurde Wasser aufgesetzt und Tee hergerichtet, aber das Wasser war immer noch im Kocher und ist eiskalt.

Edgar ging zu Ingas Plattenspieler, der Plattenteller drehte sich, der Tonarm schwebte außen über einer Schallplatte der Band … *Snarky Puppy*? Was bedeutete das denn? Schnarchwelpe? Na, wenn die Musik ebenso merkwürdig war, wie der Name … Edgar wandte sich an Ansiedl: „Jedenfalls wollte sie Musik hören. Dazu ist sie aber wohl nicht mehr gekommen." Ansiedl warf einen kurzen Blick auf das Gerät und zuckte die Schultern. Edgar schaltete den Plattenspieler ab. „Nichts anrühren!", fauchte Ansiedl, und Edgar nahm erschreckt die Hände nach oben.

Tsehaye kam aus dem Schlafzimmer. „Es sieht nicht so aus, als ob Frau Erdem verreist sei. Im Kleiderschrank gibt es keine Lücken. Auf dem Nachtkästchen habe ich das hier gefunden. Sie warf Kimmich etwas Braunes zu.

„Eine Geldbörse", sagte der und öffnete sie. „43 Euro, Fahrerlaubnis, Personalausweis, Presseausweis, Bibliotheksausweis, Organspendeausweis, eine Carsharing-Karte, eine Essenskarte der Kantinen im *Depesche*-Gebäude und eine vor einem Jahr abgelaufene MVV-Monatskarte. Hm. Ne, verreist ist sie jedenfalls nicht."

„Ach!" Edgar hielt ein rotes Büchlein hoch. Er bemühte sich nicht, den triefenden Sarkasmus in seiner Stimme zu dämpfen. „Das hier ist ihre Adress-Sammlung. Ich werde jetzt jede einzelne Telefonnummer darin anrufen und ich wette mit Ihnen um tausend Euro, dass nicht ein einziger von Ingas Kontakten in den letzten 24 Stunden von ihr gehört hat."

„Nichts da, das geht Sie nichts an. Wir machen das!", sagte Kimmich forsch. „Geben Sie das her!"

„Das täte Ihnen so passen. Das ist Recherchematerial. Ich werde beweisen, dass Inga Erdem spurlos verschwunden ist, und zwar während *Ihres* Killer-Einsatzes. Na, geht Ihnen der Arsch schon auf Grundeis, Kimmich?"

„Wenn Sie das Büchlein nicht sofort aushändigen, lasse ich Sie vorläufig festnehmen, wegen Behinderung polizeilicher Ermittlungsarbeit nach Paragraf 164 Strafprozessordnung!"

Tsehaye kam bis auf einen Schritt an ihn heran und streckte fordernd die Hand aus. Edgar wich zurück. „Ah, so läuft das also? Sie verhaften mich und dann verschwinde ich auf ebenso mysteriöse Art und Weise wie Inga, ja?"

„Sie sind *so* ein Idiot, Huber! Es liegt ganz an Ihnen und Ihrem Verhalten, ob ich Sie verhafte oder nicht. Jetzt rücken Sie schon das Büchlein raus!"

„Okay. Ich beuge mich der Gewalt. Aber erst fotografiere ich den Inhalt, Seite für Seite. Wenn Sie nichts zu verbergen haben, dann können Ihnen meine Recherchen ja wohl egal sein."

Kimmich rollte die Augen. „Von mir aus. Aber machen Sie schnell, wir haben nicht den ganzen Tag Zeit."

Edgar zückte sein Handy und fotografierte alle beschriebenen Seiten des Büchleins, das nicht sehr dick war. Mehr als vierzig Namen standen nicht drin. Kimmich streckte die Hand danach aus.

„Einen kleinen Moment noch, Kimmich. Erst habe ich ein paar Fragen an Sie, das ist ganz reguläre journalistische Arbeit."

„Huber, Sie strapazieren meine Geduld über Gebühr!"

„Ich sage Ihnen jetzt, was meiner Ansicht nach während Ihres Einsatzes passiert ist. Sie können es dementieren und Beweise dafür vorlegen, dass ich mich irre, es liegt in Ihrer Hand, denn sicherlich haben Sie Ihren Einsatz vorbildlich dokumentiert. So haben Sie es meiner Zeitung gegenüber jedenfalls gesagt. Tun Sie das nicht, erscheint diese Theorie morgen deutschlandweit in der Presse. Also: Inga Erdem kommt in Grünwald an und verschwindet in einem der ominösen Anwesen. Sie befehlen daraufhin den Zugriff. Ihre Leute stürmen schließlich auch den sogenannten ‚Kommunikationsraum‘ und schießen sofort auf alles, was sich bewegt, bevor Li seine verheerende Fähigkeit gegen Ihre Leute einsetzen kann. Inga Erdem stirbt. Ein Kollateralschaden, sicherlich, aber höchst unangenehm für Sie und Ihre Karriere, möchte ich hinzufügen, jedenfalls wenn das rauskommt. Sie haben Inga nämlich gegen ihren Willen und ohne ihr Wissen als Lockvogel missbraucht und sie im Zuge Ihres Einsatzes getötet. Weil man so etwas einfach nicht macht und weil so etwas lästigen Bürokram nach sich zieht und gegebenenfalls Gerichtsverfahren und Verurteilungen, haben Sie die Leiche diskret verschwinden lassen und jetzt sind Sie hier, um alle eventuell verbliebenen Spuren zu verwischen und dann eine fantastische Geschichte über ihren Verbleib zu konstruieren. Dass Inga so geschockt war, dass sie sich ohne Geld und Ausweis in den nächsten Flieger in die Karibik gesetzt hat, um in der Dominikanischen Republik für den Rest ihres Lebens Caipirinha zu schlürfen, so etwas vielleicht?"

Kimmich atmete tief durch. „Ihre These ist lächerlich und daher höchst einfach zu widerlegen. Es gibt Aufzeichnungen von Bodycams, auf denen allerdings die Erschießung von Li zu sehen ist, weshalb die auch nicht veröffentlicht werden. Auf denen ist aber *auch* ganz klar zu erkennen, dass Inga Erdem kein Haar gekrümmt wurde. Außerdem kreiste ab Einsatzbeginn ein Polizei-Hubschrauber über den drei unterirdisch miteinander verbundenen Anwesen und hat alles, was außen vorgefallen ist, dokumentiert, unter anderem, wie Frau Erdem nach dem Einsatz mit mir das Haus verlassen hat. Diese Aufnahme kann ich Ihnen gerne zukommen lassen."

„Ah ja? Machen Sie das, ich bitte darum. Und wo ist Frau Erdem jetzt?"

„Das weiß ich nicht, ich bin bis vor Kurzem davon ausgegangen, sie hier anzutreffen. Eine Kollegin vom psychologischen Dienst sollte sich um Frau Erdem kümmern, ich werde bei ihr nachfragen. War es das jetzt?"

Edgar gab Kimmich Ingas Büchlein. „Tun Sie das und hoffen Sie auf eine plausible Erklärung, denn auch wenn Inga den unmittelbaren Einsatz überlebt hat, war sie für Sie dennoch eine unbequeme Zeugin. Den Schilderungen nach war das kein Versuch, Li zu verhaften, das war eher eine Art Hinrichtung, so wie 2011 bei Osama bin Laden, den die US-Administration auch nicht vor Gericht hat sehen wollen, weil der dort für die USA viel zu unbequemes Wissen hätte ausplaudern können. Und Inga war Augenzeugin dieser Hinrichtung. Sie haben also ein fettes Motiv, Inga verschwinden zu lassen. Und das werde ich so schreiben, wenn Inga nicht innerhalb der nächsten 24 Stunden wieder auftaucht. Dann werde ich der Floh sein, der Sie piesackt, wieder und immer wieder, am Arsch, an den Eiern, auf Ihrem Kopf und innen drin, wenn es sein muss, so lange, bis Sie endlich die Verantwortung für das Verschwinden meiner Kollegin übernommen haben. Guten Tag, Herr Kimmich!"

***

Edgar saß an seinem Schreibtisch und glotzte auf seinen Bildschirm. Er hatte den Videoplayer auf Endlosschleife gestellt und sah sich immer wieder dieselbe Szene, gefilmt aus einem Polizeihubschrauber, an. Kimmich und Inga kamen aus dem Haus. Kimmich sprach mit ihr und telefonierte. Inga stand sichtlich neben sich. Unverkennbar, sie hatte einen Schock erlitten. Dann sprach Kimmich mit ein paar Beamten und deutete auf den Hubschrauber. Schließlich wandte er sich wieder Inga zu und … die Aufnahme stoppte. Es stimmte also, Inga hatte den Einsatz selbst ganz offensichtlich überlebt. Aber was danach mit ihr geschehen war, blieb unbeantwortet. Ausgerechnet in dem Moment, in dem Ingas Verbleib geklärt hätte werden können, war dem Helikopter befohlen worden, die Aufnahmen zu beenden. Auch Bodycam-Aufnahmen der beteiligten Beamten zu diesem Augenblick konnten keine vorgelegt werden. Man musste nicht, aber man konnte das durchaus als verdächtig ansehen. Und für Edgar stank die Sache zum Himmel! Oh, Inga! Wo bist du da nur hineingeraten? Alles, was sie gewollt hatte, war etwas Positives für die Gesellschaft zu bewirken und wohin hatte es sie gebracht? Genauso wie Li. Sicher, ganz unbestritten war er ein Täter gewesen. Allerdings einer, der nie eine Wahl gehabt hatte und das war etwas, was ihn von den meisten gewöhnlichen Kriminellen unterschieden hatte. Und doch, obwohl er nichts anderes gewollt hatte, als in die Gesellschaft aufgenommen zu werden, hatte man ihn abgeschlachtet wie ein Stück Vieh im Schlachthof. Und das mitten in Deutschland, in einem „Rechtsstaat". Und Kimmich würde damit wohl durchkommen, er hatte den ganzen „Apparat" auf seiner Seite und ganz bestimmt hatte er sich vor der Tötung Lis juristische und politische Rückendeckung geholt. Das, was geschehen war, war also wohl legal, es hatte wohl geltendem Recht entsprochen. Aber entsprach es auch der Gerechtigkeit, jenem Wert, der eine Gesellschaft erst zusammenschweißte und sie funktionsfähig machte?

Edgar ließ die Gespräche mit Li im Geiste Revue passieren. Der Film, den Li ihnen vor dem ersten Gespräch vorgeführt hatte, kam ihm in den Sinn, der Film, in dem das Bild eines Mannes gezeichnet wurde, über den nichts wirklich bekannt war; dann am Ende des Films die Fragen: „Das ‚Monster' – Wer ist das? Was will es? Was wissen wir über es?"

„Es" – „über es" ... nicht „er" – „über ihn". Ein Bezugsfehler? Diese Kleinigkeit hatte die ganze Zeit über in ihm genagt. Nein, Li war zu gut gewesen im Deutschen, über derlei Pannen war er erhaben, das hatte sich im Laufe der Gespräche mit Li immer mehr abgezeichnet. Sein Stil war auch zu geschliffen gewesen, als dass er ein plumpes „über es" hätte stehen lassen, außer vielleicht ... es steckte eine Absicht dahinter. Was, wenn Li gar nicht sich selbst als „das Monster" verstanden wissen wollte?

Edgar klickte sich durch den Explorer und rief vom Fileserver der Zeitung ein Bild von der letzten Weihnachtsfeier auf, eines, auf dem Inga mit ihrem umwerfenden Lächeln zu sehen war. Ein dicker, fetter Kloß bildete sich in seinem Hals, das Atmen fiel ihm schwer. Er bemühte sich, keine Tränen zuzulassen, so etwas vernebelte nur die Sicht auf die Dinge. Dann begann er zu schreiben …

Epilog – in einem Dorf im Qinling-Gebirge
Ein chinesisches Märchen

„Opa?"

„Ja, meine liebe Chen Lu, mein Honigdachs?"

„Du hast mir immer versprochen, dass du mir die Geschichte vom Drachen erzählst, wenn ich zwölf bin. Heute bin ich zwölf geworden."

„Oh, ja, das ist richtig, das bist du. Also gut, dann bist du jetzt alt genug für diese Geschichte. Hör gut zu, denn eines Tages wirst auch du sie deinem Kind und Enkel erzählen:

Alle zwölf mal zwölf Jahre kommt ein Drache auf diese Welt."

„Ein schrecklicher, feuerspuckender Drache? Der fliegen kann?"

Der Opa zögert. „Weißt du, mit Drachen ist das so eine Sache. Sie sind … komplex und sie sehen für jeden anders aus. Ein Mensch mit reinem Herzen wird in dem Drachen Schönheit sehen und Güte und Weisheit. Ein Egoist wird in dem Drachen einen bedrohlichen Widersacher erblicken. Und ein Mensch mit Dunkelheit oder Furcht im Herzen wird in dem Drachen ein furchtbares, gefährliches Monster erkennen. Was so viele Menschen nicht wissen: Die äußere Erscheinung des Drachen ist ein Spiegelbild der Seele des jeweiligen Betrachters. Wenn du also einem Drachen gegenüberstehst, dann siehst du nur ein Abbild deines inneren Ichs. Daher weiß niemand, wie ein Drache *wirklich* aussieht."

„Deshalb lieben wir Chinesen Drachen und alle anderen fürchten sie und wollen sie töten?"

Der Großvater lächelt. „Vielleicht. Vielleicht liegt es aber auch nur daran, dass man in China die wahre Natur des Drachen besser kennengelernt hat als in anderen Teilen der Welt."

„Kommt der Drache immer zu uns nach China?"

„Er kommt oft zu uns, jedoch nicht immer. Niemand weiß, wo er beim nächsten Mal auftauchen wird und wohin er gehen wird."

„Und … was will der Drache hier?"

„Er kommt, um die Menschen zu prüfen. Es heißt, dass der Fortbestand der Menschheit von ihm allein abhängt. Wenn er auf gute und böse Menschen trifft, kommt er in 144 Jahren wieder und die Prüfung beginnt von Neuem. Wenn er eines Tages von allen Menschen, auf die er trifft, willkommen geheißen wird, kommt er danach nicht mehr. Doch am Tag seines endgültigen Abschieds wird für die Menschheit ein goldenes Zeitalter beginnen."

„Und wenn er einmal nur noch auf böse Menschen trifft?"

Der Großvater streicht über seinen dünnen, langen Bart. „Darüber denken wir nicht nach. Denn das … wird niemals geschehen."

Nachwort und Danksagung

Alles in diesem Roman ist real. Und alles in diesem Roman ist Fiktion. Und ich bin sicher, dass du, liebe Leserin und lieber Leser, diesen Widerspruch längst aufgelöst hast. Sicherheitshalber sei explizit darauf hingewiesen, dass keinem Charakter und keiner Szene eine reale Person oder eine wahre Begebenheit zugrunde liegt. Falls sich dennoch jemand wiedererkennt, möge sie oder er sich fragen, warum das wohl so sein könnte. Von mir beabsichtigt waren eventuelle Ähnlichkeiten jedenfalls nicht. Selbst das chinesische Märchen vom Drachen ist frei erfunden. Nicht erfunden dagegen wurden viele der Schauplätze, die Konflikte und Probleme, die die Menschheit bedrohen und einige Organisationen wie das BKA oder die FIFA – leider, möchte ich zu letzterer nur sagen …

Mein herzlicher Dank geht an Lisa Menzl und Kosima Graf für Beta-Lesen und konstruktive Kritik sowie an meinen dritten Beta-Leser, der nicht namentlich genannt werden möchte.

Weiterhin geht ein herzliches Dankeschön an Tom Jay für wie immer beeindruckenden grafischen Ideenreichtum und Umsetzungstalent.

Auch meine Frau Dina möchte ich an dieser Stelle erwähnen, ohne deren Rückhalt ich kaum in der Lage wäre, Bücher wie dieses hier zu schreiben.

Zu guter Letzt gilt mein Dank auch dir, werte Leserin und Leser, dafür, dass du dieses Buch gekauft und vor allem auch gelesen hast.

Weitere Bücher des Autors

Zusammen mit Angela Fleischer:

Secrets of the Ne'arin – Band 1: Totenreich

Als bei einer Routine-Führung durch die Cheops-Pyramide plötzlich ein ungewöhnlicher Luftzug auftritt, ist der Archäologin Irina Markovna klar, dass etwas hier nicht stimmt. Sie folgt dem Luftzug und entdeckt eine neue Kammer, die an dieser Stelle gar nicht existieren dürfte. Doch ihr Forscherdrang wird mit Gewalt ausgebremst, die Kammer wird wieder verschlossen. Dank ihrer Hartnäckigkeit findet sie diese gegen alle Widerstände schließlich wieder und damit den Eingang zu einer mystischen Unterwelt, der altägyptischen Duat. Doch der Durchgang ist versperrt und Warnungen, in alten Sprachen geschrieben, warnen davor, in die verbotenen Gefilde einzudringen. Doch menschlicher Ehrgeiz und Neugier lassen sich von nichts ausbremsen und eine Expedition macht sich auf den Weg in die „Unterwelt".

Kurz darauf kommt es zu grauenhaften Morden in und um Gizeh. Irina vermutet einen Zusammenhang mit der Öffnung der Duat, doch niemand glaubt ihr. Zudem wurde sie, als Frau, von ihrem Vorgesetzten kurzerhand ausgebootet. Nur wenige wissen, dass sie recht hat: eine geheime Gruppierung, die bereits seit der Zeit von Ramses dem Großen existiert, die *Ne'arin*, einst Elitekrieger, „Geheimagenten" und Geheimniswahrer der Pharaonen. Doch viel altes Wissen ist verloren gegangen; es gilt bald nicht weniger, als eine Krise internationalen Ausmaßes einzudämmen …

Hardcover: *ISBN: 978-3-947221-36-3*
E-Book: *ISBN: 978-3-947221-33-2*

(In Kürze erscheint Band 2: Der Stab des Mose)

Die Diktatur des Monetariats

Neoliberalismus: Die Geißel des 21. Jahrhunderts

Neoliberalismus ist das die Welt beherrschende Wirtschaftssystem. Doch was genau ist Neoliberalismus? Wem nützt er und ... wem nicht? Welche Wirtschaftstheorien liegen ihm zugrunde? Wer genau steckt dahinter? Wie und warum wurde das vorherige Wirtschaftssystem, der Keynesianismus beziehungsweise seine deutsche Ausprägung, die Soziale Marktwirtschaft, über Bord geworfen?

Dieses Sachbuch versteht sich als ein Kompendium über die meisten wesentlichen Aspekte dieses Wirtschaftssystems, seine Herkunft, den wirtschaftswissenschaftlichen Hintergrund, die nationalen und internationalen Auswirkungen, die Akteure, die seit Jahrzehnten unermüdlich daran arbeiten, es zu installieren und es so in unserer Gesellschaftsordnung einzubetonieren, sodass möglichst nie wieder legal Politik gegen die Interessen des Kapitals gemacht werden kann. Besprochen werden die Taktiken bzw. Strategien, mittels derer neoliberale Interessensträger es schaffen, ein System, das sich nachweislich gegen die Interessen der breiten Bevölkerungsmehrheit richtet, mit Zustimmung und Mitwirkung ebendieser Mehrheit durchzusetzen. Ferner wird ein kritischer Blick geworfen auf mögliche Auswege und Alternativen zum Neoliberalismus.

Dieses Buch wurde zur Grundlage der gleichnamigen Sendereihe bei der Freien Radiostation Radio Lora in München (lora924.de). Die Sendungen können dort, wie auch bei freie-radios.net, nachgehört werden.

Taschenbuch: *ISBN: 978-3-741242-65-6*
E-Book: *ISBN: 978-3-749415-47-2*

Wachstum oder Klimaschutz?

Die Geschichte vom (vermeidbaren) Ende der Menschheit in 9.500 Worten

Die Geschichte des Klimawandels ist allgegenwärtig. Doch nur selten hören wir die *ganze* Geschichte. Und noch viel seltener hören wir sie in einer allgemein verständlichen Kurzform.

Die Menschheit muss endlich angemessen reagieren, sonst ist ihr Ende bereits eingeläutet. Doch noch immer wird – von allen im Bundestag vertretenen Parteien – eine andere Größe priorisiert: Wachstum.

Dass Wirtschaftswachstum und Klimaschutz nicht kompatibel zueinander sind – und warum nicht – wird in diesem Buch nachgewiesen. Doch es gibt Alternativen. Falls es uns gelänge, unsere Furcht vor Veränderungen zu überwinden, könnte aus dieser Krise eine der größten Chancen für die menschliche Zivilisation erwachsen.

Ein weiteres Sachbuch des Autors, entstanden aus der Zusammenarbeit bei diversen Radiosendungen der Sendereihe *Die Diktatur des Monetariats* mit dem Postwachstumsökonomen, der sich zugleich sehr intensiv in die Problematik der Klimakrise eingearbeitet hat, Prof. Dr. Dr. Helge Peukert, Verfasser u.a. des sehr wichtigen Buchs *Klimaneutralität jetzt!*

Taschenbuch: ISBN: 978-3-754374-36-8
E-Book: ISBN: 978-3-754358-24-5

Außerdem kann eine kostenfreie PDF-Version (ohne Registrierungszwang!) von der Homepage des Autors heruntergeladen werden:
https://www.ulrich-seibert.de/veröffentlichungen/sachbücher/wachstumoderklimaschutz

Sensenbund

Elias ist ein (Über-)Lebenskünstler, wie er im Buche steht: Mittel- und wohnungslos lebt der alkoholabhängige Peruaner nur für seine Freunde. Die Routine von Gelegenheitsjobs und durchzechten Nächten wird drastisch durchbrochen, als er sich in München für ein Vergewaltigungsopfer einsetzt und dabei die Bekanntschaft der attraktiven Millionenerbin Antonia von Niebuhr macht. Eine Romanze zwischen den beiden steht allerdings schon allein deshalb unter keinem guten Stern, weil offensichtlich jemand versucht, Antonia … umzubringen. Als Antonia schließlich während einer nächtlichen Fahrt spurlos verschwindet, forscht Elias auf eigene Faust nach und stößt auf eine Verschwörung, die nicht weniger zum Ziel hat, als die politische, die militärische, die Finanz- und Wirtschaftsmacht der westlichen Welt zu übernehmen. Doch seine Nachforschungen bleiben nicht unbemerkt und erst, als er selbst ins Visier der Verschwörer gerät, bemerkt er, auf welch gefährlichen Gegner er sich eingelassen hat … und die Liste seiner Verbündeten ist kurz …

Ein Verschwörungsthriller, der u.a. in Bayerns Landeshauptstadt München spielt.

Taschenbuch: *ISBN: 978-3-739216-68-3*
E-Book: *ISBN: 978-3-739677-85-9*

Shifters

Steve Pennyman ist auf den ersten Blick ein durchschnittlicher Amerikaner, 80, der in seiner Jugend im Zweiten Weltkrieg gekämpft hat. Doch unter der gutbürgerlichen Fassade lauert eine dunkle, paranormale Fähigkeit, die Steve verdrängt hat, seit er sie – unwissentlich und unabsichtlich – erstmals eingesetzt hat: Er kann mit anderen Menschen ... Körper tauschen. Doch was jahrelang unter der Oberfläche geschlummert hat, bricht während einer Motorrad-Reise zu seinem Sohn plötzlich hervor: Er lässt sich von einem Jugendlichen provozieren und übernimmt kurzerhand dessen Körper. Kurz darauf stellt er fest, dass er gejagt wird. Seine Jäger sind Profis und sie jagen *Shifter* – Körpertauscher. Eine Vergangenheit holt ihn ein, von deren Existenz Steve nicht einmal etwas geahnt hat. Und die Gegenwart ist noch weitaus bedrohlicher ...

E-Book: ISBN: 978-3-738000-87-0

In die Ferne nach Hause

... ist im Wesentlichen ein Reisetagebuch, das während eines Peru-Aufenthalts 2016 in der Familie der Ehefrau des Autors geschrieben wurde. Für die Veröffentlichung war dieses Projekt eigentlich nie vorgesehen, allerdings hielt dieser Vorsatz aufgrund des Drucks von Freunden / Verwandten des Autors, die das Manuskript gelesen hatten, nicht lange.

Reisetagebuch – dabei denkt man zunächst einmal an so etwas wie einen Reiseführer. Oder eine Geschichtensammlung, wie man sie zum Beispiel von Andreas Altmann kennt. Nun, das hier ist anders. Denn es geht hier nicht um Landschaften oder Sehenswürdigkeiten wie Machu Picchu und auch nur am Rande um Kultur. Es geht um die Menschen, insbesondere diejenigen, die in einem der ärmeren Stadtteile Limas leben. Dass auch Abstecher nach Lima oder zu dem ein oder anderen touristischen *Points of Interest* enthalten sind, ist ein eher zufälliges Nebenprodukt. Wenn also Reiseführer, dann einer zu den Menschen des Landes und ihren Gepflogenheiten. So nimmt der Autor den Leser mit auf einen unterhaltsamen Ausflug in den Teil einer Metropole, den der Standard-Tourist Zeit seines Lebens nie zu sehen bekommt.

E-Book: ISBN: 978-3-743822-29-0